原書名：柳根
那時、那地、那些人
黎晶◎著

故事發生在中國北方農村柳家莊，柳家三代柳英傑、柳白來、柳新苗，在不同的時代背景下解決了各自面臨的難題，他們不同的命運軌跡也寫下了中國鄉村的轉變……

一

李延安很是激動，雖然穿上的只是一套見習管教的服裝，帽子上沒有國徽，領子上也沒有鮮豔的紅旗，可這一身類似空軍的上綠下藍的幹部服，還是讓他盼望已久的當兵夢圓上了一小半。從昨天晚上到今天早晨，他不知穿了幾次，穿了脫，脫了又穿。第一次上班，又是到審訊室去提審犯人，不能有一絲馬虎，威嚴的外表是震懾敵人的開始，這一點他是知道的。

李延安是北京知識青年，出身高級幹部家庭，父親在建國那年從革命聖地延安調到北京工作，那年也正是他從娘胎裏落地，父親就給他取名延安，加之姓李，又離開了這塊革命的搖籃，李延安便一名兩義，記錄了父親革命人生的轉折，又記錄了李延安的誕生。

文化大革命開始，李延安的父親被打成了走資派關進了監獄，母親到了「五·七」幹校，李家唯一的一棵獨苗當不了兵，連到黑龍江生產建設兵團都沒了資格，只能到山西乾旱缺水的呂梁老區插隊落戶，接受貧下中農再教育。正在李延安打好行裝拿好知青辦的分配證明出發的那天晚上，有人敲響了他家的房門。

來人是父親的一位老部下，黑龍江省勞改局的一位在職領導，他來北京挑選一批根正苗紅的知青，讓他們到北大荒的勞改勞教所場當見習管教。當然這不是招工，知青的身分也不變，但待遇不錯，一月三十二元的工資，糧食隨便吃，外帶一身沒有領章帽徽的警察制服。李延安一聽連蹦三高，什麼戶口和知青證明全都不要了，連夜跟著這位叔叔去了黑龍江，被分配到黑龍江省嫩江縣科洛河勞改農場任管教。

黑龍江省嫩江縣科洛河勞改農場，座落在美麗富饒的松嫩平原的邊緣，碧綠的科洛河水繞著農場轉了一個大圈，然後一直往東把大興安嶺和小興安嶺山脈分割開來，米黃色的建築群落，一簇一簇地分布在河的兩岸。平頂山下的科洛河旁幾棟兩層樓房便是場部。這裏是一個羈押政治犯的小型農場，除了一部分刑滿留場就業的「二勞改」，剩下的都在服刑。李延安對這裏的生活和環境十分滿意，他喜歡這裏的春夏秋冬，更喜歡這裏寬廣的土地和寬厚的政治空氣。

李延安第一次調閱犯人檔案的時候他便驚呆了，他想不到只是因為十幾塊磚頭竟然被判了八年的大刑？他決定提審這位叫柳英豪的犯人。

李延安把鏡子放回窗台上，再一次地正了正羊剪絨的皮帽子，然後披上草綠色的羊皮軍大衣，便推開房門踩踏著厚厚的積雪走向審訊室。

審訊室裏正面擺放著一張桌子和兩把椅子，那是李延安和記錄員的位置。他們的對面空蕩蕩的什麼也沒有，看來犯人是要站著受審的。

李延安坐穩之後，示意記錄員通知武警將犯人帶進來。

門開了，犯人柳英豪被帶了進來，武警讓犯人解開褲腰帶，岔開雙腿站好，褲子便脫落在屁股之下雙腿之上。這是什麼規矩？記錄員告訴李延安審訊犯人都是這樣的，犯人一有動作，褲子就會掉在地上無法走動。

「把褲子提起來紮好褲腰帶，搬個凳子讓他坐下。」李延安命令說。他沒有思考這樣做的後果，他只認為這是對犯人的侵害，更是對自己的不尊重。

柳英豪充滿疑慮地抬起頭，看著這位年輕的管教，順從地將褲子穿好，慢慢地坐在記錄員遞過的長條板凳上。

「你叫柳英豪？」李延安正式問話了。

「報告政府，俺叫柳英豪，河北省柳河縣，大柳河公社，柳家莊人。」

「你犯了什麼罪？被判了八年的徒刑。」

柳英豪早已無所顧忌了，這刑期都坐了一大半了，還怕什麼？每換一個新管教，他都會如實地報告一番，並申訴自己的冤枉，到頭來都是竹籃打水一場空，刑期一天都不會減。今天這位管教的舉動又一次讓他心動，死馬當活馬醫，只要有一線希望都不應放棄。柳英豪從土改成分劃定到替兒頂罪一五一十向政府派來的新管教交代得一清二楚，他盼著這位和善的管教給自己帶來新的轉機。

李延安聽完柳英豪的訴說十分激動。

「那你為什麼不喊冤呢？富農成分是錯劃的，反攻倒算的罪行就不能成立！」李延安坐不住審訊桌子後面的那把威嚴的椅子了。

「報告政府，俺認罪伏法，接受改造，刑期都過了一大半了，很快就能回家了，算了，俺不冤枉。」

柳英豪低著頭以守為攻地試探。

李延安沒有聽出柳英豪話裏的意思，反而覺得有些道理，即使幫助他申訴，這時間一去一回，不知猴年馬月才能批回來，假如再判你個不認罪伏法，追加上幾年刑期，這不幫了倒忙！這個特殊的年代，自己的父親母親不也是無冤可訴嗎？不如面對現實，能照顧他點就照顧點什麼吧。

「柳英豪，從你交代的罪行過程看，你祖上開過木匠鋪，這樣吧，你從今天起就不用下地幹活了，到直屬隊木工班報到。」李延安不想讓他在零下四十度的嚴寒裏受罪，這也算替他申訴了。憑著省裏叔叔的面子，和直屬隊趙隊長說一聲，應該沒有問題。

「報告政府，可俺不會木匠手藝呀。」

「不會？不會就不會學嗎？你沒聽說老子英雄兒好漢，老子狗熊兒混蛋嘛！龍生龍，鳳生鳳，老鼠的兒子會打洞，你爸是木匠，你就會木匠，別廢話了，報到去吧。」

柳英豪這才知道，新管教是有意幫助照顧自己，他深深地給李延安鞠了個躬。臨走時瞟了一眼李延安英俊和善的臉龐和高大的身軀。

柳英豪到木工班上班了，二十歲出頭的木工班長青核桃是從山東來的一個盲流，沒人知道他的真名，青核桃是在山東老家的綽號，可能是總也長不熟的意思。這是一個渾球小子，他仗著自己的舅舅是農場直屬隊的趙隊長，便經常欺負那些刑滿的二勞改。柳英豪的到來讓情況發生了變化，他不僅是一個真正的勞改犯，而且根本不會什麼木工手藝，便理所當然頂替了那些人的位置，整日裏挨青核桃的打罵。有一次柳英豪不慎將油漆弄翻，沾染了青核桃的工作服，青核桃大打出手，五十幾歲的柳英豪最終忍不住了，還手打破了青核桃的鼻子惹了大禍。青核桃的舅舅趙隊長將柳英豪吊在房樑上抽打，幸虧李延安知道了消息，這才將柳英豪救了下來。

從此，青核桃和那位趙隊長便懷恨在心，一個陰謀開始實施了。

科洛河北岸的一片空場地，周邊插上了警戒用的小紅旗，連接紅旗之間的是用木棒在雪地裏劃出的警戒線，犯人們都必須在線內勞動。直屬隊的勞改犯在封凍的河面上打冰塊，這些冰塊用馬扒犁拉回場部做冰燈迎接新年。警戒線外有兩位真槍實彈的武警站崗，如發現犯人越線，就視為越獄，便可以開槍將逃跑的犯人擊斃。

柳英豪被趙隊長從木工班抽出來打冰塊，青核桃在犯人堆裏監工，直屬隊的趙隊長在警戒線外和兩個武警看押著這批野外勞動的犯人。

日值晌午犯人們已人困馬乏，盼著送飯的馬車。監工的青核桃見時機已經成熟，他便哼著小調向柳英豪走來，他邊走邊從皮大衣的懷裏掏出一個洋鐵皮焊製的酒壺遞給了柳英豪。

「去，把酒壺給趙隊長俺舅送去！」青核桃命令。

「是，政府。」柳英豪答應著接過酒壺，一路小跑來到了警戒線邊緣停住了腳步，他朝著線外的趙隊長揮著手示意。

「趙隊長，俺們班長讓俺把這酒壺給你送來。」

「拿過來吧，死冷的天，喝兩口暖暖身子。」趙隊長顯得很客氣。

「趙隊長呀，俺不能過去，出線是違法的，還是你過來拿吧！」

「混蛋！什麼違法？老子就是法，我命令你拿過來算什麼違法，你不送過來，難道還讓老子到你那去取？」趙隊長怒了。

「報告政府，俺不敢……。」柳英豪似乎察覺到了一些什麼。

「柳英豪你再不送過來，俺現在就罰你禁閉！」

柳英豪沒有辦法，只好硬著頭皮越出了警戒線。

一步，兩步……柳英豪看看趙隊長身邊的武警沒有什麼反應，這才加快腳步奔向了趙隊長。當柳英豪離開警戒線十公尺開外的時候，一個武警突然舉槍指向了他，他心裏忽地一下子明白了，李延安曾給他講過的故事現在重新發生了。柳英豪立即收住了腳步一個仰臉朝天摔在雪地上。

「砰」的一聲槍響，子彈幾乎是擦著柳英豪的頭皮飛過。子彈沒有打中柳英豪，它呼嘯著飛向警戒圈裏的犯人們。

青核桃見柳英豪走出了警戒線，又看到了武警舉起的半自動步槍，他心裏一喜，計畫成功了，他隨著柳英豪的身後跑出了警戒線。青核桃做夢也不會想到柳英豪會仰身躲過這顆子彈，而這顆子彈又會不偏不倚地射進了青核桃自己的胸膛，他一個倒栽蔥結束了生命。

突然的變故讓趙隊長目瞪口呆。

李延安押送著飯車目睹了這驚心動魄的一幕，他吼住了那位武警的第二次舉槍，在槍口之下救出了失魂的柳英豪。

真相大白後，省勞改局開除了趙隊長的公職，武警被提前退伍送回原籍，柳英豪把李延安奉為救命恩人，兩人也成了忘年交的朋友。

一九七六年初冬，柳英豪刑滿了，他拒絕了留場當工人。他是盼著回家和兒子柳白來團聚，更想到妻子張桂英的墳前說說心裏話，給自己苦命的媳婦添把土燒炷香。更讓柳英豪高興的是，李延安他的這位小恩人，忘年交的朋友被推薦上了大學。美中不足的是，延安的父親還未解放，北京的大學閉門謝客，沒有辦法，省勞改局的叔叔左托人右托友地為延安奔走說情，河北大學歷史系勉強接收了這個「可以教育好」的工農兵學員。

兩喜臨門，一個懷揣著刑滿釋放的通知書，一個揣著高等院校的錄取通知書，柳英豪和李延安約好，

明天搭乘直屬隊往嫩江送公糧的解放牌大卡車到縣城，然後一同坐火車進山海關，回到自古英雄出燕趙的家鄉，喝上一口柳河苦澀的河水。

柳英豪、李延安頭天晚上就打好了包裹，兩人背靠著行李捲，和衣聊到了天亮。

嗨！好大的一場雪，科洛河農場一片銀白。李延安推開房門，被眼前的景色驚住了，他們居然沒有發現這場飄飄灑灑的大雪，圍著木工房整整轉了一夜。「壞了！」柳英豪叫出了聲，這叫做人不留人天留人，這麼大的雪，司機哪還敢出車上路啊！

「柳師傅，不要著急，汽車隊的司機都是咱哥們，你看，這不來了嗎？」李延安興奮起來。

李英豪只見一台深綠色的解放牌汽車捲著雪霧，東拐西拐地往這邊開來，車箱裏早就裝滿五十袋小麥。柳英豪高興地看了一眼李延安，扭身回屋，急忙扛起了兩人的行裝走出了房門。

汽車隊的大楊師傅將兩人的行李放在了小麥袋上說：「柳師傅，對不起了，這駕駛座裏只能坐下李延安了，你老就到上面去坐了，反正這天還沒到冷的時候。」

「行啊，俺老柳刑滿釋放回家，如果沒有延安這好兄弟照顧，按農場的規矩，現在該叫二勞改了，只能坐馬扒犁了。」

「老柳，還是你下來坐吧，上面風大，畢竟我年輕嘛！」李延安衝著爬到車頂的柳英豪說。

「嗨，別爭了，延安，快進來吧，你這是金榜題名，不亞於洞房花燭夜，好傢伙，大學生嘛。」大楊有點不耐煩了。

李延安見狀只好拉開了助手邊的車門，伸腿剛要鑽進暖和的駕駛座，卻被後邊的一串叫聲退了出來。

李延安回頭一看，一位姑娘正往這裏跑來，嘴裏不停地喊著：「等等我，等等我。」

氣喘吁吁的姑娘跑到汽車跟前，她摘掉纏在腦袋瓜上的大紅圍脖，李延安這才認出，原來是場部的會計小沈，她家住嫩江縣城，昨晚接到家裏的電話，說她媽媽得了急性闌尾炎住進了當地最好的勞改系統的新生醫院，爸爸捎信讓她今天務必趕回去。這大雪的天哪去找車呀！有人告訴她，今天就是天上下刀子，咱農場也有一台汽車必去嫩江，送李延安回北京上大學的。小沈一夜也沒睡好，這不天一亮，她就趕過來了，還真準哪，差一點大楊的車就走了。

小姑娘連喘帶咳嗽地一口氣說完，她那雙大眼睛水汪汪地盯著李延安。

「這還用商量嗎？上車吧，我到上面去。」李延安衝著小沈笑了笑，又跟把著方向盤的大楊揮了揮手，他伸出左手接過柳英豪在車上遞過來的右手，自己的右手拽住車箱護欄，伸腳蹬住汽車輪胎，一抬腿，「噌」就竄到了車箱上邊的小麥袋上，屁股還沒坐穩，汽車就開了。平日裏兩個小時的路程，這大雪天怎麼跑也得半天的時間。

汽車沿著公路左側剛剛封凍的科洛河艱難的往西行駛著，右側大山上柞木樹枯黃的葉子上掛滿了潔白的雪，一葉一葉疊落著，汽車過去，風將雪葉吹響，抖落的雪花，飛舞著，追逐著。

太陽從小興安嶺邊緣低矮的山頂上爬出，瞬間，晶瑩的雪原閃爍著五彩的斑斕，陽光刺在柳英豪和李延安的臉上，兩人瞇起了眼睛。柳英豪側過身看著身邊打瞌睡的李延安，便脫下皮大衣給他蓋上，然後調過身來，迎著車頭的北風，擁抱著屬於自己的自由。六年的監獄生活，柳英豪沒有機會欣賞北大荒的粗獷與秀美，尤其是雪後的山巒，河流和望不到邊的土地，他貪婪地呼吸著潔淨的空氣和即將永遠離去的記憶。

「快到嫩江了！」柳英豪叫出了聲。遠處高大的煙囪和一片低矮的紅磚平房，偶爾幾棟灰色的樓房和火車站停靠的綠色客車。八年前他是坐著悶罐車來的，下車之後又戴上了黑色的眼罩，嫩江是個什麼樣子，寫了八年信封上的地址，今天他才真正看到，心裏酸楚呀！眼淚不覺地流了出來。

「怎麼老柳，離開這片特殊的土地，有點捨不得了？」其實李延安沒有睡著。

「是啊，談不上捨不得，心情很複雜，不知回到柳河的命運又是……嗨。」

「車到山前必有路，咱們的社會現在不已經開始恢復了嘛，而且會越來越好，相信有一天，你的冤案一定會得到平反！」

李延安充滿自信的話語讓柳英豪動盪不安的心緒再一次平靜下來。

汽車爬過了一個大嶺，嫩江縣城一覽無遺。濕滑的公路上迎面過來一輛馬車，駕轅的是一匹小馬，沒有見過世面，牠看到坡上飛來的卡車頓時受到了驚嚇，小馬躲閃著，馬車便來了一個調頭，車箱橫在了不寬的公路上。車老闆是個小青年，他一下子就慌了神，他和小馬一樣的沒有經驗，呆呆的立在了馬車上。

「不好！延安抓緊護欄！」柳英豪見狀大喊起來，一場交通事故無法避免，司機大楊緊急之中一把方向，汽車突然衝向路北五六公尺的深溝。眼看就要掉到溝下，汽車的前輪頂上路旁養護路面的沙堆，汽車突然遇到了阻力，加上雪的潤滑，卡車瞬間就來了一個大筋斗翻到了溝底。

當汽車翻滾的那一剎那，柳英豪毫不猶豫地用雙手將身邊的李延安推了出去，五十袋小麥連同卡車的車身全部都砸在了柳英豪的身上。

李延安被推出離車身後一公尺多遠的溝裏，厚厚的積雪和那件老柳的皮大衣讓他毛髮未損。他沒打愣，一個鯉魚打挺便爬起身來，衝向汽車，然後拼命地搬著車箱，嘴裏狂喊著老柳的名字。

駕駛座的門被艱難地打開，從裏爬出了大楊和小沈姑娘，兩人都還好，絲毫沒有受傷。他們也來幫助李延安。

「李延安別抬了，就算是來他一百人也抬不動啊，不就是一個二勞改嘛，死就死了吧，我也不是為了躲那個農民嗎？」大楊勸說著。

「你說什麼？你敢再說一遍，我現在就撕裂你的嘴！」李延安瞪著血紅的雙眼，衝到大楊的身邊，雙手揪住大楊的前胸，拼命地撕扯著。

李延安的眼淚唰唰地流著，他大叫著：「老柳是救我才死的，他完全有機會自己跳出去！」

李延安終於鬆開了雙手，開始敲打著自己的前胸。大楊和小沈也都哭了。他們真的無能為力，眼睜睜地看著柳英豪被壓死在汽車下。

李延安跪在了雪地上，他仰天長嘯：「老天不公啊，老柳他是個好人，白白受了八年的冤屈，你還沒有還他公正，可他就這樣地走了！」

那位趕車的農民也來到了溝底，他跪在車旁，向壓死在車下的老柳請罪。

「算了這位小哥，趕快起來趕車拉我到縣城找吊車去！」大楊叫道。

「小沈妳也跟著大楊他們去吧，妳們家裏還等著妳回去呢，我在這裏陪著老柳……」李延安說不下去了，他揮了揮手，催促著他們快走。

柳英豪孤身留在了科洛河畔，李延安在他的墳前豎起了一塊石碑，上面刻著：「救人英雄柳英豪之墓」，下面一行小字刻著被救人李延安，見證人是司機大楊、會計小沈和那位農民的名字。

柳英豪悲慘的命運讓坐在火車上的李延安不能入睡，柳家的遭遇像放電影一樣在腦海中一幕幕拉開。

二

那是一九六六年的冀中平原。

七月的太陽把臉貼在了大地上，天火把柳河北岸一望無垠的土地烤成了焦炭。河岸上幾十座揚水站一字排開，把清澈的柳河水抽斷了流。玉米地裏光禿禿地站立著一根根發黃的玉米稈，它們像秦始皇陵墓裏的兵馬俑，頑強地支撐著生命的延續。

玉米葉子捲著卷，垂著頭，喇叭筒一般呼吸著燥熱空氣中柳河水救命的那一點濕潮。光合作用停止了，生命被儲存起來。

河堤南北兩坡柳樹枝杈上的蟬兒像蛻了皮一樣沒有了鳴叫，天空沒有一絲風，大地村莊凝固了，死一般的寂靜。

河堤下的小村柳家莊，百十戶人家低矮的房屋，門窗全部打開著，男人赤裸著躺在土炕油黑發亮的葦席上，結過婚的女人們只穿著褲衩，蠻荒地舒展著四肢，仰躺在男人的身旁，碩大的奶子無論是白的，還是黑的，毫無羞澀地敞露著。大姑娘們還在保護著她們的貞潔，比娘們多穿了一件紅色的三角花兜兜。

柳家莊自古以來可以容忍女人們光著膀子，挺著奶子在村裏到處遊逛閒扯，年長的、年少的漢子可以盡情地欣賞，老公也不例外。可是當哪家新過門的媳婦捂著上身，穿了條短褲，把兩條白藕般的玉腿露出來乘涼，就算是站在自家的門樓裏也會遭到全村人的辱罵，說這女人不守婦道。

柳家莊東頭有一套青磚磨縫的四合院，布瓦蓋頂，遮住了毒辣的太陽，門窗也都敞開著，只是比那些黃色的土房多了層紗窗和竹簾。正房東屋的北牆條案上，一部礦石收音機裏正在播放歌曲：「王傑同志好榜樣……」

房子的主人柳英豪沒有一絲睏意，寬大的額頭擰成了一個團，三道刀刻般的皺紋盤成了個旋兒，汗珠沿著漩渦盤旋著，沖洗著柳英豪通天的闊鼻，敞亮的臉頰。五十歲開外的柳英豪經歷過「土改」、「三反五反」和「四清」運動。匣子裏的這場無產階級文化大革命的浪潮已經離他不遠了。他預感到柳家莊唯一的一戶上中農要遭受到這場浪潮的衝擊。但他萬萬不會想到，這場衝擊將會給他帶來的是一場毀滅性的災難。

柳英豪焦燥地在青磚鋪地上左右踱步，眼睛卻死死盯著窗外生產隊院裏高聳的旗杆，杆子頂頭上的高音喇叭正衝著自己的正房，他怕有朝一日，這喇叭會給他富裕的家庭帶來不測。柳英豪是大柳河公社二十幾個村莊裏唯一的高中畢業生，在方圓幾十里是個出了名的秀才。每次運動都少不了給貧下中農們講解黨、宣傳黨的方針政策。他一點不比公社的書記懂得少，他積累了一套黨在農村的政策和策略，也練就了靈敏的政治嗅覺。毛主席的一張炮打司令部的大字報，從學校燒到了城市，從走資派燒到地富反壞右的黑五類，這火焰越燒越旺，馬上就會衝過柳河，燒到共和國的末稍神經柳家莊的。

柳英豪前幾天在河堤上蹓早，不時地看到一隊隊的紅衛兵，從城市裏押來一些面容華貴的老頭老太們，還有一些幹部模樣的中年人。這些人胸前都縫著黑布的標牌，上面寫著歪斜的白字，什麼「歷史反革命」了，「走資派」、「地主」、「富農」了，還有「資本家」、「小業主」這些農民們弄不清的身分。

柳英豪一開始有些好奇，這不是意識形態領域的文化大革命嗎？怎麼忽地一下又變成了階級鬥爭了，敵我矛盾。尤其看到那些十五六歲稚氣未脫的紅衛兵，手拿著皮鞭皮帶抽打著他們的爺爺奶奶。柳英豪氣不公，奪下了鞭子，結果被後面趕上來的紅衛兵痛打了一頓。他被押到了大隊部，一查柳英豪是上中農，黨的團結對象，這才沒有戴上替階級敵人說話、階級陣線不清的帽子，勉強過了關。

柳英豪停止了踱步，在條案上鑲著紅木邊條的鏡子裏照了照額頭上被紅衛兵抽打留下的鞭痕，不時地還伴著一陣陣的隱痛。他看著條案上對面擺放的青花瓷瓶，想起父親去世時告訴他的話：「這一瓶一鏡要善待好，它會守護我們柳家代代平靜的。」柳英豪心裏似乎踏實了許多，衝著瓶鏡中間擺放的爸爸的照片深深地鞠了一個躬。忽然，大隊部的高音喇叭響了起來，喇叭裏傳來一個女孩子嬌嫩嚴厲的喊叫聲：「貧下中農同志們，無產階級革命的戰友們：四海翻騰雲水怒，五洲震盪風雷激。我們是柳河中學的紅衛兵，前幾天，你們柳家莊村的階級異己分子柳英豪，破壞無產階級文化大革命，他竟然和紅衛兵小將作對，幫助地富反壞右分子逃脫對他們實行的專政。經和柳家莊大隊貧協聯合調查，柳英豪原來是一個漏劃的富農分子，並伴有現行反革命行為。我們決定對柳英豪實行無產階級專政，實施抄家！」

柳英豪的腦袋瓜子一下木漲起來，全身的血液湧到了頭頂，血管在強大的壓力衝擊下似乎要炸裂開來，腦室瞬間變成了一汪紅色的大海……

柳英豪在激烈的喊叫聲中睜開了眼睛，十幾個男女學生，左臂上都戴著紅色的袖章，袖章上用黃漆印著偉大領袖毛主席的手書體「紅衛兵」，他們在村子裏一個叫韓永祿的青年人帶領下，翻箱倒櫃，一片狼籍。院子裏圍滿了村子裏的街坊鄰居，他們臉上露出好奇和驚訝，那些光著屁股的禿小子們爬上了窗台，騎在窗框上，膽子大的還敢跳進堂屋，從牆櫃裏抓上一把……

書架被推翻了，柳英豪最心愛的書籍散落了一地。一個女紅衛兵彎腰撿起了一本厚厚的硬皮大書叫喊著：「這個柳英豪的確是一個大富農，很快就會演變成一個資本家的，你們看看，他家竟敢藏有《資本論》這樣的書籍！」

韓永祿從紅衛兵手中接過書籍，罵道：「他媽的，只有資本家才看這玩意。」說完狠狠地把書砸向柳英豪。

全身無力的柳英豪哭笑不得，這真應了那句老話，秀才遇到兵，有理講不清啊，無助的他慢慢地閉上眼睛。柳英豪的媳婦張桂英見狀一下子就抱住了自己丈夫的頭，那本馬克思的經典著作便砸在了沒有讀過書的這位女人寬厚的肩背上。

「誰敢打我爸媽，俺就和他拼了！」柳英豪的獨生子，柳河中學高二一班的中學生柳白來不知什麼時

候衝了進來，他一步撲到韓永祿的身旁，順勢一個腳絆將高大的韓永祿摔在了書堆裏，引起院裏的貧下中農們一陣哄笑。

柳河中學的紅衛兵們停止了折騰，他們畢竟和柳白來是同學，農民子弟內心的淳樸和善良讓他們停住了手，有幾個平日裏和白來不錯的小哥們偷偷蹓到了院子裏。

韓永祿爬了起來，二十幾歲健壯如牛的體魄一不留神讓一個孩子摔了個仰臉朝天，他惱羞成怒，左手一把抓住了柳白來的頭髮，右手掄圓了抽了白來這孩子一個通天的大耳光。白來白淨的臉蛋立刻印下了五個青色的指印，鼻子也流出了鮮紅的血。

這時候柳家莊貧協主席六十多歲的柳英傑看不過眼了，他是柳英豪的叔伯哥哥，土改時的上中農成分的劃定他最清楚，是按照解放前三年的收入、土地、雇工一筆筆算出來的，不會有錯。怎麼十多年的工夫英豪在生產隊裏和大家一起勞動建設社會主義新農村卻變成了富農分子了？他弄不明白，但知道胳膊擰不過大腿，公社的旨意，每個村都要有個鬥爭對象，要不然這階級鬥爭對誰呀？柳家莊的陣地不能空白呀，萬般無奈，柳英傑才同意向柳英豪下手。

村子裏的團支部書記韓永祿，三代貧農，小學畢業後沒考上初中，回村子裏務農。他平日裏最愛湊個熱鬧，愛出個風頭。但總沒有露臉的機會。這回柳河中學的紅衛兵一找他，公社的造反派一指揮，他一夜之間就變成了柳家莊的文革紅人，並改名叫了韓闖。

「韓永祿你給我住手，和一個孩子逞什麼能！」柳英傑用身體擋住了柳白來，院子裏屋子外的叔叔大爺們也隨聲應和。

韓永祿自知無理又沒了市場，再次掄出的大手在空中劃了一個圈變成了手指，他指著柳家莊的鄉親們說：「我不叫韓永祿，我叫韓闖，我警告大家，不要替地富反壞右說話！」

公社造反派的一個大麻臉湊到韓闖的耳朵上咬了幾下，抄家算是告一段落。三天之內柳英豪全家要搬出這座青磚瓦舍的大宅院，搬到村西頭那三間土坯房裏。三家貧下中農入住這富農的房子，換一換風水。而這韓闖排在了第一家。

韓闖宣布完後，狠狠地瞪了一眼柳白來罵道：「你這個富農崽子，咱們騎驢看帳本走著瞧！」

夏天錯位的乾旱又一次錯位。冬季的柳河早早就封凍了起來，老北風擦著裸露土地上的黃沙呼吼著，捲起丈高的風柱，在曠野裏奔來奔去。到了入九的第一天，老天爺突然一變臉飄起了巴掌大的雪片，它們圍著柳家莊整整下了一夜。

柳家莊村西頭的三間土坯房四面透風，這房子是生產隊餵牲口的草料房，怎能抵擋著這雪後的寒冷。柳英豪一家三口偎縮在炕頭，白來媽用被子堵在窗下昨晚塌陷的大洞。柳白來跳下炕一邊罵著住在自家四合院正房的韓闖，一邊從爐膛裏扒出一塊燒紅薯，他用手彈了彈紅薯上的柴禾灰，衝著炕上的媽說：「俺出去轉轉，撿點舊磚什麼的，好把這洞口堵上。」

柳英豪爬起身子對兒子說：「快去快回，不要惹事，見那姓韓的躲著點走，咱們家現在是高粱稈糊的羊，只剩下一層紙了，經不住折騰。」

柳白來答應了一聲推門走了。老倆口從裂開嘴的窗紙上，看著兒子踩著尺厚的大雪深一腳淺一腳的消逝在雪原中。

老倆口吸了一口氣，白來這孩子好沒有福氣，眼看明年就要考大學了，這文化大革命一鬧，俺們又戴上了富農反革命雙料的帽子，連個落腳的棲身之地都沒有了，這孩子的前途怎麼辦？唉，恐怕連娶個媳婦都成了問題。

柳英豪想起了妻子張桂英懷著兒子臨產時的那段時光。

一九四九年柳河兩岸土改鬧得熱火朝天，翻身的貧雇農分了土地。可柳家莊沒有地主、富農，柳英豪的父親柳永富正重病纏身，躺在東屋的火炕上，觀望著均田地的革命。年輕的兒子響應黨的號召，在村貧協主席柳英傑的鼓動下，主動找了土改工作隊。土改工作隊的幹部說：「柳永富是上中農，土地不在重新分配之內。你們不要有什麼思想負擔，安心生產多繳公糧。」可柳英豪背著父親向黨保證：「自家心甘情願將土地交出來，不然柳家莊的貧雇農總不能到鄰村的高家堡去分田地吧。」

工作隊表揚了柳英豪，按柳家三口留下了該分的土地，其餘地都交了公。首先分到土地的就是韓闖的父親韓志貴。而柳英豪的妻子張桂英肚子裏端著的孩兒不算數，這一下可氣壞了勤勤懇懇一輩子的老公爹柳永富。自己累垮了身子積攢的這點家業，全讓這個不孝的兒子捐了公，而這兒媳婦也不做臉，這土地剛剛分完的第二天，孫子就來到了人間，一分土地也沒有分到，白來了不算還添上了一張嘴。但這總算也是一喜，柳永富見到這個遲到的孫子，給他起了個名字叫柳白來。

大病壓身的柳永富經不住這一悲一喜，在孫子柳白來的百天宴席上老爺子在新蓋一年的四合院的正房東屋裏雙眼看著那架筆直的松木房樑蹬腿歸天了。

人都說柳白來這孫夥計命硬，頂走了聰明一世的爺爺，可爺爺骨子裏的靈性全都浸在了這孫子的氣血裏。柳永富四合院的後院是一個木匠鋪，爸爸柳英豪只會讀書卻一樣木工手藝也沒有學到手。孫子柳白來長大之後不光學習成績好，木匠鋪的家夥計，沒人去教，拿起來就會，做個桌椅板凳像模像樣，無師自通。

俗話說兒孫自有兒孫福，柳英豪望著窗外的大雪，嘆了嘆氣，但他心裏卻堅信「十年河東，十年河西」的道理，任天由命吧。

柳白來踏著積雪圍著柳家莊走了一圈，一無所獲，即使有些破磚碎瓦，也被這大雪覆蓋得毫無蹤影，上哪兒去找呢？白來不知不覺地來到了自家的大宅院。他忽然想到，幾天前他路過這裏，見後院木匠鋪的磚牆倒了，有好些破舊的磚頭瓦塊，撿幾塊回去也不算什麼大事，反正也是俺柳家的，想到這裏，柳白來繞到了自家老宅子的後院。

天不滅曹，柳白來一陣狂喜，那堆磚頭旁邊還有一個丟棄的柳條編的土籃子，他連忙蹲下身子，用凍紅的雙手從雪堆裏撿出十幾塊青磚，放在土籃子裏。柳白來直起了身子，運足了力氣，將土籃舉放在肩上，高興地往村西頭走去。

韓闖新添了毛病，一改睡懶覺的舊習，天天早晨要圍著林子轉上一圈。為什麼呢？連他自己都不知道，自己怎麼就被吐故納新了，入了黨當上了柳家莊的支部書記，革命委員會主任。這一天不背著手溜達一圈，讓村裏的老少爺們，姑娘媳婦地叫聲：「韓書記，又視察呢。」身上就像少了點什麼。

韓闖從後院哼著語錄歌走了出來，他今天要上大隊部廣播勒令富家分子柳英豪、富農婆子張桂英去掃大街，進行勞動改造。自從韓闖當上了書記，警惕性便高起來，他恐怕柳家那小子報復，所以走出後院就先東張西望開來。他眼前忽然一亮，一溜鮮亮的腳印吸引住了他的目光，這大雪天誰來這後院的牆根做什麼？他走過去一看，呵！是誰人這麼大膽，竟敢挖我韓書記的牆角。他二話沒說沿著腳印甩開膀子就追了下去。

韓闖沿著一深一淺的腳印追到了村西頭那三間土坯房。他定了定神，然後躲在南河堤那棵歪脖子大柳樹的身後，他看見了柳英豪帶著兒子柳白來用他韓家後院的牆磚，正在壘砌那塌陷的土牆洞。別看韓闖這小子沒上過幾年學，鬼心眼很多，他懂得捉賊要人贓俱全，何況柳英豪這個富農分子是在抗拒改造，公開地反攻倒算挖社會主義牆角，這可是現行反革命啊！俺現在抓他人單力薄，柳家莊的貧下中農別看批鬥會上叫喊得歡，內心裏還真護著柳英豪這個村子裏官稱的「好柳爺」，關鍵時候，誰也不會幫我韓闖的，不行，不能耽誤時間，他連忙小跑回了大隊部。

「喂，公社王主任嗎？俺是柳家莊的韓闖啊，有重要情況向你彙報呀。」韓闖壓低了嗓門，將他偵查到的重要敵情彙報給大柳河公社革委會的副主任，那個麻臉大漢王忠。

「韓闖啊，你做得很對，千萬不要聲張，我現在就帶公社派出所的民警過去。這個事件說明，階級敵人是不甘心滅亡的。」韓闖擱下公社王主任的電話，心裏很激動，王主任說這在咱大柳河公社是一個典型，就是放在柳河縣也極具代表意義，你韓闖立功了！

韓闖按捺不住喜悅的心情，一溜小跑來到柳河大堤上，他搭手往北張望，通向大柳河公社的那條鄉間土路被大雪鋪平，一條車印也沒有。平坦的雪原深處，漸漸出現了幾個騎自行車的人影。

一九六八年春節過後，三天連續的西北風，將柳河兩岸的大雪吹打得七零八落，柳家莊村東頭的那塊冬小麥又露出了地皮，枯萎的葉子挺起了胸，似乎還泛著一抹嫩綠。

韓闖在麥地裏丈量著，指揮著幾個村裏的青壯年搭戲台，公社要在柳家莊演樣板戲，還開什麼現場會。貧協主席柳英傑一聽說要演戲，心裏很高興，他特意從鄰村的高家堡請了兩位木匠師傅幫忙，十幾個人忙活了兩天，戲台算是有了模樣。韓闖這次很大方，一天三頓白麵管夠吃，饅頭、烙餅、撈麵條，撐得大家是到了嗓子眼，只可惜回到家裏又倒不出來，饞得媳婦孩子們只咽口水。

戲台搭好了，大柳河公社二十幾個村的貧下中農代表都來了，柳家莊是全村出動萬人空巷，村東頭的麥田裏是人山人海，比看一場露天電影熱鬧多了。

戲台下的農民們第一次有了規矩，按村為建制排好了隊，自備小板凳，一排一排坐在將要返青的麥地裏。會場四周插滿了紅旗，各村的貧下中農們還唱起了毛主席語錄歌。柳英傑一陣納悶，這哪是演戲呀，是開全公社的大會，放在俺們柳家莊開，一定和俺們村有什麼關係。柳英傑抬起了頭，大戲台上掛上了橫標，上面用黑體字書寫著「大柳河公社批鬥審判大會」，他心裏一驚，難道和柳英豪有關？自從那個雪天公社派出所的民警抓走了堂弟之後，就再無柳英豪的音訊，弟媳婦和大侄子幾次找他打聽消息，他都無法回答，難道今天？他不敢想下去了。

戲台上的高音喇叭響了，公社革委會副主任王忠站在了主席台上，他在開會之前宣布，將全公社的黑五類分為：地、富、反、壞、右押上來。戲台的後面走出來幾十位老頭老太太們，一律都戴著黑色的胸牌，上面用白字寫著他們的名字和類型，這幫人在柳河中學紅衛兵的押解下，排著隊低著頭，被帶到了會場的西側站成了一行。

柳白來從柳家莊的隊伍中站了起來，他焦急地從黑幫隊伍中尋找自己的父親柳英豪。突然，他的屁股被人重重地踢上了一腳，柳白來回頭一看，只見韓闖一臉的怒氣，並衝著他低聲吼道：「小兔崽子坐下，那黑幫隊伍裏沒有你那個反革命的爸爸，他已經升級了，今天就是專門批鬥和審判柳英豪的！」

柳白來迎著北風的眼睛霎時就湧出了眼淚，他萬萬沒有想到，十幾塊磚頭竟然惹出這麼大的罪過，而父親在那大雪的早晨承擔了這所謂的罪責，結果被警察帶走了，這一切都是眼前這個韓闖造成的。他衝著韓闖喊道：「磚不是我爸拿的，是我拿的，你們放了我的爸爸！」

柳英傑就坐在柳白來的身後，他已經察覺出今天會議的內容，果不出所料。現在絕不能再搭上這個孩子柳白來了。柳英傑站起身來，雖說他已六十多歲，整日在地裏幹活，身板還十分硬實有把子力氣，只見他雙手搭在柳白來的雙肩上，用力一按，柳白來噗通一聲就坐在了地上。

韓闖沒完，伸手去抓柳白來，他高聲叫道：「柳白來，你這個反革命崽子，俺今天就叫你到台上給你爸爸陪鬥！」

「舅舅，你缺德不缺德呀，柳白來是俺同學，怎能和他爸爸扯在一起，快鬆手。」高家堡隊伍裏站出了一個梳大辮子的姑娘，她的媽媽韓永珍是韓闖的親妹妹。姑娘叫齊英，韓闖的外甥女，她在這萬分緊急的關頭出來救火了。

韓闖抓住柳白來的手不放，齊英急了眼，上去就咬了自己的親舅舅一口，疼得韓闖撒了手。齊英一屁股就坐在了柳白來的身旁，雙手緊緊地抓住了她這個見面都不說話的男同學。

韓闖見大會已正式開始，又怕自己的外甥女惹出笑話，只得吃了個啞巴虧。柳英豪五花大綁地被押到了戲台中央，口號聲連成了一片。柳白來的腿軟得再也站不起身來，眼淚斷了線一樣，他什麼也沒有聽見，四周的人們都站了起來，一道道黑色的人牆向他湧來，剛滿十八歲的柳白來喘不上氣……

批判大會散了，人們也都走光了，媽媽張桂英被叫到大隊訓話去了。麥地裏只剩下柳白來自己。空曠中，無助的他艱難地爬起身，忽然覺得手裏有一個硬硬涼涼的東西，他舉手一看，只見一個精美漂亮的香脂盒呈現在眼前，藍色鐵盒上印著一朵潔白的玉蘭花。是柳河中學高二二班的那個女同學，韓闖的外甥女，剛才解救自己的那個大辮子姑娘，對，就是她！白來恍惚中記得，齊紅同學散會時歸了隊，隨高家堡的人群走了，臨走時塞給他這個沒有了香脂油的香脂盒。

柳白來輕輕地打開了玉蘭花盒，一個疊著盤腸圖案的紙條靜靜地躺在鐵盒裏。

紙條被打開，一行清秀的字跡出現在柳白來的眼前：「肩和你並肩，心和你相連，苦難會過去，光明不遙遠。」柳白來一陣酸楚，一片汪洋大海中飄來的一隻小船，竟是一位農村少見貌美的姑娘，貧下中農的後代，那個可惡的韓闖的外甥女。他感到這是一股奇怪的力量，支撐著他已經毀滅的靈魂，讓他回到了村西頭的那三間土坯房。

媽媽張桂英拖著一雙沉重的老腿，帶回來一紙縣革委會的宣判書，父親柳英豪因犯反攻倒算罪，破壞無產階級文化大革命罪，判處有期徒刑八年，押赴黑龍江北大荒勞動改造。

晴天霹靂，三間搖搖欲墜的土坯房頃刻便斷了大樑，支撐全家的主心骨被韓闖抽走之後，女主人張桂英也像炕頭爐火的風箱一氣接著一氣的數數兒了。過了小半年的工夫，張桂英的哮喘病大發作，在柳河堤那棵歪脖大柳樹下斷了氣。一家三口只剩下柳家這棵獨苗柳白來。此時的柳白來早已沒有眼淚，他把家裏值錢的東西全都賣了，總算是買了一口棺材，把母親埋在了柳河河套的柳家墳地的邊角。他在母親墳地邊栽了一棵柳樹，給媽媽磕了三個響頭之後，隻身離開了生他養他的柳家莊。

村西頭三間土坯房的房門沒有落鎖，柳條編插的院門歪倒了，一隻黑色的烏鴉落在房脊上，衝著東北方向哇哇哇地叫個不停。

三

柳白來離開了養育他成人的柳家莊，他要隻身闖關東了，到北大荒尋找父親柳英豪，將母親張桂英臨終的囑託告訴父親。更重要的是，他的幾個城鎮戶口的高中同學都在黑龍江下鄉，說那裏可以給柳白來公平，有他施展才華的廣闊天地。

柳白來收好父親來信的地址，找出中學地理課本，標定出黑龍江省嫩江縣的方位，揣上家裏僅有的二十元錢上路了。他要徒步走到保定，再到北京。他計畫盤算好了，從北京扒貨車到齊齊哈爾，那裏離心中的聖地嫩江就不遠了。柳白來很激動，他終有機會不受任何人的制約，按照自己的計畫來安排自己的命運。雖然富裕神祕的北大荒在心中是那麼的遙遠，這一路的坎坷不知又會怎樣闖過，柳白來的心裏唯一追求的是做一個普通的人，有尊嚴、自由和平等這就足夠了，北大荒在他心裏點燃了一盞生命希望的燈。

柳白來出走的第三天晚上，柳家莊大隊書記韓闖發現了這個富農反革命勞改犯的兒子，居然在無產階級專政的光天化日之下，逃脫了控制。柳白來原本還可以算作「可以教育好的子女」，現在性質變了，公開站在了革命造反派的對立面。事情嚴重了，「樹欲靜而風不止」，韓闖連夜跑到了公社彙報了柳家莊階級鬥爭的新情況。

一張抓捕柳白來通緝令的大網撒開了。

柳白來很順利，一路總是遇到好人，也可能那些叔叔阿姨們把他當作知識青年了。一個搬道岔的鐵路工人幫他混上了去齊齊哈爾的客車。

柳白來第一次坐火車，又沒有車票，而且還是一個出逃的反革命富農的兒子，他心裏慌張極了，躲在兩節車廂的連接處，眼睛死死地盯著車窗外掠過的城市和農村。他不敢回頭張望，餓了從褪色的旅行袋裏摸出乾硬的饅頭啃上幾口。渴了，他甚至不敢到近在咫尺的茶爐邊接上一缸溫不都嚕的渾水。他心中只有一個信念，盼著腳下的火車輪轉得更快。心裏還不時地重複著那位鐵路工人的話：「下了火車，不要出月台，一直沿著鐵軌的反方向走，走出車站的圍牆就安全了。」

「查票了，查票了！」柳白來的心一下子就提到了嗓子眼。「趕快上廁所躲票。」還是那位鐵路工人教給的辦法。可這辦法不靈了，他被列車長和一位身穿藍褲子，白上衣，頭戴大沿帽，帽子正中央上鑲著紅色的國徽，領子上縫著紅色領章的警察揪出了廁所。柳白來心裏全涼了，一身的冷汗，這個高大的民警，彷彿就是那個雪天抓走爸爸的警察，連他的眼神都和大柳河派出所的警察一模一樣。

柳白來被帶到了餐車，警察開始了盤問，這時的柳白來反而倒鎮靜下來，大不了也把我送到勞改農場，那就能和爸爸在一起了。這坐火車不買票的罪過肯定要比拿自己家的十幾塊磚要嚴重多了。

民警被柳白來一五一十的訴說激動了，臉上還帶出了憤慨。難道這個警察也出身於「黑五類」，絕對不可能！無產階級專政的工具一定要掌握在工人階級和貧下中農的手裏，可他為什麼對我一下子就和善了起來。柳白來的心裏仍在打鼓。

民警和餐車上的廚師長嘀咕了一會，那位和柳白來父親年齡相仿的廚師長，端來了一碗熱氣騰騰的清湯麵，上面還臥了一個金黃色的荷包蛋。

「吃吧！小夥子，吃完這碗鍋裏還有。」柳白來哪裡是在吃麵，眼淚噗噠噗噠像斷了線似的滴落在麵條湯裏。

柳白來安穩地坐在餐車的座椅上度過了溫暖的一夜。

齊齊哈爾火車站到了。柳白來被這位不知姓名的警察叔叔領到了另一輛綠色的火車旁，把柳白來交給了開往加格達旗那次車的乘警組，並囑託他們，照顧好柳白來，在嫩江火車站下車。柳白來給比自己大不了多少的警察叔叔鞠了一個躬。心裏開始喜歡這些穿警察制服的人了。

又是一個平安夜，天一亮火車就駛進了嫩江火車站。

柳白來隨著擁擠的人流走出了剪票口，一個足球場大的候車廣場上，到處都是穿黃色、白色服裝的人。黃色衣著是那些來自北京、上海、天津、哈爾濱的知識青年們。白色服裝當然就是警察了。嫩江縣轄區住有幾十個知青農場、建設兵團和勞改農場，顯然這些警察是勞改農場的管教了。柳白來一陣心喜，他們肯定知道父親的下落了。他迎著一個年紀較大的警察叔叔走了上去。

「警察同志，俺是河北省保定府柳河縣人，到嫩江的勞改農場來找父親，請您看看這信上的地址該怎麼走呀？」

警察抬眼看了一眼柳白來，柳白來修長苗條的身材，蓬亂的黑髮下，那張充滿文氣的臉，和一雙誠實的眼睛……警察職業的直覺認為眼前的這位年輕人，不是到處流竄的盲流或者不法分子之後，這才接過柳白來遞過的信封。

信封上的地址寫道，黑龍江省嫩江縣三〇一信箱七大隊一分隊。

「第一次來嫩江吧。」警察問道。

「是的，東三省也是第一次，俺爸爸得了重病，捎信讓俺來的。」柳白來臉紅了，他說了瞎話。

警察臉上的疑雲散了。他告訴柳白來沿著這條丁字馬路一直往前走，三百公尺路北，有一個大院，門口掛著一個大牌子，上面寫著：「黑龍江省科洛河農場駐嫩江辦事處」就是了。

柳白來提起旅行袋，無心觀賞東北縣城特有的日俄建築風光，踏著馬路邊溝溝沿的青草跑了起來。他一口氣沒喘來到了塗著土黃顏色的一排磚房前停住了腳步，這房子的樣子建設得怪怪的，跟河北老家的房子的風格截然不同，房子的正中央開了個大門，門楣上是一個寬大的雨棚，雨棚下鑲掛著一個圓圓的紅燈格外耀眼，門框的左側掛了一個大牌子，上面寫著黑色的仿宋字體：黑龍江省科洛河農場駐嫩江縣辦事處。

「到了！終於到了。」柳白來的心幾乎都要跳出了胸膛。父親柳英豪彷彿就站在自己的眼前，他再也控制不住情感，眼淚奪眶而出。這時他一下子就悟出了一個遲來的道理，父愛的沉重、朦朧的看不見摸不著，卻又時時刻刻揮之不去。自己過去沒有機會和父親交流，有時嚴厲的管教還產生過抵觸心理甚至反抗……當過父親的男人偉大呀。

柳白來顧不上多想，三腳兩步跨上台階，推開兩扇朱紅色的大門。突然，柳白來停止了腳步，手裏的旅行袋啪嗒一聲掉落在水泥台階上。他充滿熱淚的眼睛立時乾涸了，遲頓的目光凝集在門板上的一張通緝令，還有一張模糊不清的照片。

柳白來迅速地撤回伸出去的腳，拎起失落的旅行袋，他低下頭，飛快地橫過馬路，來到科洛河農場辦事處對面的一個大門垛邊，他的雙腿沒了力氣，一屁股坐在草地上。柳白來從旅行袋裏摸出一頂褪了色的綠軍帽扣在了頭上，他將帽沿壓低蓋住了眉梢。如果讓柳河的來人發現，這次闖關東，用他們的話說是出逃，不就前功盡棄了嘛。

絕不能就這樣回去，柳白來嘆了一口氣自言自語地說道：「謀事在人，成事在天呀！俺真的就是走投無路，山窮水盡了嗎？」這時候他才感覺到累，筋疲力盡了。說罷將頭輕輕地靠在門垛上，盤算著下步棋怎麼走，「啪嗒」一聲，他感覺到身後邊是一塊木牌，柳白來連忙站起身來，噢，一塊比科洛河農場辦事處還要大、還要寬的大牌子，上邊書寫著「嫩江縣林業局儲木場」。再往裏邊看，好傢伙，成垛成堆零散的，碼放的原木，有樟子松、落葉松、黑樺、白樺和柞木。他長這麼大還是第一次看到如此多的好木材。

嫩江县林业局储木场
北京

天無絕人之路！俺不是有一身的木工手藝嘛，這麼多的木材還愁沒有俺柳白來的藏身之地。他看了看路北的辦事處，太好了！絕佳之地，一路之隔，父親總會有消息的。柳白來信心和勇氣頓增。他提起旅行袋，正了正帽子闖進了不知凶吉的儲木場。

柳白來來到走廊盡頭一個掛著場長辦公室標牌的門口停住了腳步，心裏盤算好了要說的話之後，這才輕輕地敲了敲門。

「進來。」屋裏傳來一個洪亮粗大的聲音。

柳白來推門進去，他還沒有看清對面寫字台後面坐著的人，就連忙鞠了一個大躬。

「場長你好！俺是關裏人，到黑龍江找舅舅，結果丟了地址聯繫不上，老家又沒了親人，請廠長暫時收留我幾天，俺會做木匠活，手藝不錯，不要工錢，管吃管住就行了。」

柳白來恐怕場長插嘴，他一口氣沒停頓將編好的故事說完，然後雙手將自己柳河中學的學生證遞到了場長的跟前。

場長笑了，站起身來，他年齡四十歲出頭，足有一米八〇的個子，虎背熊腰，眼睛不大眼光卻很刺人，最引人注意的還是臉上那個紅紅的酒糟鼻子。他接過學生證瞟了一眼，圍著柳白來轉了一圈，並拍了拍柳白來的肩膀。

「你是柳河縣人？」場長發問了。

「是的，柳河縣，大柳河公社柳家莊人。」

「哈哈，老鄉見老鄉啊，兩眼淚汪汪，俺是白洋澱澱東雄縣人。姓劉，同音不同字，有一句唐詩在這北大荒很流傳哪，那就是同是天涯淪落人，相逢何必曾相識！小老鄉，一看你就是個老實人，沒有出過道，是個雛，好，這個忙俺幫了。」

柳岸花明，柳白來又遇到了好人。劉場長叫劉長貴，是他的貴人，從此一個認了劉叔，一個認了柳侄，可儲木場沒有木匠房，這嫩江縣會木工手藝的人才缺少，白瞎了這麼多木材。劉叔說這好辦。他吩咐會計領柳白來到縣裏的五金屬店買好全套的工具，收拾出一間小庫房，木匠房就算開張了。

柳白來樂了，一天三頓的白麵饅頭，一天一元錢的補貼讓他受寵若驚。他使盡全身的力氣和智慧，給劉叔的辦公室換了一套新家具，樣子新穎，漆工獨特，加之京冀的家具風格，在這嫩江縣的地面上算是拔了頭。不光劉長貴樂得合不上嘴，還驚動了林業局的局長們。這下子好了，放在儲木場的不值錢的木頭增了值，連縣太爺的書架子都要換一換了。柳白來成了紅人，劉叔還在那麼多托人弄景的孩子堆裏挑出了兩個機靈鬼，跟著小柳師傅學徒，柳白來有了新家，在嫩江縣也小有名氣了。

人怕出名豬怕壯。有人借名發財，也有人借名倒楣。縣公安局的副局長托到已是林業局副局長兼儲木場場長的劉長貴，請小柳師傅給他家做一個大衣櫃。衣櫃做好了，柳白來的底細也被這位副局長摸了個一清二楚。他可不願知情不舉，還想著立功提正呢。一個電話，河北省柳河縣公安局便來了人。當然少不了柳家莊大隊的韓闖。

當劉長貴知道時已無力回天了。這位當叔叔的真夠叔叔的味，他給柳白來買了兩套新衣服，塞在衣袋裏兩百塊錢，並告訴大侄子柳白來，回家之後，形勢一旦好轉，俺就把你的戶口遷到嫩江來，招工進林業局，看他柳家莊還能對你怎樣！嫩江縣公安局那位副局長知道真情後掛不住臉，告訴河北的同行，一路照顧好柳白來。

離家出走一年的柳白來，懷著對嫩江這塊土地，這塊土地上善良的人的感激和眷戀，無奈地踏上了回故鄉的路，他對家鄉的情感早已熄滅了，唯一的惦念，就是柳河堤岸邊柳家墳地旁，已長有碗口粗細那棵小柳樹下沉睡的母親。

四

大柳河公社高家堡回村務農的女高中生齊英坐臥不安。自從那次審判大會上遞給同學柳白來的香脂盒後，她一直焦躁地等待盼望著他的回信。她和他雖然都是柳河中學高二級的同學，卻無緣在一個班，柳白來在一班，齊英在二班。可老天有眼，讓他倆相識。兩人同是學校的壁報委員。柳白來能寫會畫，期期壁報、壁報的報頭插圖都出自他手，而壁報的內容、採訪組稿又都是齊英。兩人珠聯璧合，期期都贏得全校師生的喝采，但每次見面合作，都是她主動搭話，見女同學就臉紅的柳白來只會嗯一聲就走開了。齊英弄不懂柳白來的心思，一個女孩子又無法開口進攻。可巧，有了那次審判他父親柳英豪的大會。有花為媒，弓為緣的，她的這次投石問路，可是階級鬥爭穿的線啊。

舅舅韓闖給外甥女齊英捎來了信，柳白來出逃了，很有可能是去東北找他那個反革命富農勞改犯的父親了。

齊英終於有了柳白來的資訊，她裝作早已和他劃清界線了，並給舅舅出主意想辦法，不管採用什麼辦法，一定要把柳白來抓回來。只要他能再回到柳家莊，俺齊英就會破釜沉舟和柳白來攤牌。

齊英家裏的生活在農村是頭等戶，父親齊永峰是保定賓館的經理，媽媽韓永珍是高家堡村婦女主任。但媽媽身體不好，又有嚴重的神經官能症，出不了工，下不了地。家裏的一切大權完全是齊英掌控，像她家這樣的條件，人又長得漂亮又有文化，父親還不在城裏給找一個工人哪，再次也得找一個退伍的軍人呀，可齊英一個心思想著柳白來，她心裏早就吃了鐵秤砣，非柳白來不嫁。

高家堡和柳家莊只隔兩里地，沿著河堤走上兩袋菸的工夫也就到了。齊英騎著爸爸買回來的飛鴿自行車，十幾分鐘不用就到了柳家莊西頭的那三間土坯房。

齊英找了幾個瓦匠和小工，和了一大堆麥秸泥，將那三間土坯房的房頂、牆皮整修一新，再找幾個大眼木匠，收拾好房門窗戶，安上玻璃刷上綠漆。小院的圍牆重新用柳條編插好。三間土房立刻便煥然一新，充滿了生機，只待主人柳白來的回歸。

深秋的柳河北岸一片紅火。

紅透的高粱掐頭，掙破衣皮黃澄澄的玉米掰棒。騰亮乾淨的土地又被犁杖翻開，裸露出黑油油閃光的土壤，騾馬拉犁，柳家莊的老把式提糧下種，秋分播下第二年的希望。

菜園子裏的大白菜佔青碧綠，菜把式精心伺弄，這是農民們一冬的蔬菜。

柳白來回到村子，縣裏派來的工作組和軍宣隊保護了他，和一年前沒什麼兩樣。只是那個韓闖更加厲害，他每天派給柳白來的活計不是起豬圈就是掏廁所。柳白來心寬，柳家莊只有他一個人是黑五類子女了，俺不幹這些髒活累活又讓誰幹呢？他盼著這場文化大革命早日結束，嚮往著那一段東北沁人心脾的甜蜜生活。

太陽落山了，柳白來拖著僵硬的雙腿和一身的臭汗回到了自己的小院。

房門虛掩著，從門縫裏飄出一縷紅燒豬肉誘人的香氣。不過年不過節的農民們，一年只盼著大年三十那頓年夜飯，敞開肚子解一次饞。現在，這三秋大忙的，誰又有閒工夫燉肉，哪來的錢呀！柳白來扔下鐵鍬，推開門先去東屋再奔西層，院裏院外乾乾淨淨空無一人。當他再次返回堂屋，伸手摸了摸了爐灶還有餘溫，打開碗櫥，一飯盒的豬肉燉粉條，三個一咬沒鼻樑子雪白的大饅頭在等著餓腸如鼓的他。

柳白來知道是誰，齊英啊這是何苦呢？一個貧下中農的漂亮姑娘，一朵鮮花，幹嘛非要往俺這灘牛屎堆上插，俺配不上妳。

柳白來端出飯盒放在鍋台上，燈也沒點，藉著窗外天空上的星光，三下五除二吃得痛快。一飯盒的豬肉和三個饅頭頃刻就都填進了肚子。他站起身來，揭開鍋蓋，鐵鍋裏有燒開的綠豆湯，柳白來又足足灌上了滿滿一飯盒。

吃飽了肚子，人就有了精神。他才感覺到渾身上下的臭汗難聞，他連忙用洗臉盆打滿了涼水，脫光了身子，站在小院中央的月光裏，痛痛快快地洗了個澡。

齊英沒有走遠，她一直躲在河堤那棵歪脖子柳樹下，那裏能隱隱約約地看見柳白來的小院。其實，她在心裏早已把這做為自己的家了，雖然這裏破舊寒酸，但總覺比高家堡的家裏更踏實、更溫暖。當她第二次做飯給他吃的時候，鍋台上居然留下了那個印有玉蘭花的空香脂盒。盒子裏也有一張盤腸狀的小紙條。

小紙條上是柳白來驕傲的字跡：「苦難有你幫，謝汝好心腸，不要誤歧途，世界寬又廣。」這字太熟悉了，字跡給齊英留下的不僅僅是驕傲，還有霸氣，透著一股讓她無法抗拒的誘惑，她像著了迷一樣追逐著柳白來。她的內心深處甚至出現過一絲的邪惡。她高興看到柳家現在的敗局，這樣會給她提供幫助他的條件和藉口。女人的自私根源，其實就是對心愛男人的固執，她可以失去一切或者製造場景來滿足自己的願望。

齊英在歪脖子柳樹下轉圈圈，月光下她看見柳白來健壯的身體。一年多沒有見面，他高挑修長的身材，吃了北大荒的大豆小麥，喝了嫩江的江水，越發地魁梧和成熟，更具有男人味道了。此時的齊英卻已心猿意馬，她要衝進這注入了自己心血的小院，她要叫柳白來娶她。

柳白來摸黑躺在炕上，全村都有了電燈，可惡的韓闖吩咐電工，村西孤零零的三間土坯房不用再架線了。柳白來清楚，抗爭是不會有結果的。既在矮簷下，怎敢不低頭。這樣也好，圖個清淨。家裏的書都抄走了，現在是無書可看，他只有透過玻璃窗，仰視著天空中掛在歪脖子柳樹上的那輪月亮。吟上一首唐詩宋詞以解心中的苦悶。

齊英這女孩的身影每天晚上都在他夢中閃現，上中學時互相的尊重愛慕是心照不宣的。他喜歡她的漂亮、大方和直爽，還有一些潑辣，她家的條件好，可俺柳家的條件也不差，青磚磨縫的四合院，在全大柳河公社也是首屈一指。柳白來深知這女孩的心理，她越高傲的時候，其實越心虛，男學生圍著她轉的時候，她都把目光投給比她更傲慢的柳白來。

柳白來對齊英失去信心當然是這場文化大革命了，他倆的距離一下就被韓闖拉大了，他恨韓闖，也恨齊英，是她的舅舅改變了柳家的命運。爸爸被判刑去了東北，媽媽急火攻心撒手還未成家的兒子走了。爸爸在這棵歪脖柳樹下遭受過紅衛兵的鞭打，媽媽躺在這棵樹下嚥的氣……。柳白來將一切怨恨都記在了這棵樹上，他發誓要砍掉這棵歪脖子柳樹。

柳白來死灰復燃是那次審判會上，白蘭盒裏的字條不知看了多少遍。當他從東北回來，面貌一新的小院，香噴噴的飯菜，再一次啟動他平靜的心。父愛母愛都沒有了，社會的公愛在柳河早已無影無蹤，齊英的愛，讓他感到人生以來最大的幸福。他想過娶她，可又覺得自己太自私，這麼鮮嫩的花，放在自己的屋裏就會凋謝，跟著自己受罪，受一輩子的罪，這才有意遠離她。

柳白來流淚了，眼前的月光變得渾濁起來，忽然，一個女人的身影站在了窗前，就像一幅天女下凡的牛皮影掛在幕布上。

柳白來挺起身來，夢幻裏的齊英竟然鮮活地站在自己的眼前，他像在夢裏一樣打開了窗戶，她像月亮裏飛下的嫦娥，撲了進來。

兩人不會說話了，彼此都喘著粗氣交換著，相互都能聽到對方胸膛的熾熱和心血的澎湃，這一對被日月煎熬的男女就像兩塊巨大的磁鐵，無論此刻用什麼阻攔都阻擋不了這強大的引力。「啪」的一聲黏住了，變成了一塊沒有一絲接縫……

大地沉睡了，月亮不知躲到了什麼地方，連那棵歪脖子柳樹都垂低著頭，沒有人願意打擾他們，連河堤下面的柳河水似乎也停止了流動……

齊英用淚水沖洗著柳白來，洗去年輕心靈上的斑斑創傷，安撫啟動他的青春活力。齊英用真心和熱情幫助柳白來再次變成了男人、漢子。他決定正式向齊英的父親齊永峰提親。

柳白來被齊家攆了出來，兩瓶瀘州大麯和在保定裝的點心匣子統統被拋在齊家的門外。他不羞惱，這是兩人早已預料到的結果，他按計畫靜靜地坐在門樓外的石墩上，聽著齊英父女激烈的爭吵。

兩輛自行車急促的鈴聲響過，柳家莊大隊書記韓闖領著公社基幹民兵連長從車子上跳下，兩人氣勢洶洶來到柳白來的面前。韓闖一腳踢碎了用紅紙蓋頭的點心匣子，什麼雞蛋糕、綠豆糕、自來紅、自來白的滾落了一地。

柳白來臉上沒有怒氣，他是來求婚的。

「柳白來，你他媽的這個狗崽子吃錯了藥，你不撒泡尿照照，一個勞改犯的兒子想娶俺韓闖的外甥女，今兒我就砸斷你的狗腿！」

韓闖說罷抄起自行車後架上夾著的一根鐵管，掄圓了朝柳白來打去，那位民兵連長也從腰裏解下三節鞭，堵住了柳白來的後路。

柳白來無處可跑，好漢不吃眼前虧，他沒有別的辦法，只能返身再次跑進齊家的門樓裏，韓闖也追進了院，這時高家堡的老百姓也全都出來看熱鬧，將齊家圍了個水泄不通。

齊永峰畢竟是個國家幹部見過世面，他懂得婚姻法，他只不過不願意讓獨生女兒找一個成分高的人家。柳家的事情他早就略知一二，當然，他也對柳英豪被判刑曾罵過自己的內弟韓闖，說他缺了八輩的德。至於柳白來這小夥子，不論品德形象和本事，在這大柳河公社二十幾個村也挑不出第二個，可他家這個出身，當爹的怎能將女兒往火坑裏推呢。

韓闖追著柳白來在院裏轉圈圈，事態如果控制不住就會惹出人命的。齊永峰急了，大聲吼住韓闖。這時，齊英也從屋裏抄出菜刀，她當著自己的父母舅舅，當著高家堡的左鄰右舍高聲喊了起來。

「俺齊英是個才貌雙全的烈女，不是嫁不出去，我和柳白來從小青梅竹馬，相互愛慕，自由戀愛合法合規。柳白來家不是富農，他爸爸更不是反革命！那是一起冤案，這些都是韓永祿一手造成的，俺沒有這個舅舅。今天誰敢阻攔我和柳白來的婚事，俺就死在大家的面前。」

齊英將菜刀架在了脖子上。

齊英媽媽韓永珍一下子就暈了過去。齊永峰一看這事鬧得太大了，在鄉親面前出了大醜，鬧了大笑話。他沒有辦法，只能當著大家的面表了態，齊家同意柳白來的求婚。一場鬧劇才算勉強收了場。

柳白來知道這是齊家的緩兵之計，果然不出所料。自打從高家堡回來，幾天也沒有齊英的音信。他托本家大伯柳英傑前去打聽消息，老爺子回來說，齊英已被父親齊永峰、舅舅韓闖關了起來。大伯告訴大侄子，心急吃不了熱豆腐，總要給齊家一個心理承受的過程，拖上一段時間，待事情涼下來再做打算。

一九七三年的臘月寒冬，西北風剝去村莊樹木的衣著，光禿禿灰濛濛。樹幹在風中搖曳，發出嗚嗚的叫聲。柳家莊戶戶的煙囪裏都冒著煙，人們忙碌著蒸饅頭做豆腐，準備過年。柳白來糊窗掃房，連院外堆放的玉米秸全都碼放整齊，他和齊英約好，臘八那天夜裏，他到高家堡村後的小廟門前等她。第二天就舉行婚禮。

大伯柳英傑冒著風險偷偷在大隊部開了封介紹信，到公社為侄子領取了結婚證書。柳白來和齊英的結婚便取得了法律的保證。

齊英當晚熬好了臘八粥，又給媽媽炒了個雞蛋，烙了兩張富強粉的白麵烙餅。娘倆無語，吃完飯後，媽媽去了東屋，女兒回到了自己的西屋。

齊英將自己的衣物細軟和這幾年爸爸給的零用錢一併收拾好，只等著夜深沉下來。

約定的時間到了，齊英躡手躡腳來到東屋，她聽見媽媽均勻的呼吸後，便悄悄打開堂屋的大門，她走出屋外又回身把屋門鎖上，把鑰匙從門縫裏塞進屋裏，還有她事先寫好的一封信。媽明天早晨從窗戶跳出去後便能打開房門。

齊英推上自行車，把行李捆在後車架上，打開院門將車推出去，然後再進院關好門插上了門栓。她輕輕來到牆角準備好的梯子前，燕子一般爬上了牆，順著牆外的那棵香椿樹滑到了院外。她騎上自行車飛快地來到了村口的小廟前。

柳白來歡喜若狂，齊英告訴他這裏不是親熱的地方，兩人順著北風一溜煙地回到了柳家莊自己家的小院。

天亮了，韓永珍一覺醒來發現閨女不見了。她從堂屋門前撿起那封信便明白了，她擔心的事情終於發生了。韓永珍最瞭解自己的女兒，她知道這是早晚的事情。當媽的這時反而踏實了，她回到東屋，從沒有封口的信封裏抽出來女兒的信。

爸爸媽媽：你們好！

別怪女兒無情，用舊社會逃婚的方式去實現自己追求的愛情生活。無論發生什麼樣的事情，我和柳白來的結合都是無法改變的。希望二老明白這一道理，不要做出傻事情來。終歸女兒還是你們的女兒，柳白來也是你們的姑爺，這已是鐵打的事實。

爸爸媽媽，請你們相信我的判斷，柳家的冤案一定能夠平反，柳白來一定會幹出一番事業，你們二老也一定能夠在晚年享受到我們的福分。另外，請媽媽少搭理舅舅韓永祿，運動過後，他肯定是要吃虧倒楣的。

們。

爸爸媽媽，請你們不要難過，柳家莊到咱家就二里地的路程，如果你們不拒絕，我和白來常回來看你們。媽媽，當您看完這封信後，我和柳白來的婚禮已經舉行完畢了。

祝

二老康健

女兒：齊英

五

李延安屬於一批特殊的工農兵大學生，入學日期也改在了冬季，他在河北大學辦理完註冊手續就到了年底。李延安曾在嫩江科洛河畔柳英豪的墓前許過諾言，一定要趕在年底之前去一趟柳河縣，探望老柳的兒子柳白來。

臘八，李延安和自己剛剛解放還未分配工作的父母吃了一頓團圓飯，臘月初九一大早就起程了。父親單位的行政處嗅覺靈敏，他們已知道老爺子馬上就要官復原職走馬上任了，現在打溜鬚還不晚，仍屬於雪中送炭。他們派了部裏剛剛進的一輛嶄新的北京212吉普車，拉著李延安直奔柳河而去。

雖然柳河縣離北京很近，但坑坑窪窪的柏油路讓李延安他們在車上顛簸了足足小半天，直到中午才終於到了大柳河公社。柳家莊很好找，就在柳河北岸河堤下那一大片柳林叢中。吉普車越過柳河上那座用圓木搭建的浮橋，再往南一公里便駛進了柳家莊村東頭。李延安讓司機停下車，他圍著那套青磚磨縫的雄偉建築走了一圈。心裏想，中國的農民幾輩子辛勤，就是為了修建這麼一套宅院。當他們熬盡了心血換來這個龐然大物的時候，到底又給自己和子孫們帶來了什麼？周圍沒有致富的窮哥們能不眼紅？他們過慣了大家都餓肚子，穿補丁褲子的平均生活。

李延安腦海裏迅速閃念。中國農村落後貧窮的根源不是很清楚了嗎？以「包產到戶」的農村經營格局的提出不是沒有道理，「三自一包」是農村走向富裕的道路啊！農村農業、農民致富的出路，唯一的選擇就是要突破當前的吃大鍋飯。徹底改變那種越窮越光榮的理念……

柳家莊的老百姓沒有見過吉普車，全柳河縣也只有縣委政府有那麼一台。所有的書記、縣長去地區，省裏開會或公社下鄉，都要輪著派車，當然絕大多數還是騎著自行車，不是有一首歌曲叫「公社書記下鄉來」嘛。村裏的老少把李延安他們圍了個水泄不通，當怪物似兒的參觀了起來。人們看了一個新鮮之後，又都突然撤離開來，站在遠處觀望了。別看李延安年輕，坐著吉普車到落後貧窮的農村來，那也一定是個比縣太爺還大的官。

李延安揮手上車，柳英豪曾經告訴他家早已搬到村莊的西頭了，全村一條大道，從東進到西出，歪脖子柳樹下，那棟四不靠孤零零的三間土房便是柳英豪的家。

汽車開動了，捲起了一陣土煙，土煙飛起的後面，尾隨追趕著那幫看熱鬧的男男女女。

李延安從車窗探出頭，他看到了那棵歪脖子柳樹，也看到了面貌整潔的小院，他還看到了大柳樹下圍了一圈的人，比看他汽車的多了好幾倍，人群中間擺放了一個柳木製作的大八仙桌，桌子上站著一個年輕人被五花大綁，一個高大的漢子指著年輕人在高聲叫喊……

吉普車的威嚴讓圍觀的群眾自發地讓出了一條道。汽車頂著八仙桌子停住了。李延安怒氣沖沖地下了車，他已經認定被捆綁的年輕人就是柳英豪的兒子柳白來。桌子的旁邊，一個蓬亂著頭髮，身穿大紅條絨外套的女青年已哭成了淚人，她雙手抱住桌子上男人的大腿，嘴裏也不停地叫罵。

李延安的到來讓這場喧鬧戛然停止。那個高大的漢子和一個身穿藍色制服棉襖，幹部模樣的中年人連忙轉過身來，面向李延安點了點頭，在淒涼的寒風中滿臉堆起了笑容。

「這位領導，俺是柳家莊大隊黨支部書記韓闖，這位是俺們大柳河公社革委會副主任王忠，我們正在批鬥反革命勞改犯的兒子柳白來，請你指示。」韓闖彎著腰說。

「請問這位領導，你是縣裏的還是地區的？我沒有見過你。」還是王忠老到，他試探著李延安的底。

「我既不是縣裏的，也不是地區的，我是從北京來的，請你們立刻把人先放了！」李延安憤怒的聲音帶著顫抖。

王忠和韓闖嚇住了，北京來的，還坐著嶄新的吉普車，這來頭不小。他倆連忙叫公社民兵們給柳白來鬆了綁。

王忠還是不放心，他從衣袋裏摸出了一盒大前門帶錫紙的香菸，並恭敬的遞給這位眼前讓他疑惑的李延安。

「抽支菸吧，大老遠的，你是北京什麼單位的？要不咱們先到大柳河公社坐坐，吃頓俺們農村的午飯。」王忠開始了以守為攻。

「我什麼單位的也不是，只是河北大學剛入學的學生，怎麼？你們就可以為所欲為！隨便抓人打人，

這位青年犯了什麼法！」李延安怒氣不滅。

「嗨！俺當你是他媽的什麼鳥呢！一個窮學生到俺柳家莊咋呼啥！把柳白來再給俺捆上！」韓闖沒有了懼怕，他指著李延安的鼻子，跳著腳得意地叫喊起來。

王忠不動聲色地觀察事態的發展。

「誰敢！誰要敢再動柳白來一指頭，我就先扭斷他的胳膊，然後讓他吃不了兜著走！」李延安邊說邊甩掉了身上的軍綠大衣，擺出了打架的陣勢。

這時，隨李延安一起來的那位行政處長發話了，他比李延安強硬多了，他從兜裏掏自己的工作證遞給了那位公社副主任王忠之後，便一步跨到了李延安的身前，朝著那位叫韓闖的書記就是一拳，然後自己面對著那幾個公社民兵們，護住了柳白來。

「都趕快住手，大水沖倒龍王廟，一家人不認一家人。這位年輕的同志消消氣，聽俺們給你解釋。」王忠連忙打起了圓場。

「你們到底是誰？」韓闖沒了底氣。

「我們是中央××部的，這位年輕人就是我們部長的兒子！今天特意從北京趕來，就是來看望這位小青年柳白來的。」一行政處長說。

「噓」的一聲，在場的人們都瞪大了眼睛，張大了嘴巴。柳白來驚疑不解的看這位素不相識的同齡人，媳婦齊英也停止了哭泣。這到底是怎麼一回事呀，誰都說不明白。

人群裏走出了柳家莊大隊的貧協主席柳英傑。老人很是激動，從懷裏掏出了一張紅色的結婚證書，雙手遞給了李延安，老人悲憤地講述了柳白來和齊英的婚事。

那天夜裏，柳白來推著自行車，齊英扶著車後架上的行李，兩人心急如焚只用了一袋菸便從高家堡的小廟前回到了柳家莊準備好的新房。

小院裏架起了電燈，那是大伯柳英傑的兒子大隊電工柳國良拉起的臨時線，燈泡上裏上了紅紙；窗戶上貼上了喜字；堂屋的門框上黏上了對聯。上聯是「風雨婚姻柳河作證」，下聯是「忠貞愛情坎坷鍛成」，橫批「革命伴侶」。東屋的火炕上兩床大紅的印花被褥，柳英傑的媳婦柳大媽鋪理的平平整整，還在被窩上放了幾顆紅棗和栗子。

齊英被眼前的一切驚喜感動得熱淚盈眶，她沒有想到，在這樣惡劣的環境裏，偷偷摸摸的洞房花燭竟一點不比別人的差。

婚禮在夜半十二點正式舉行，十幾位柳家沒有出五服的親戚擠滿了小屋。柳英傑主持了婚禮，他知道堂弟柳英豪的逝去，那是東北農場的一封信函：「柳英豪刑滿釋放途中，在一場車禍中救人死亡……」通知單被韓闖扣壓了起來。他不相信，一個地富反革命勞改犯，能夠做出雷鋒、王傑那樣的事情來。柳英傑心裏悔恨當初自己的無知，同意給柳英豪錯劃了富農成分，這才導致英豪一家接連不斷的災難發生。老人內疚極了，這才不顧一切為侄子辦理婚事。

柳英傑莊重地宣讀了結婚證書。柳白來和齊英端端正正地站柳英豪和張桂英的照片前，兩人向二老深深地鞠了一躬，簡潔的婚禮儀式就結束了。大夥圍在西屋的火炕上，一起包著豬肉白菜餃子。

齊英獨自一人來到院子裏，向著北方高家堡的媽媽也深深地鞠了一個躬。她流淚了，興奮中又感受到了那麼一點點的委屈。畢竟身邊一個娘家親人也沒有。

太陽爬出來了，熱騰騰的餃子也端了上來，結婚的酒席開始了，柳國良從盤子裏抓了兩個餃子塞進了嘴裏，他邊吃邊跑，跑到河堤的那棵歪脖子柳樹下，從懷裏掏出一掛紅彤彤的鞭炮繫在光溜溜的柳枝上。

炮聲響了，整個村莊在搖晃著，藍色的煙霧融進晨曦裏，鮮紅的太陽，在柳河清脆的回音裏慢慢升起。

爆竹聲衝進了村東的四合院裏，韓闖揪心的事發生了，得勢狂妄的他，怎能容忍柳白來這麼一個富農子弟，搶走自家如花似玉的外甥女呢！

公社王忠主任帶領民兵來支援。王忠認為這是一起非法婚姻，俺們這麼多的貧下中農的兒子還打著光棍呢，怎能讓地富反壞右和我們爭奪陣地，這是階級鬥爭的新動向。

韓闖不顧親情，外甥女的哭聲和叫罵，反而助長了他的歇斯底里。柳白來這才被五花大綁。

王忠和韓闖看到李延安手中的結婚證書才大夢初醒。韓闖指著柳英傑說：「好哇！這些都是你這個老傢伙辦的好事！你這是設計好了的陷阱，讓俺往裏跳呀，你等著，咱們走著瞧！」

「對不起了！鄉親們，這些都是這個韓闖不調查研究的結果，換句話說，新媳婦是他的親外甥女，這個柳白來再不是，也是他的外甥女婿，這是他們家的私事，公社就不管了！」

王忠狠狠地瞪了一眼韓闖，又朝李延安笑了笑，帶著幾個民兵溜之大吉了。

李延安上前緊緊地把柳白來摟住，柳白來被這突如其來的變故驚喜和感動，他更是伸出了雙臂抱住了這位救命的恩人。

柳家莊村的貧下中農被韓闖集中起來開批鬥會，沒想到看了這麼一場戲。落幕了，場散了。快過年了，大夥還要趕快回家收拾年貨。

李延安攔住了大家的去路，他跳在桌子上，給大家講訴了柳英豪在東北科洛河農場服刑的情況，柳家的冤情一定要平反。接著他話鋒一轉，悲涼地介紹了刑滿之後，柳英豪回柳河家鄉路上所發生的壯烈場景。

「鄉親們，貧下中農同志們，柳英豪是一個好人，一個正直的人，一個捨生忘死的人，他是偉大領袖毛主席的好農民，他家的情況在場的老人們最清楚，從土改捐地到現在的捨身救人。鄉親們不要這樣對待柳英豪留下的兒子這位可憐的柳白來。那個被救下來的青年管教就是我啊！大家相信我的話，共產黨的柳河縣委，一定會給柳英豪平反昭雪的！」

一聲撕心扯肺的慘烈哭喊，柳白來暈厥過去。齊英嚇得慌了神，她緊緊地抱住自己的新郎，滿眼淚水中，那乞求的眼神望著大夥：「快救救俺家的白來呀！」柳英傑撥開人群連忙蹲下身子，按住侄子的人中，不大工夫，柳白來睜開了眼睛，他的哭聲又起，哭聲中的淒涼、怨恨、委屈和無奈，讓柳家莊震撼，參加批鬥會的貧下中農們，他們沒有了剛才揮舞拳高喊口號的躁動，所有的人都被這壯烈的故事和柳白來辛酸的淚水所內疚。

寒風中的人們含著眼淚，悄無聲息地離開了會場。

柳白來躍起身來，朝媽媽張桂英的墓地，柳河河套柳家墳地跑去。新媳婦齊英，大伯柳英傑，還有李延安，那台嶄新的吉普車緊緊地跟著他。

柳白來跪在了媽媽的墳前，所有的人都跪了下來，他們和柳家都有著各色的牽連，扯不斷的情和怨。沒有牽連的人也都跪下了，他們不能不跪，誰見了這場景，那膝蓋骨就不是你自己的了，變軟了，堅硬的骨頭溶進了情感。

張桂英全都看到了，兒子結婚了，婚禮辦得如此場面，但終究是有了結局。老頭柳英豪也回來了，他是英雄了，回來和自己做伴，張桂英也夫貴妻榮了。張桂英還看到了這位年輕人李延安，她感動了，她知道柳家從此會風向大轉，保佑兒子柳白來的今後。更讓張桂英欣慰的是，自己沒見面的兒媳齊英，不怕這風雨，堅毅地來到俺們柳家，她會給柳家續下香火的，到時讓孫子來和奶奶說說話。堂哥柳英傑，好人辦錯過事，那是偶爾的疏忽，好人辦好事，那是他一輩子的本事，行了，俺張桂英九泉之下不再求什麼了，只是盼你們在允許的情況下，把俺老頭柳英豪遷回來，別在北大荒孤魂野鬼的，柳家莊就是他的窩呀！

風停了，人們跪在墳前，清楚地聽著張桂英的話，突然，張桂英墳後那棵已成材的柳樹，朝著東北方向的那個大樹杈，「哢嚓」一聲折斷了，一間房大小的枝杈，慢慢地落在了張桂英的墳上。

李延安住在了柳白來家，行政處長和司機住進了柳河縣委招待所，第二天早晨來接他回京。

三間土坯房的燈全都亮了，小院裏第一次有了溫馨。一張四四方方的炕桌擺在西屋的火炕上。兩個涼菜，兩個熱炒和兩個燉菜，齊英把從娘家拿來的過年菜全都端了上來。李延安掏出從北京托那位處長買來的兩瓶瀘州特麴端放在大伯柳英傑的面前，只等這位老人主持這麼一場特殊的宴席。

柳英傑是長輩，坐在了炕桌的正面，那是滿族人最高的禮待，俗稱「小鞭子沖窗戶」。李延安比柳白來年長了一歲坐在了上首，他不會盤腿，將兩條修長的大腿耷拉在炕沿下。柳白來盤腿坐在了下首。媳婦齊英將菜端齊，搬了條長板凳坐在炕下。四人圍定，柳英傑發了話。

「今兒是一個特殊的日子，一是侄兒柳白來的大喜新婚酒宴。二是俺兄弟英豪的朋友李延安來認親，雖說他非要和白來認個乾哥們，這不行，別破了規矩，歲數再小輩分在那裏，是俺的小老弟，白來的小叔。三是俺弟英豪死得光榮，給柳家添了顏面，柳嫂九泉之下放了心。四是俺們提前過了個年夜飯，也算作除夕了，這叫做四喜臨門。來，這第一杯酒咱們都乾了，杯底朝天。」

四杯倒滿了的酒，在碰撞中一飲而盡。第二輪敬白來走了的父母，第三輪敬了大伯，第四輪當然是柳家的吉星李延安了，然後是夫妻對敬，當然也沒有忘記齊英的父母。

「爸、媽，女婿今天改口了，不論你們認是不認，我保證永遠對齊英好，也一定會讓齊英過上好日子，也會孝敬你們二老。我給你們敬酒，我給你們磕頭了。」

柳白來朝著高家堡的方向足實地跪了一個響頭，然後將那一杯酒舉過了頭，回頭看了一眼淚水又湧的齊英，喝了一個痛快。

柳白來又滿了一杯，他想到另外一個貴人，嫩江縣儲木場的場長，噢，已是林業局長了，前兩天來信告訴的，他又進步了，轉正了。柳白來很自豪，劉叔當局長有自己的貢獻，他做的那些漂亮的家具也起了作用。他預感到，運動過後，他和嫩江劉叔的緣分一定會更黏糊、更磁實。

「劉叔，俺白來結婚成家了，謝謝你一年對我的關照，這是俺媳婦齊英，等安穩下來，俺倆口子去嫩江看你，新婚之夜，俺倆祝願劉叔身體健康、永遠健康。」

小倆口面向東北喝完了酒磕完了頭。

李延安一天的經歷讓他慶幸結識了柳家。這是一家樸實敦厚又勇於承擔責任的人家。他們不僅善良勤奮，更是剛正不阿，嫉惡如仇。這是中國農民典型的代表。他從柳英豪、柳英傑身上看到了這一點。他又從新一代農民、有知識的農民柳白來、齊英身上看到了未來農村發展的走向和希望。當然，他從父親母親的解放和重新站起來工作，也聽到了這場運動的尾聲。

李延安很激動，他和柳白來徹夜未眠，從中國歷史的發展，到今天中國命運的走向，談了很多很多。李延安告訴柳白來，下個學期他要回東北，找農場，找勞改局出具證明，然後再找河北省，保定行署和柳河縣，一定還老柳以清白。

柳白來相信這一切，風雨終究會過去。他更相信毛主席的那句話：「道路是曲折的，前途是光明的。」

六

又一個冬天，齊英懷孕了。

柳白來的生活還是沒有好轉，岳父岳母仍然沒有承認這門親事。齊英那點私房錢也早已添補乾淨。沒有細糧吃不上葷腥，齊英的身子怎麼辦？這肚子裏的兒子又怎麼辦？他望著她紅潤的臉，變成了黃綠相間的菜色，心裏著急，更怨恨自己沒有本事。

柳白來幾次要拿出劉叔和延安留下的幾百元錢，可齊英堅決不允。那是今後他倆東山再起的本錢呀！齊英告訴白來，先去大伯柳英傑家借幾斤白麵，等兒子出生了，俺爸俺媽見著隔輩人能不動心。柳白來心裏也算有個指向。他給齊英蓋好被子，推門出去奔了大伯家。

柳英傑的鄰居張嬸子的院子裏傳來一陣陣的哭聲。柳白來停住了腳步，只見大伯柳英傑從她家的門樓裏走出，低頭看他手裏拿著的那個白信封。臉上還露著絲絲笑容，大伯一抬頭看見了柳白來便收住了腳步。老人告訴侄子，是張嬸子的老公爹仙逝了。托俺叫兒子柳國良去雄縣，通知幾門親戚來弔喪，這可是個好活呀，到哪家都會管飯的，當然是白麵了。柳白來聽完一陣羨慕，心裏又一想，看來大伯家也是沒有什麼積蓄了，他便扭身返回。

「白來，你站住。」走出一會兒的柳白來聽到叫聲打住了身子，只見大伯柳英傑從自家裏急匆匆趕了過來，伸手遞給了柳白來那個白信封和一個黃帆布的大書包，叫他替兒子國良完成這趟差。並在他的耳朵邊嘀嘀咕咕了一番。柳白來瞪大了眼睛，似信非信，難道這報送喪信也有這麼大的學問。

齊英聽了高興，丈夫他也是一年沒有吃到細糧了，她督促他趕快上路，早走早回。柳白來推上媳婦的飛鴿牌自行車匆匆出了院門。

身邊生風，柳河堤上光禿禿的柳樹被柳白來拋在了身後。沿著河堤騎到了盡頭，封凍的白洋澱湖面一望無邊，澱邊沒有割乾淨的蘆葦，還有葦稈頭頂上那飄舞的白絮，告訴柳白來這裏就是雄縣了。

按著信封上的提示，第一家到了。這戶人家是張嬸公爹的妹妹。農村管她叫老張家的姑奶奶。老太太人長得十分和善慈祥並很健壯。老人聽說老哥哥沒了，悲痛了一陣後很快就有了笑臉。她說哥哥能活到八十四歲該走了，這是喜喪。說完抹去淚水便忙著點火做飯。

柳白來突然想起了大伯柳英傑的話。心裏總覺得有些不安，可是想到炕上的妻子，他便口無遮掩地把話說了出來。

「奶奶，您不要麻煩了，簡簡單單烙兩張烙餅吧，我邊吃邊趕路，還有幾家等著俺送信呢。」

張姑奶奶愣了一下，眼睛裏閃出一絲疑惑，然後又笑了，笑得很勉強。

「行啊，孩子。俺給你烙張蔥花白麵油餅，留在路上吃吧。」

兩張油餅放在書包裏之後，柳白來又一路急駛，奔往信封上標記的第二家。蔥油餅的香味隨風一陣陣飄到他的心裏，癢癢的。他忍耐不住把書包從屁股後面移到了胸前，然後一隻手扶把，一隻手將書包托到鼻子邊聞了又聞。

他真想吃，又想把它帶回家裏。妻子面黃肌瘦的樣子浮現在眼前，他還是忍住了，那滋味真讓人難受。

第二家的情景和張姑奶奶家一樣。

兩張白麵大餅又放進了黃色寬大的書包裏。柳白來走出這家的門口外，推上自行車走到了拐彎處，確認東家不會再看到自己，他又打開書包再次認真數了一遍，是四張，他嘲笑自己，一個高中畢業生的數學水準。

出了村子，來到了一個向陽的土坡旁，柳白來確實感到了饑餓。那就吃上一張，他確實迫不及待了。柳白來丟下自行車，他衝著暖烘烘的太陽，坐在土坡上，還沒有感覺到什麼滋味就狼吞虎嚥地幹掉了一張大餅，那感覺是他有生以來最幸福的一次。

風馳電掣，腳底生風，有了一張大餅墊底，第三家也到了。柳白來如是說，黃書包又鼓了起來，有了五張大餅，一股成就感油然而生。

太陽老爺兒和柳白來形成了垂直一線，最後的一家也到了。大伯柳英傑說，這是放開肚皮大吃一頓的時候到了。

張家的這戶親戚有著和柳白來家一樣驚人的相似。青磚灰瓦磨磚對縫的四合院，東西兩棵高大的古槐樹，它倆雖然脫去了綠衣，仍就氣勢非凡地守護這家主人，這是戶富庶的人家。柳白來心想，俺柳家的宅院缺了這兩棵護院的樹神，此時他有點怨恨沒有見過面的爺爺，當初為什麼不栽兩棵槐樹呢，柳家莊的柳樹太多了，有點水性楊花。

柳白來抹去額頭上滲出的汗珠，直奔正房的堂屋。他是個冒失鬼，進院裏光顧了看景了，也沒有打聲招呼，「哐噹」一聲就推開了虛掩著的房門。

這一推不要緊，推出了一個從天而降的美事。堂屋裏有一位婦人，她正蹲在大紫鍋旁燒開水，玉米秸填滿了爐坑，火苗在激烈地跳動著，映紅了婦人的臉。婦人的身旁有幾隻蘆花母雞在玉米秸邊悠閒地尋找瞎玉米粒。無巧不成書，就在柳白來推門進屋的一剎那，那位婦人站起身來揭開鍋蓋，看一看一鍋的熱水是否燒開。這「哐噹」一聲響動，驚嚇著了那幾隻蘆花母雞。只見其中的一隻兩翅一抖飛起身來。一鍋滾開的熱水的蒸汽把這隻蘆花母雞嗆的瞬間窒息，牠就像一架被擊落的飛機，「噗通」一聲一頭栽進了鍋裏，褪掉了漂亮的蘆花毛。

婦人沒有惱怒，張家的喪信也並沒有給她帶來多少悲傷，她笑著拿過來一條乾乾淨淨的用溫水浸濕的白毛巾，幫助不知所措的柳白來擦乾淨髒兮兮的臉。

「小夥子，你好有口頭福呀！今兒個大姐就給你燉了這隻屬於你的老母雞。」

柳白來剛才心裏的那麼一點內疚，忽地就變成了溫暖和喜悅。他連忙將院外門口的自行車搬了進來，又仔細地察看了車後架上捆住的黃色帆布書包和遮擋的柳枝條。

一股香氣迎面撲來，他知道飯做好了，便急忙進了堂屋。大姐又把他讓進了東屋，柳白來看著一盆泛著黃油的紅燒雞塊，他有些不敢下筷子，他想把它端走，給妻子劉英補補身子，可他說不出口呀。

「吃吧，小夥子，俺是不吃雞肉的，你全都把它吃掉，這麼遠的路要有力氣才行。」

柳白來不再敢想，他看出這位大姐是真心的。

滿嘴，滿手，滿臉都是油花花的，一隻母雞頃刻之間只剩下那碗漂著金黃色油花的鮮美雞湯了。大姐一聲沒吭，坐在炕桌的對面，笑吟吟地看著柳白來這場沒有臉皮的廝殺，她伸手又將那碗雞湯往前推了推，示意他喝下。

大姐是一個好人，臨走時不管柳白來如何推辭，硬是往他手裏塞了一塊錢。大姐看出來了，眼前這位小夥子，肯定是一個黑五類的子女或者是城市裏來的知識青年。

回家的路上得意極了，柳白來突然想唱歌了，脫口而出的卻是那首和自己毫無牽連的歌：「我是貧農的好後代，黨的教導記心懷……」柳白來感激大伯柳英傑，也自負自己多災多難的命運，總有貴人相助。

夕陽西下，柳家莊那片柳林叢中的煙囪裏冒煙了，他彷彿看到河堤旁那棵歪脖柳樹下有人影朝這邊張望。是柳大伯，柳白來加緊蹬了起來。

「大伯，你是在這裏等我？」柳白來跳下了自行車，從車後解下那黃色的書包。

「是啊，大侄子。」柳英傑一臉笑容。

「大伯，這餅給你拿回去一半。」柳白來邊說邊開始分配這些戰利品。

「白來，快住手，大伯哪能要這大餅呢，大伯是放心不下你呀！趕快回家，齊英還在盼著你呢！對了，別忘了，明天把書包還給大伯。」六十歲開外的柳英傑說完，大步流星地走了。

柳白來望著遠去的大伯，他那硬朗的身軀、結實的身板和他善良的為人，讓做侄子的敬慕。這一天的風塵，又一次讓柳白來懂得了許多做人的道理。

好人呀！這世上的好人總比壞人多。

韓闖把名字又改了回去，仍叫韓永祿了。幾年官場的磨練，姐夫齊永峰從保定帶回來的資訊，都讓韓永祿焦心，他知道這場無產階級文化大革命就快結束了，他給柳英豪、柳白來兩代人帶來的災難總有一天會清算的，怎麼辦？擺在眼前只有一條出路，就是繼續當官，當一個比村級還要大的官，能管住這柳家莊。柳白來這小子就永遠翻不了案。

一進臘月就快到了年底，這正是韓永祿活動的好機會，這幾年大隊書記當得挺實惠，好處沒少摟。自從外甥女嫁給了柳白來，姐姐韓永珍也不像以前那樣對待自己了，但姐弟之情還在，姐夫無奈還是幫助這個不待見的小舅子，從保定賓館弄了兩瓶內部特供的茅台酒。韓永祿又搭配了幾件新鮮難搞的物品，就到大柳河公社王忠家送禮了。

王忠在政治上油滑，雖然批鬥了幾個公社老幹部，可他會見風使舵，打得出去又拉得回來，同時，他又攀上縣革委會管幹部的副主任。也算該這小子當官，大柳河公社書記年紀輕輕的官運不佳，一場車禍造成了終身殘廢，王忠由革委會副主任兼上了副書記。一年過後，縣裏又讓他坐了大柳河公社的第一把手。

王忠和韓永祿還算得上有些交情，韓永祿就像他王家的一條狗，聽話好使喚。王忠家一年四季的大米白麵，韓永祿是按月供應。當然，柳家莊柳英豪的案子，他王忠也有著推脫不了的責任。同病相連，一拍即合，安排好韓永祿的後事，就是安排自己的事，他倆密謀，最終推薦了韓永祿當上了大柳河公社革委會的副主任。

韓永祿一步登天，從一個小學文化程度的農民，當上了公社的副主任。雖然還沒有轉為國家的正式幹部，仍就在柳家莊掙著每天的十分，年終在隊裏分紅。但公社每天另外給他補貼六角錢。一月也有十八元。以農代幹了。

柳家莊大隊支部書記由誰來擔任呢！全村還剩下五名黨員八顆牙，柳英傑算是最年輕的了。可他是柳白來的大伯，柳英豪的堂哥，把這麼重要的政權放在他手裏，韓永祿放心不下。他真有點後悔，當年吐故納新時為何不把柳英傑吐出去呢？當時為了自己的私利，在納新上怕進來年輕有文化的黨員，今後和自己爭權力，眼光短淺，到現在用人了便無人下手。

王忠書記最後拍了板，就讓柳英傑當這個書記，一來他是大隊的貧協主席，在村裏德高望重。二來就這麼幾個黨員，數他年紀輕些身體又好，不讓他當說不過去。這第三嘛，就更重要了，柳英豪被劃富農成分是他同意的，抄柳英豪的家又是他跟隨的。這件事讓他有苦說不出，到時候他也不願意自己打自己嘴巴，給柳英豪翻案平反了。

大柳河公社黨委書記王忠帶隊，革委會副主任韓永祿和公社組織組的幹部來到了柳家莊，他們將村裏的五名黨員召集起來，加上韓永祿的組織關係還暫時放在村裏。六名黨員第一次民主選舉全村的最高權力的支部書記，第一把手。選舉現場引來了眾多的非黨村民。他們知道這書記的重要，關聯著每個人的切身利益，更關係到柳家莊的生產和豐收。每一個工分合多少錢？他們把希望都寄託在新書記身上。

柳英傑來到大隊部，他看了看這幾位老氣橫秋的黨員嘆了口氣，選舉支部書記？這麼多年都是公社任命的，怎麼突然又搞起了民主選舉了？看看這幾個黨員吧，這不分明還是讓韓永祿這小子兼著嗎？搞這麼個形式又有什麼作用呢？

柳英傑沒有吱聲，搬個凳子找了個牆角坐下，他掏出旱菸荷包，撚上一袋菸，吧達吧達抽了起來。

韓永祿領著王書記走進了大隊部，只有柳英傑認識他，其餘的糊裏糊塗地跟著韓永祿鼓了鼓掌算是正式開會了。

讓柳英傑沒有想到的是，公社書記推薦的大隊黨支部書記的候選人居然是他自己。他愣住了，菸袋掉在了地上，俺這個六十多歲的老黨員，怎麼黨還記得住俺？當年土改的時候，自己做柳英豪的工作，讓他捐出土地，就是想當大隊的黨支部書記，結果只當上了個貧協主席。怎麼，今天這麼大的紅帽子就真會扣在自己的頭上？他不相信。

韓永祿說話了，證明這書記的候選人確實是他柳英傑。他說不用發選票了，除了你柳英傑識字，那幾個只會舉手。咱們大隊黨支部書記柳英傑被全票通過。連柳英傑自己都不知道，自己怎麼舉起的手，自己選自己？太不謙虛了，滿票是一種恥辱，任何一次選舉都是差一票的。

韓永祿最後行使了一次大隊書記的職權，他打開擴音機，衝著麥克風，將柳英傑被全票當選柳家莊大隊書記的消息連播了三遍。他還說這是公社王忠書記抓的點，今後各基層黨支部的書記產生，都要嚴格地按黨章進行選舉。

柳白來聽到廣播，連忙扔下手裏的掃帚，三腳並兩腳地從院子跑進了屋裏。

「齊英，齊英啊，好消息呀！韓闖調走了，咱大伯柳英傑被咱們村的全體黨員全票通過，當上了咱柳家莊大隊的黨支部書記了！這麼多年了，咱們柳姓大戶是第一次掌權了。」

「真的嗎？是真的嗎？韓闖被選下去了？」齊英在火炕上靠著被窩垛有些激動，但心裏也還惦念著討厭的舅舅。骨肉相連人之常情是揮之不去的。

「沒錯，大喇叭說的真真切切，韓闖升官了，去了公社當副主任。」柳白來理解媳婦的心情。

柳白來到西屋翻出結婚時留下準備過年放的那掛鞭炮，把它拴在了河堤上那棵歪脖子柳樹上，迎春的炮竹被他提前點響了，柳河的冰裂發出嘎嘎的聲響。

七

春節剛過，柳河縣的水利局便在全縣範圍內組織了基幹民兵水利工程大會戰，柳河上游的疏設是工程的重點，各公社都派出了強壯勞力。雖說來水利工能填飽肚子，每天還能有一頓的白麵，可是派到誰頭上，誰也不願意去。柳河流域的廣大農村有四大累活，叫做「挖河、築堤、拔麥子、脫坯」。工期只有一個月的時間，那可是披星戴月，不分白天黑夜突擊戰。工程完後，每人下來保准脫上一層皮。

誰都知道柳白來的媳婦要臨產了，況且又不是基幹民兵，連個普通民兵都不夠格，可大柳河公社的河工是公社副主任韓永祿點的名。柳白來理所當然名列其中，該死該活頭朝上，不就是一個月嗎，俺柳白來還能死在工地上？別人都幹的活咱也能幹。

柳河上游水利工地上紅旗招展。河堤上掛著毛主席語錄的巨幅標語牌「水利是農業的命脈」，還有一幅套寫了老人家「一定要根治海河」的口號變成了「一定要根治柳河」。全縣民兵水利會戰的誓師大會在工地隊場召開，全縣一個團的建制，每個公社是一個民兵連。大柳河公社的民兵連長就是韓永祿。按照團部要求，每個連的工地上還要設立一個學習批判專欄，要求在水利工地上突出政治，「抓革命，促生產」。

任務分派下來，各公社事先都有了準備，他們用白洋澱蘆葦編織的葦席建起一排擋牆，上面糊上白

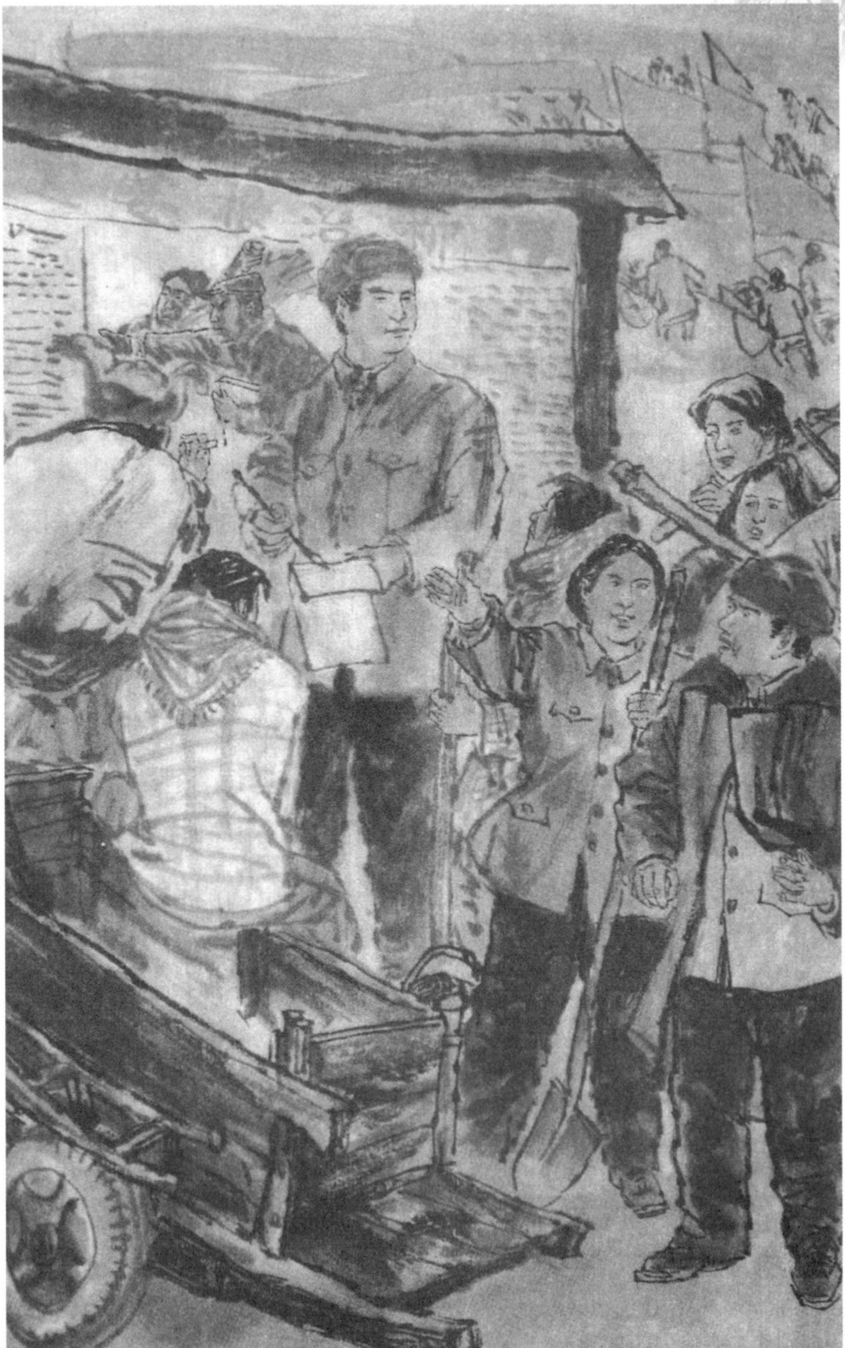

紙，用廣告顏色畫上報頭，配上編者按，再把本公社的口號誓言，工作計畫和進度繪製在這壁報上，縣裏指示，還要依次檢查評比。

韓永祿文化不高，又剛當上公社的副主任，對水利工程的這套宣傳模式一無所知。葦牆好搭，白紙也糊上了，可誰會寫畫呢？全連百十位民兵，就屬柳白來文化高，他是全縣工地上為數不多的高中生，而且在學校就是壁報壁報委員。可這宣傳的喉舌怎能讓他去做，沒有辦法，這項工作交給了柳國良。

三天必須完成，柳國良一個電工，哪幹得了這秀才的活，他只好救助柳白來。

柳白來第一次挖河，他和那些健壯如牛的老爺們比還是嫩了點，從河底爬十幾公尺的陡坡，肩膀被土籃裏沉重的河泥壓得紅腫，扁擔上捆條毛巾也無濟於事，幾次都跌倒在河坡上。柳國良搶過扁擔，他要和白來換工，白來幫助他完成學習批判專欄的書畫任務，國良替他完成土方。

柳白來動心了，舞文弄墨是手到拈來的事，這要比挑土籃容易得多了，自己兩天準能漂漂亮亮地完成，而且還有把握在評比中進入全縣的前三名。

柳白來答應了，他將自己所有的技藝全都用上，機會只有一次，絕不能錯過，他要讓全縣的民兵認識認識俺白來。他先設計好版面，按版面的要求撰寫好文字稿，然後兌好廣告顏色，報頭上用版畫木刻的表現手法，畫出了一對英姿颯爽的男女民兵，持鍬挑擔。報頭一畫好，正巧司號員吹號休息，民兵們立刻圍了上來，觀看叫好。

了！」

「下來！你給我下來！誰他媽的讓你畫的？俺寧讓貧下中農子女畫壞了，也不讓你這個富農子弟畫好

韓永祿從團部開會回來，撥開人群，當他看到是柳白來站在凳子上畫報頭，這氣就不打一處來。他邊喊邊把柳白來從凳子上揪了下來。

「誰說柳白來不能畫，他畫得好，宣傳毛主席的水利政策，誰說不能畫了！」

說話的是一個頭髮紮著小尾巴的年輕姑娘，一身國防綠的軍裝，四個兜，是個轉業幹部。這位姑娘叫杜鵑，水利局的黨辦主任，也是這次工程團部的政工組長，她正好路過這裏。

「杜組長，這小子他父親是勞改犯，雖說已經死了，可他家是富農成分，俺不能……。」

「不能怎樣，富農成分也是可以教育好的子女，他有這個才能，為什麼不能，就這麼定了，畫！」

柳白來重新蹬上板凳，這位杜鵑組長還不走了，她忙著給他一會遞顏色，一會遞排筆，報頭的右手，出現了一行黑體美術字是那樣的清秀醒目。整個大批判專欄在柳白來手下裝飾得嚴肅大方，活潑熱烈，把這位叫杜鵑的女幹部激動得不知說什麼是好。她沒有想到，這貧窮落後的農村，居然還有柳白來這樣的能人。臥虎藏龍啊！

韓永祿一直站在旁邊看著這兩年輕人的上竄下跳，當作品完成之後，他內心也是高興，俺大柳河公社要在全縣拿個名次說明什麼？說明俺韓永祿領導的水準啊，想到這裏他上前搭訕。

「杜組長，經妳這麼一決定指導，這專欄確實有水準，其實俺這是劃清階級陣線，這白來還是俺的親外甥女婿呢，要不是你，俺還真不用。」

「韓主任，我可給你說好了，明天咱們團長縣革委會副主任率各連長檢查評比，還要讓柳白來同志介紹一下，他要是出現什麼問題，縣裏可要找你算帳，就是挖地三尺也得讓柳白來到現場。」

杜鵑和柳白來心照不宣，他們已預料到，這專欄一寫好，韓永祿就有可能將柳白來打發回柳家莊，來個卸磨殺驢，怎能讓他出頭露臉。

韓永祿的心還真讓他們說準了，現在沒有辦法了，他只能打消了在柳白來身上再使鬼主意的想法。

結果令人振奮，團長率領幾十位連長駐足在大柳河公社的大批判專欄前，表揚稱讚出語驚人，大柳河公社被評為第一名，韓永祿在各連長面前挺直了腰，臉上樂成了一朵花。

團長和那個叫杜鵑的女幹部嘀咕了一會。

「韓主任，團長說了，請你把這大批判專欄的作者叫上來，縣領導想見見。」杜鵑向著韓永祿發號施令了。

柳白來又一次被叫到了岸邊。

「好啊！這是一位能力出色的好民兵啊！聽說還是個可以教育好的子女。咱們柳河縣委對毛主席的最高指標是貫徹得最徹底，落實在行動上，溶化在血液裏。要打碎反動的血統論，要重在政治表現嘛。團部決定，抽調柳白來同志到團部政工組，直接受杜鵑同志領導，具體負責我們的《工地戰報》的採訪、編輯和發送到每一個連，讓我們全團工地上湧現的好人好事即時地在這份報紙上刊登，讓廣大民兵們學習。」

團長看了一眼滿臉赤紅的柳白來，告訴他現在就隨杜鵑同志報到去。

一手好的字畫，居然扔掉了肩上沉重的扁擔，到團部幹上一個月，當一當韓永祿的領導。

柳白來在杜鵑手下開始了出人頭地的工作，裏裏外外一把手，採編稿件，刻板印刷，各連發送。有時杜組長不在，柳白來還能坐在擴音機旁，打開紅色指示燈、綠色指示燈，等機器燒熱了，衝著麥克風進行工地廣播。司號員小郭子經常溜號回家，他有一個病重的媽媽，柳白來在夜裏還偷偷和小郭子學會了吹號。誰的忙他都願幫，他高興，他充實。

柳白來覺得，這一次不僅得到了做人的公平，還收穫了臉面上從沒有過的虛榮。內心深處隱隱約約地感到了什麼是「權力」，而且第一次嚐到了「權力」的效應。

柳白來洗淨滿手的油墨污跡，抱著自己的勞動果實。那一份份還在散發著墨香的《工地戰報》到各連發送了。每到一個連隊，連長都親自接待，無論是否到了飯時，都想留他吃飯，而且完全都是細糧，敞開肚子吃。大方一點的連長，還背著人，偷偷塞到他書包裏兩個饅頭。

初春的月夜不像秋天裏透明清爽，月亮的臉上總是罩著一層朦朧的面紗，讓人迷惘。五連上了歲數的炊事班長突然找到柳白來，他把他悄悄叫到團部駐地的村子後邊。他用一個白紗布包著十幾個雪白的饅頭，塞在柳白來的手裏，他告訴他，他認識柳英豪，知道柳家的身世和遭遇。並知道妻子齊英，他讓柳白來趁著這渾濁的月光將饅頭送回家。

這可是要犯大錯誤的，弄不好還要出政治問題。不能要，他抬頭將目光從那包饅頭堆上移開的時候，那位老炊事班長已走的沒了蹤影。送到團部去，不行，這不是害人嗎？把老人的一片熱心當成了驢肝肺嗎？柳白來仰頭望著缺角的月亮，看到了那棵歪脖柳樹下的三間土房，妻子孤苦的瘦臉……

柳白來從房東家偷偷推出自己的飛鴿牌自行車，連夜返回了柳家莊，天一放亮，東方剛有一絲魚肚白，他已神不知鬼不覺地回到了團部駐地，開始了一天喜愛的工作。

為了報答這位老人，第三天的《工地戰報》上刊登了五連炊事班的先進事蹟。這下子柳白來就像捅了馬蜂窩。一、二、三、四……連的炊事班，排著隊邀柳白來去採訪，有的甚至是連長親自出動，柳白來變成了香餑餑。這裏面當然也包括了那個可惡的韓永祿。

柳白來堅持著自己的原則，並嚴格按著採訪順序逐一見報。

推開三連食堂的院門，撲面而來的是誘人的紅燒豬肉的香氣，瞬間就在柳白來的嘴裏和胃腸中產生了強烈的化學反應。乾澀的口中不知從何處湧來一股股酸酸的口水，咽下去接著又衝上來，一不留神還從嘴角邊溢出，饞出了哈拉子。

三連的連長從坐在院裏那架葡萄乾藤下的玉米秸蹲上站了起來，炊事班長也從屋裏迎了出來，這架式好像早就準備好了，只等著團部的政工員柳白來。

今天是按計畫來採訪三連的。這期《工地戰報》的版面裏沒有安排反映水利工地後勤保障的內容，這一點早已和三連的連長打過招呼。可這位連長非要將三連炊事班的事蹟反映到這一期裏，理由是團長明天來檢查三連的工作，報紙正好是明天發送。

柳白來堅持自己的意見下版再登，他和連長拉起了大鋸。可是這突如其來的紅燒肉襲擊了他，終於敗下了陣。今晚連夜將蠟紙刻好印刷，明早保證送到三連連部。

當密密麻麻的歪扭文字爬滿了日記本的時候，已到了晌午頭，三連食堂那口大號柴鍋的鍋蓋終於被揭開了。柳白來驚呆了，他第一次看見這麼多的肉，數不清紅亮亮、油光光的紅燒肉。

「吃吧，柳同志，隨便吃，可你的肚子裝，能吃多少吃多少。」

炊事班長遞過來一隻特大的藍花大碗公。鍋台邊放著一把長把鐵勺和一把用鐵絲編織的漏勺。這是又一次「權力」的轉移，柳白來不用每次打飯時，盯緊了大師傅的飯勺，那飯勺見了熟人就深了進去，陌生人就會浮在上面，同樣是一勺菜，份量、品質就差得天南地北了。

柳白來迫不及待走到了大鍋前，他伸手抓起了漏勺，將漏勺貼著鍋面遊動，專揀肥肉，然後抬起勺把，漏掉肉湯。一次兩次的重複，那大碗公實在是裝不下了，柳白來這才小心翼翼地將碗輕輕地放在葡萄架下的石條凳子上。然後又返身回屋，從籠屜裏揀出三個熱氣騰騰的大饅頭。

柳白來迅速地回到藤架下，坐穩之後，抬起了頭，衝著連長和那位大廚師笑了一笑，點了一下頭，便再無顧慮，狼吞虎嚥吃了起來。

柳白來忘記了所有人的存在，他盡情地享受著人生的最大夙願，真實地感受到了幸福存在。鬆開褲帶，艱難地挺直了腰，周圍的人都不在了，去忙活他們自己的事了。柳白來突然停止腳步，內心閃念，這頓飯吃得很不光彩呀，有些違心，是用「權力」交換的，他感到了害羞，匆忙離開了這個充滿誘惑的小院。

一個月很快就要結束了，臨走時，杜鵑組長約柳白來在筆直光滑的河坡上散步。河邊沒有路燈，滿目漆黑，只有狹長彎曲明亮的河水，河水中倒映著天上的繁星，讓柳白來和杜鵑好像走進了兩岸村莊裏的萬家燈火。

杜鵑知道柳白來的身世，也知道齊英他們浪漫的婚姻，她同情這一對堅強的戀人，兩人有著截然不同的出身，家庭背景。又有著相同的學識和對人世之間的理解和追求。杜鵑不是憐憫，只是覺得中國農村太需要這樣的青年，這場浮躁的運動過去之後，農民將面臨著巨大的生活挑戰，而擔起挑戰重擔的，必然是一代有知識、有抱負的青年。吃飽肚子住上房子是農民的根本，這些絕不是出身可以左右的。

杜鵑也告訴了柳白來自己的身世。

她出生在一個革命軍人的家庭，父母都是軍事院校的教授，從小在最革命的大院裏成長。文革一開始，她有著得天獨厚的條件，十五歲就穿上了軍裝入伍了，成了那個年代青年追逐的目標。紅五星、紅領章，這些都是柳白來夢裏的嚮往。

杜鵑勤奮好學，綠色的軍裝暫時幫助她逃過了上山下鄉，支撐著年代的虛榮。但她內心深處一直想著繼續學習，部隊選送她深造，她是文革中第一批工農兵學員，是穿著軍裝邁進華東水利學院的。

大學畢業之後，部隊沒有水利工程，專業不對口，部隊首長說這沒有關係呀！咱們要的是大學的文憑，有了文憑就可以做更大的官嘛。杜鵑的爸爸媽媽支持女兒對口，到地方去，那裏有大江大河，可以施展自己的才華。杜鵑轉業了，她沒有去北京、武漢大城市的水利部門，她選擇了爸爸的家鄉保定，要求分配到水利工作的最基層，柳河縣水利局。

上班的第二天，杜鵑就和水利局長吵了一架。為什麼把俺分配到黨委辦公室做主任，只因為她是個共產黨員，轉業軍人，根正苗紅。可局長說那些工程師、技術員還是臭老九呢，怎麼能讓妳去幹。

杜鵑和柳白來談得很投機，她鼓勵他不要厭世，要把自己的命運融入到這個社會的總體當中去把握，去製造。在適應中改造和創新，這些嶄新的思想理論，這一個月脫離陰雲的光明生活，讓柳白來覺得人生的價值和存在意義，他和她成為了朋友。

杜鵑告訴柳白來，柳家莊緊臨柳河，她的專業是一定會幫助他的家鄉變水害為水利的。

八

河堤上那棵歪脖柳樹昨晚就落下兩隻喜鵲，今早天一放亮，牠們就「喳喳喳」地叫個不停。

河堤下柳白來家的小院裏人來人往，熱氣騰騰。

「生了！齊英生了！生了一個大胖小子！」東屋傳來了柳大媽歡喜的喊聲。

「俺有兒子了！俺柳家有後了。」柳白來蹲在院牆根邊，心裏默默地叨咕著，興奮中的他眼睛一酸，淚水便流淌下來。這個小傢伙來得正是時候。他沒有像其他男人當爹後的衝動和狂喜，一個人悄悄走出了院門，直奔了柳家墳地。

「媽媽，遠在天邊的爸爸，你們有孫子了。咱柳家添丁進口，都托你們二老的福有了傳人。別怪沒和你們商量，孩子的名字早就起好了，你們看，柳河兩岸春回大地，柳枝泛綠剪絲飄雨。一切的一切都在昭示著新的開始，兒子斗膽了，就給你們的孫子起了個名，他叫柳新苗。不像爺爺給我起的這個名，白來白來的，我不會白來的，這不是給柳家續上了香火，我還要大幹一番事業呢！」

柳白來跪在媽媽的墳前，托兩位老人保佑一家三口平安。

「唉，俺一想你這小子準給你媽報喜信來了，趕快回去看看兒子吧，你媳婦有話要和你說。」

柳大伯一手拉起柳白來，爺倆連忙回到了小院的東屋。齊英安靜地躺在炕上，頭上紮著毛巾，白淨的臉上兩朵紅暈。她沒有一點疲憊，看見柳白來進屋便笑了，笑得很甜，還有些嬌媚。

「你還不趕緊的看看你的兒子，咱們的新苗，看他長得像誰？」

「那還用說，像妳呀，兒子像媽有福嘛，當然也像我，也像他爺爺。」柳白來摸摸兒子的小臉蛋，回過頭又摸了摸媳婦的臉蛋。

「剛才我上媽哪兒了，告訴爸媽，你為咱柳家生了一個帶把的，打種的。這是咱柳河流域的方言，雖說這話有點粗魯，可說起來總感覺很有底氣，很驕傲！」

「我知道，是我讓大伯找你回來的，你那點心思就像我肚子裏的蛔蟲，動幾下都知道。你知道急著叫你回來為的是啥？」

「不知道，齊英妳說為啥都行。」

「這喜信告訴了爺爺奶奶，怎麼也得告訴孩子的姥姥姥爺吧，現在去正是火候。」

「可他們要是把我攆出來怎麼辦？還是先托人去報個喜信，等孩子滿了月，天也大暖和之後，咱們一家三口都去不更好嗎？」

「那可不行，那就顯出你這當姑爺的外道了，這是態度問題，老人很在意的。我已和大伯說好了，有他老人家和你一同去，還怕我爸媽不讓你們進門。今天是星期天，他們正好都在家，別傻看了，快去吧。」

柳英傑挑簾進來說：「家裏有你大媽和國良的媳婦照料著不會有問題，放開膽量跟你大伯一起去。大伯不光是柳家的長輩，還是柳家莊大隊的黨支部書記呢！這份量也夠了吧。」

柳白來笑了，不再言語，他騎上自行車，帶著柳大伯去了高家堡。

齊英家門樓的大門敞開著，台階下的通道鋪著紅磚，潔淨如洗沒有一根的柴禾棵葉。小院裏收拾得十分規整。西廂房屋簷下掛滿了一串串的金黃玉米和串串大紅辣椒。正房的兩扇大門也敞開著，一竿子高的太陽，把溫暖的光線鋪滿了這座農家小院。

柳英傑爺倆輕步來到院子裏，柳白來將自行車順牆放好，然後來到東屋窗戶下。他規規矩矩地往屋裏鞠了三個躬。

「爸爸媽媽，女婿給你們二老報喜了！你們的女兒齊英，為你們添了一個六斤八兩重的大胖外孫子！」

「是啊！老兄弟，俺是白來的大伯，村裏的支書，咱們不能和孩子一樣啊，事情都過去了，孩子們又給你們二老添了孩子，都是你們身上掉下的肉呀，俺代表柳家長輩，請老兄弟去看看你們的隔輩人哪！」

東屋的炕上，齊永峰和韓永珍盤腿坐在炕桌的東西兩邊。炕桌上兩張蔥花油餅、一盤攤雞蛋、兩碗玉米渣子粥、一盤芥菜絲鹹菜。老夫妻剛拿起筷子，就聽到院子裏有了動靜。他們看到了柳白來爺倆進了院子，齊英媽這幾天總嘮叨，這心裏不安穩，不踏實，坐不穩睡不著的，沒事總願到村南的小廟，站在高坡頭往柳家莊張望，她想女兒啊。

喜事推門，老倆口一時地不知如何是好了。這一年多他倆怎能不惦念孩子呢？有時也從韓永祿嘴裏聽到一些消息，他的話又能信多少呢？齊英媽幾次要去柳家莊，但都被齊永峰拉了回來。咱們是長輩，總不能給小輩們認錯吧？你這一去，不是顯得咱們老人沒理兒了嗎？齊永峰說，閨女總是要認的，女婿也得認，等咱們人老走不動了，還得指望著他們養老送終，但總要有個由頭嘛。

這不由頭來了，你還愣著做啥呀，出去把姑爺領進來吧。

韓永珍高興地來到了院子裏，柳白來看見岳母眼裏充滿了淚水。一年不見，老人頭髮都白了一半，白來心裏一酸腿一軟，「噗通」跪在了老人臉前。

「媽，是俺們不孝啊！……」

韓永珍不知所措，有生以來，第一次有人給自己跪下，她更是悲喜交加。

「來，快起來！」齊永峰慌忙拉住女婿的手。

「爸，俺對不住你們二老呀！」

柳英傑在一旁笑了，沒用他言語，這骨血就溶到了一起。嗨！這親情怎麼能拆得散呢。

「行了老頭子，趕快換件衣服去看看咱們的大外孫子去。」

「你二老吃完飯再走吧。」柳英傑說道。

「這大喜訊早把俺的肚子填飽了。」韓永珍興奮地邊說邊從廂房裏拎出來一籃子雞蛋，返回身又拎出十斤掛麵和五斤菜籽油。老頭子也從菜窖裏拿出了一角子豬肉，好像他們早已知道今天的喜事一樣。

柳白來看著岳父岳母戲劇般的變化，一年前登門求婚的狼狽，變成了今天如此的和諧親熱。

齊永峰的鄰居車把式二狗子聽說了雙喜臨門，姑爺終於讓上門了，他忙著從生產隊裏套了輛馬車，三位長輩和給女兒捎的東西全部坐上了馬車。柳白來高興得像兔子一樣騎車先走報信去了。

柳家的小院擠滿了鄉親，按著鄉規只有等小孩出了滿月或者百天，東家才辦酒席呢，鄉親們才能一睹寶寶的容顏。這些規矩對於柳白來這個多災多難的家庭全都被打破了，以喜沖晦，出世的孩子是個好的兆頭。全村的柳姓家族把小院漲鼓的都要掙破了，左家捧著十個雞蛋，右家拎隻老母雞來給柳白來賀喜。鄉親們有心有意，柳英豪活著的時候，誰家有個災難的時候，都沒少得「柳好爺」的接濟，現在姓韓的走了，書記換了柳英傑，全村就像換了太陽不再陰沉了。

「英兒，俺的英兒……」齊英媽的腿還沒邁進院子，老太太就高喊著女兒的名字，齊永峰緊跟在老婆子的身後，踉踉蹌蹌走了進來。

眾人一看這親家父母上門了，麻蹓地讓開了道，不知哪個調皮蛋帶頭還鼓起了掌，隨之掌聲就連起了一片。

「爸……媽……」齊英咽唔了，接著「哇」的一聲就大哭起來。

當爹媽的一輩子不就是為了孩子掙命嗎。這唯一的女兒受了天大的委屈，哭聲震撼著兩位老人已經脆弱的心靈，二老也委屈呀，不都是為了閨女。齊永峰、韓永珍站在齊英的炕前，把憋在心裏一年的憂愁、煩惱全都倒了出來，爺三個抱頭痛哭。

柳大媽連忙將柳新苗抱在了炕角，別驚嚇了孩子。

院裏的鄉親連忙的散了，院外河堤上，那棵歪脖子柳樹下立著一個人影，是韓永祿，他正踮著腳向院子裏張望。

一九七七年春暖花開，柳河岸邊的布穀鳥又明快地呼喚著大地。柳白來接上齊英，抱著兒子柳新苗從娘家回來。一個冬天她們娘倆都是在高家堡度過的，天暖和了，該回自己的窩了，柳白來騎著自行車馱著三口之家飛快地往久違了的柳家莊小院急奔。齊英為丈夫高興，爸爸齊永峰從保定帶回來了好消息，粉碎「四人幫」之後，黨的十一屆三中全會的召開，尤其是中央一號檔的下發，中國社會已經駛入了以經濟建設為中心的正確軌道。中國農村面臨著一場土地制度改革和創新，文革中的錯誤要撥亂反正。柳家也要落實正策，村東頭的那套四合院的宅子就要歸還給柳白來，這麼大的院落，還有後院的木匠鋪，三口人打著滾也住不過來呀。住著的時候，並沒有感覺到它的珍貴，失而復得，怎能不高興呢！

好事成雙，喜訊不斷，昨天又接到了嫩江縣林業局劉叔，長貴局長的來信。他要到北京的中央林業部開會，會議結束後，專程到柳河縣來看柳白來。他要和他商量重返嫩江辦木器廠的事宜。白來覺得柳大伯那句話太有道理了，「人走時氣馬走膘。」人要是走順了腳，攔也攔不住呀。其實，柳白來搬回四合院的想法從來就沒有破滅過。他盤算過有朝一日，如何利用祖上留下的家產，大幹一番事業。再不能把這套華而不實，給柳家帶來滅頂之災的資源當作擺設，他要把資源變成資本，發揮效益。

柳白來將齊英娘倆安頓停當，按照劉長貴信上的日期，將自行車後衣架上捆了一塊長木板，木板上又裹了薄薄的小棉褥子。他要到柳河縣城去接劉叔，讓這位恩人坐一坐俺柳白來的二等車。

柳河縣不通火車，長途汽車站是全縣最熱鬧的人員集散地，這規模要比當年批鬥父親柳英豪的場面大多了，人山人海。

柳白來站在出站口焦急地往裏張望，他怕劉叔看不見，手裏還學著城裏人舉著一塊牌，上面寫著「接嫩江縣林業局長劉長貴」。盛夏還沒來到，太陽已變得火辣辣的了，候車廣場上沒有遮擋，光線直射在柳白來寬闊的額頭上，滲出一層層閃亮的汗珠。

「柳白來！」劉長貴老遠就看到了那塊醒目的牌子，牌子下的柳白來幾年不見，多了一些成熟和疲倦，他已是個為人之父的老爺們了。

「劉叔！」柳白來激動地迎上前去，他丟掉紙殼做的牌子，一下子和劉長貴擁抱了在一起。劉長貴拍了拍柳白來已漸寬厚的臂膀，又親熱地給了侄夥計胸膛上一拳。

「當爹了！娶了媳婦把你劉叔忘了吧！」

「哪能呢？我天天都盼著你來，你是俺的貴人，俺媳婦，還有大隊的書記都在家等著你呢！」

劉長貴樂呵呵地抱著裝滿東北特產的旅行袋，跨腿坐上了柳白來的二等車。兩個大老爺們和一袋子土特產，壓得自行車吱吱呀呀畫著弧往前走，一路上話語親切笑聲不斷。

柳白來家擺上了宴席。今非昔比，小院裏搭上了席棚，席棚下擺上了兩桌，每桌的席面都是四盤五碗一湯，外加一瓶茅台酒，這是柳河地界上最高檔次的了。老岳父說，就是放在保定賓館，招待個書記專員的也夠了排場，他們也不經常喝茅台酒啊。

男賓一桌，女賓一桌。劉長貴被推到了正座，接著的排序是岳父齊永峰、大伯柳英傑、剩下的就是晚輩柳國良、柳白來他們了。菜上齊了，酒滿杯了，柳白來離座站在了兩桌子中間，他是這個小院的戶主，要有個開場白，用東北話來說，有個祝酒詞以表心意。

「劉叔長貴局長是俺的恩人，有再生父母之德，岳父齊永峰、岳母韓永珍是俺爸媽，是有成我幸福之愛，大伯柳英傑既是柳家的長輩又是父母官，是有助我和齊英進步之功。所有在座的都是俺柳白來的親人和恩人，今天藉此機會，先代俺九泉之下的親爹親媽柳英豪、張桂英謝謝大家對俺白來災難之中的幫助！俺和齊英將永世不忘，乾杯！」

柳白來一飲而盡，熱血立刻就被點燃，臉紅得像火炭一般。

劉長貴的血液一半裏流淌著燕趙的英氣，一半流淌著北大荒的豪氣。柳白來的一番話激得他內心一片滾燙，當話音一落，杯底朝天的那一刻，劉長貴就站了起來，沒有人墊場他就發表了演講。

「老哥哥，老嫂子們，孫男弟女侄夥計們。俺劉長貴就是雄縣的，喝著柳河水的鄉親，能在千里之外認識柳白來，是俺爺倆的緣分。俺第一次見到這小子，天庭飽滿，地額方圓是個貴人相，別看當時遭災遇難的，這不現在已經黎明了。你們看看這個，什麼？這上面寫著什麼，這是招工指標，全縣林業局十個招工指標，俺就帶來了兩個，柳白來和他媳婦齊英。雖然東北冷點，可那可是去當工人了，吃國家的飯了，而且局黨委已經決定，柳白來去當木器廠的廠長，這就是俺當叔叔給侄夥計的禮物。」

劉長貴把兩張招工表遞給了柳白來，柳白來接過表格，手不停地在顫抖，眼睛又酸了，這回可是幸福的淚水，兩桌的男女不約而同地為他們鼓起了掌聲。

「等等，先別急著鼓掌，俺柳英傑有更重要的話要說，也有天大的好事情。」

大家立刻安靜下來，只見柳大伯也走到了兩桌中間，並從懷裏掏出一張公社發下的通知書。

「劉局長，兩位老親家，俺上午接到公社通知說，按縣委指示，無論過去的老牌地主富農，還是文革期間新劃的地主富農的資產一律歸還，並摘掉帽子。運動中被錯劃的地富反壞右分子的問題下一步解決。俺已通知韓永祿等四家，三天之內，搬回原住所，房屋損壞部分由大隊負責修繕，這不也是天大的喜信嘛！」

齊英高興極了，她一下子摟住坐在身邊的媽媽，動情地親了一口老人的臉蛋也站起身來。

「各位長輩，這麼多的好事，為什麼不分著來呀！捆綁在一起扣在俺兩人的身上，措手不及呀，心裏真有些承受不住。但俺高興，黨的政策好，還有在座的這麼多執行好政策的好人，我代表白來謝謝共產黨，謝謝共產黨的幹部。俺還得謝謝俺爸媽同意了這門親事。俺更謝謝俺自己，謝俺的一雙慧眼，謝俺有一顆堅定的心，看準這世道，看準了俺白來。」

兩桌子哄堂大笑，齊英這孩子誇上自己了。柳白來可就犯了愁，去嫩江那裏一片光明，夫妻倆可以當工人，端上了鐵飯碗，一輩子吃喝不再發愁，可這一對老人能同意嗎？他看了一眼身邊的岳父，岳父的眼神很迷茫，在他那裏得不到答案。留下來呢，搬回老宅子，這是父母的遺囑，前途雖不如嫩江那樣晴朗，可也看到了日出。

九

柳河河套地裏的小麥長瘋了秧，足有齊人高，低矮的漢子們走進麥田裏，只露出黑黑的頭頂。風調雨順的柳家莊，小麥一片金黃，麥穗顆粒灌漿飽滿，豐收在望。「三夏」大忙在即，這夏收拔麥子是第一忙，接著就是夏種和夏管。小麥拔過的土地黑油油的一片，就跟新翻過的一般，十分鬆軟。在麥田地裏種上玉米就叫夏種，不知是哪位熟悉農村工作的領導給起了這個名。「三夏」大忙名副其實。

柳白來家是祖傳的種地把式，靠一手好農活發了家，後來有了本錢才兼營木匠鋪。柳白來的爺爺柳永富是柳河流域的拔麥子高手，柳白來經常為爺爺的傳奇故事而驕傲。

拔麥子是柳河流域傳統的勞動方式。柳河兩岸的河套地裏種了幾千畝的冬小麥，待小麥灌漿成熟後的前幾天，用柳河水澆一遍麥田，等到土壤還未板結，將麥子連根拔出，這時的土質十分鬆散，拔下的麥子根又不帶土，送到場院裏，用鍘刀鍘去麥穗頭放在石滾下碾軋，揚場後便裝袋入庫。再把剩下的麥杆一鍘兩段，麥根燒火做飯，中間部分的花秸可以和泥抹房。

今年的「三夏」大忙，公社副主任韓永祿率工作組到柳家莊蹲點，柳家莊歷年都是大柳河公社的麥收重點，無論從種植面積和小麥產量均排第一，韓永祿不敢怠慢。「三夏」季節天氣多變，萬一雨季提前到來，新糧進不了庫，玉米播不下地，即便打一場「龍口奪糧」的會戰也無濟於事了。

還有一個原因，柳、韓兩家幾代人都是拔麥場上的競爭對手，到了韓永祿和柳白來這一輩已經沒有了競賽搏殺的平台，柳白來一個白面書生怎能和強壯如牛的韓永祿相比？可祖上留下的風氣，還是讓韓永祿不死心，你柳家雖說在政治上已栽到韓家的腳下，卻沒有敗到底，這剛住熱乎的四合院，又要退給柳家，韓永祿心裏不服氣，他要在麥場上讓你們柳家服輸。韓永祿經常吹噓，他柳家的富庶，那是俺爺爺傻韓的功勞。

這功勞可要追溯到民國時期，柳白來的爺爺柳永富還是個毛頭小夥子。他跟著哥哥柳永剛，也就是柳英傑的爸爸到高家堡大地主家拔麥子。想嘗試當麥客的滋味。當然，這可不是好奇，家裏又揭不開鍋了，為了生計，雖然他身子骨還鮮嫩，他要闖一闖麥場，向農村的四大累活挑戰，管你什麼拔麥子脫坯挖河築堤呢！

柳永富來到高家堡，他左右打量著青磚牆下的十幾位健壯的男人，不用說，他們都是自己的同類。

早晨，牆根的雜草濕漉漉的，晶瑩的露珠浸濕了柳永富那雙輕易不敢上腳的千層底布鞋，那是老娘在煤油燈下，戴著老花鏡一針一線納的。柳永富從小光腳慣了，要不是頭一次來高家堡應挑麥客，他是絕不會穿上這雙看家的鞋。

媽媽老了，再也納不動梆硬的鞋底了，老娘說，這雙鞋是留給柳永富娶媳婦時穿的。

騎上牆頭的太陽給這一溜男人帶來一絲溫暖，但仍舊驅散不去麥收前絲絲的涼意。讓柳永富奇怪的

是，這些靠牆根的漢子們，個個脫掉外衣，露出一副副油黑發亮的腰板，胸前隆起的肌肉，就像鄰居黑子新過門的媳婦，圓圓鼓鼓的大奶子實實地扣在胸膛上，顯得十分堅硬。靠近柳永富左邊的那條漢子，足足比他高出一頭還要猛些，黑布小褂搭在肩上，那胳膊不時地來回轉動，發出咔咔的響聲。柳永富伸出了舌頭，呆呆地看了看牆角邊的那棵小榆樹，那樹幹比這漢子的胳膊細了一圈。他心裏打怵，自己不知能否被東家選中。

同來的哥哥柳永剛悄悄地告訴柳永富，這些漢子就跟大柳河大集上的牲口市一樣，亮膘，顯示著自己的強壯。他們不會放棄一年只此一次的麥收，如果你被選上當了麥客，只要不被打頭的把式甩下，這幾百畝小麥上了場，每位麥客掙上二斗小麥是有把握的。當然，這還不包括這幾天可勁吃的白麵饅頭和蔥油大餅。

柳永富有點激動，雖然剛剛過了十八歲生日，總算能稱得上是個老爺們了，他也學著這些漢子們脫掉了外衣，將兩隻胳膊繃緊，慢慢地抬起，兩條肌肉漸漸縮成了兩個硬塊。呵！也饅頭大小了，柳永富有些得意，眼前一下子浮動著喧喧的，一咬沒鼻樑子的白麵饅頭……他咽下了湧上喉嚨的口水，心想，一定要掙上這二斗小麥，讓老娘吃上一頓白麵餃子。

十幾位漢子焦急地望著門樓緊閉的朱紅大門，門檻的左右蹲著一對大青石的石獅，它面目猙獰地盯著柳永富，好像在嘲笑他這位乳臭未乾的毛頭小子。柳永富生氣了，他竄上台階，想顯顯自己的大老爺們的骨氣，他轉過身向眾人使了一個鬼臉，抬起右腿狠狠地向那石獅踢了一腳，沒成想這一腳下去太用了力氣，腳上的那隻千層底布鞋卻被獅子「咬」了一個窟窿，大腳指頭露了出來，流出了鮮血，漢子們一陣的哄堂大笑。

柳永富一屁股坐在了石台階上，痛得眼淚也掉了下來。他脫下鞋，用手捏住撕裂的布鞋，哭了起來，腳上的口子還能長好，可這布鞋上的口子再也合不上了，老娘再也做不動這千層底的布鞋了，柳永富十分傷心。

哥哥柳永剛一陣的數落柳永富，順手貓腰在牆根邊抓了一把細土，要給弟弟按在流血的腳趾上。不行，一個高大的漢子一把揪住了柳永剛，他從腰間的菸袋荷包裏摸出一撮旱菸葉，用雙手碾碎成末，然後輕輕地按在柳永富的傷口上，血立即就不流了。那漢子自我介紹，他叫傻韓，柳河兩岸都這麼叫他，他告訴柳永富有什麼難事儘管找他。

朱紅大門終於打開了，東家搖頭晃腦地走下台階，身後跟著一位四十歲開外的車軸漢子，腰板和鐵打的一般。柳永剛告訴柳永富，那人叫韓天柱，是方圓百里的莊稼把式，不管是麥收還是秋收，下地他是第一位，領著打短工的幹活，這就叫打頭的。尤其到麥收，他在前面拋開膀子拔麥子，短工麥客們拼著命地在後邊追，從早晨天不亮幹到上午九點，不被甩下的就拿工錢。

「別說話了，開始選人了。」一身旁的傻韓捅了柳永富一把。眾人一下子安靜下來。

漢子們自覺地站成了一行，柳永富挨著哥哥站在了隊伍的最後面，傻韓突然從隊伍前面走到了隊伍的後面，告訴柳永富沉住氣。

韓天柱神氣十足地在這一溜人群的面前走來走去，他的眼睛裏充滿了血絲，表情是那樣的傲慢，他不時地停下腳步打量著，捏著你的胳膊，捶捶你的胸膛，年紀偏輕的漢子還得伸出雙手，讓他看看掌上是否佈滿了老繭。麥客們好像都已習慣了這一套程序，任憑他扒拉過來扒拉過去的，臉上還要陪著微笑。

柳永富心裏一陣陣的激動，說不出是什麼感受，只覺得一陣熱血沸騰，手腳發熱，燙紅了臉。一陣又渾身地發冷，赤裸著的兩條胳膊上激起了一層雞皮疙瘩。這是在挑麥客？這和挑牲口的集市上沒有什麼兩樣，只差沒讓你張開嘴了，看一看是幾歲的牙口。

柳永富跟哥哥柳永剛去過大柳河的集市，那裏的牲口市熱鬧非凡。大牲口是馬、騾、牛、驢為一區，賣主手裏提著毛刷子，將畜生們刷洗得鋥光瓦亮。陽光下那皮毛發出閃閃誘人的光。他們的臉上一直堆著微笑，連那些畜生們也十分懂事，面對新主人不停地搖晃著尾巴，刨一刨前蹄。

買主呢，雙手倒背著，譜大一點的後面跟著管家或帳房先生，手裏拎著算盤，肩上搭著錢搭子，他們不時地停下頭來，看一看毛色，看一看前襠，再看一看牙口，神氣。

柳永富跟著柳永剛充當了一次爺，牲口販子們居然稱他為少爺。當然，這哥倆是沒錢買牲口的，就是吃頓驢肉火燒也是手上空無一文。眼看著太陽已升到正午，柳永富一點也沒覺得餓，他十分不樂意地跟著哥哥離開了牲口市的大門，自尊與得意不知怎的，一下子就飛得不知去向了。

今天，大柳河大集再現，情景完全倒了過來，柳永富成了搖頭晃腦的畜生。他臉上堆著微笑，盼著這位讓人心裏發寒的打頭韓天柱來到自己的眼前，甚至願意讓自己張開嘴巴，看看牙口。結果呢，那幫漢子們在韓天柱的眼神下，一個個興高采烈地被請進了青磚瓦舍的深宅大院，裏面擺了幾桌茶點。

韓天柱走到傻韓跟前，十分客氣地衝他一笑，這一笑免去了所有的程序。

柳永富十分敬重傻韓哥，短短的接觸，讓傻韓成了他心中追逐的英雄，也只有他才配有這種特殊的禮待。柳永富閉上雙眼，心裏閃現著韓打頭也是一樣的衝著自己微笑，並遞過了一根自己從沒有抽過的紙菸捲，順手還劃著了一根火柴，這火苗徐徐上升，怎麼？沒點著菸，卻把鼻子給燒疼了。柳永富一下子睜開眼睛，左右一看，只剩下自己光棍一人。

柳永富火了，熱血直撞頭頂。

「嗨！打頭的，沒長眼睛，這他媽的還有一個大老爺們呢！」

韓天柱扭身從台階下走了回來，沒有說話，上去就是一拳，柳永富沒有防備，一屁股坐在了地上。

「誰他媽的褲襠破了，將你露了出來，你這乳毛還沒退乾淨，就敢在韓爺這充硬，滾，回家吃奶去！」眾人笑了起來。

柳永富受到了侮辱，一個鯉魚打挺跳了起來，他低著頭向韓天柱猛撞過來。傻韓一把將柳永富攔下，拽在身旁。

「韓頭，這是我兄弟，第一次出來，不懂事，是俺把他拉來的，見見世面，如果他真跟不上趟，就讓他白幹，請給俺傻韓一個臉。」

「我說呢，這小子是吃了豹子膽，奶味未乾就敢來高家堡闖麥場。原來是傻韓侄子的兄弟，好，咱們不看僧面看佛面了，院裏喝茶去吧。」韓天柱和傻韓沾親是一個韓家，這方圓百里的麥場只有傻韓是自己的對手，威脅著自己的地位，他賣給他了一個面子。

傻韓喜歡上了柳永富，這楞小子還真有點爺們氣，從身骨架上看，將來一定是個好麥客，就是不懂得規矩，缺少點教養。明天三更就要去西窪地拔麥子，這塊地是蘆葦茬，初幹的大多數都會在這塊地裏栽跟頭。傻韓把柳永富叫到後院外的那片麥地旁，一手把地教他如何打茬。什麼叫「懷中抱月」，什麼叫「天鵝下蛋」，並告訴他麥場的規矩。

傻韓給柳永富做了示範，別人拔麥子是拔一把就把麥子放在地上打好的麥約上，等放多了就將它捆好，這就是一個麥個子。懷中抱月呢？就是拔多少都要放在懷中，不能放在地上，邊拔邊抱地往前走，待懷中的麥子夠了一個時，雙手在懷中就將麥約打好，並捆綁結實，這就叫做「懷中抱月」。接著，又順著褲襠將麥個子掉落在地上，這些動作一氣呵成，麻利連貫，不拖泥帶水，這就叫做「天鵝下蛋」。平常人是不會這門手藝的，這種拔法速度快，是常人的二到三倍，就連韓天柱這樣的麥把式，這套活也不敢常使，技術還不老到怕丟了臉面。

另外，這拔麥子用的不是胳膊的勁，而是腰間的力量，或者說是全身的力量。要靠左腿跨出的力和挺腰抬頭的慣性將麥子拔起。柳永富心裏一個勁地打鼓，看來這當麥客並不容易，光憑著一股傻力氣是不行的。這碗飯不好吃呀！

三更天，月牙像鐮刀一樣高高地掛在天際，月光穿過窗上破殘的窗紙，給東廂房的土炕上灑下了斑斑的銀色。柳永富一夜沒睡，睜著一雙大眼睛，他鬧不清這是激動還是膽怯，衣服沒脫，靜靜地等著更人叫起。

傻韓告訴他，拔麥子要起大早，因為露水打濕麥稈是軟的，拔起來不勒手。二是因為天不亮，眼前一片的漆黑，即使手上打了血泡，也看不見，只顧低頭往前拔，就不會暈場。三是最重要的，夜裏小麥的顆粒外面的麥芋是閉合的，就像衣服一樣，任憑你如何抖動，麥粒像衣扣一樣縫在了衣服上，都不會脫落的。可天一亮，太陽出來後的八、九點鐘，最遲也不能超過十點鐘，麥芋就張開了嘴，麥粒就容易掉在地上，因此這個時候麥場就收工了。

柳永富牢牢記住了傻韓教他的拔麥子要領，跟著黑壓壓的人群來到了西窪地。每人三條壟，從打頭的往下依次排開。傻韓將柳永富安排在打頭的下手，自己排在第三位，這樣便於照顧他。

韓天柱插壟了，只見他一聲不吭低頭貓腰頭擦著麥稍「嗖嗖」像箭一樣射了出去，一眨眼工夫就出去了幾丈遠。他的人頭在麥浪中有節奏地起伏著，柳永富看傻了眼，心裏一個勁地叫好佩服。

「光愣著幹啥？快他媽的拔呀！」傻韓罵道，轉眼之際也沒了人影，只留下柳永富孤零零的三條壟。

柳永富在家也拔過麥子，那是在玩。今天這麥場可是一場你死我活的戰場，他學著傻韓的樣子，按著要領拼命地往前拔，不大會兒工夫，全身就被汗水和露水打透，他索性光著膀子往前拔，漸漸的左右沒有了聲響，他抬頭一看，所有的人都跑在了自己的前頭，打頭的韓天柱已拔到了地頭，折回身來往回拔了。

柳永富急了，吃不上早晨送到地頭的白麵烙餅是小，這當著麥客們的面，第一場亮相就砸了鍋，今後就別想在這個行當裏混了。他咬緊牙關，玩著命地往前追。俗話說，拔麥子不腰疼，誰吃這碗飯。柳永富的腰開始疼了，手也火辣辣地發起燒來，腫脹起來。麥客們的行話叫脹把。柳永富心想，不用看，雙手肯定打起了血泡，現在顧不了這麼多了，發昏當不了死，豁出這條命也得把今天的麥場拼下來。

拔著拔著，他頭一陣的一陣的渾濁，兩腿一軟就癱在了地上，眼前的麥子就像一片茂密的森林，接連不斷的樹幹向他撲來，他的雙手再也不敢觸摸著這無際的林海。柳永富跌進了夢幻之中，他被無數樹幹壓倒在地上喘不過氣來。

忽然，柳永富覺得身上一陣輕鬆，周邊的森林不見了，一群健壯的漢子圍在自己的身邊，只見傻韓的大手從自己的臉上的人中離開，柳永剛用濕毛巾輕輕擦著他額頭上的汗水。麥客們長嘆了一聲，鉛水般的空氣舒展了。

「沒有事了。」傻韓說道：「這拔麥子第一次誰也免不了暈場。柳永富這小子拔到現在已經不錯了。大家伸把手，將他剩下的這點麥子拔乾淨，都是同甘共苦的兄弟沒得說。」柳永富看著自己那三壟孤零零立著的麥子，頃刻之間就變成了黑黝黝的沃土，眼睛裏滾動的熱淚一下子就湧出了閘門。

太陽冒出來了，該吃飯了。柳永富在眾人的勸說下，乖乖的坐在地頭的麥個子上，低頭看看滿手的血泡，強忍著不讓眼淚掉下來。傻韓給他端來一碗綠豆湯，一張雪白的足有馬勺大小的蔥花烙餅。吃！憑什麼不吃？吃飽了俺給你治這血泡，保你明天還能拔。

一張大餅進了肚，頓覺渾身有了力量。傻韓從送飯的二孃子衣服上借了根針，用火柴燒了燒針尖算是消了毒，順手又從二孃子頭上揪了一根頭髮穿到針眼裏。柳永富將兩手遞了過來，傻韓將髮絲穿到血泡中，血水順著發絲緩緩地流了出來。血泡立刻就癟了下來，疼痛也減輕了許多，肉皮又重新緊緊貼在手掌上了。神了！柳永富從心裏服了。

韓天柱從柳永富拔過的麥壟上走了過來，看了看柳永富的雙手，嘴角上掛出了令人難以察覺的一絲笑容，他不輕不重地朝著柳永富的屁股上踢了一腳，自言自語地罵了一句：「行，算你小子有種！」

從此，柳永富在傻韓的帶領下，柳河流域的麥場便有了名氣。

時來運轉，韓天柱暴病身亡。高家堡麥場的打頭的便落在傻韓和柳永富兩人之間。柳永富此時已是膀大腰圓的壯漢，他沒有照顧對自己有恩的傻韓，憑實力贏得了麥客把頭的這一發家致富的實惠名號。家境便漸漸殷實起來。傻韓盼望已久的麥把頭讓柳永富搶了去，心裏記恨，嘴上又說不出來，人家憑的是胳膊根，沒有辦法，柳韓兩家的心結算是繫了起來。

柳家從此一帆風順，家業更是興旺了發達，成了柳家莊的首富。

十

韓永祿牢記祖訓，藉著風向一有機會便朝著柳家使勁，眼看被他踩倒在地的柳家又活了過來。他想利用今年的麥收再一次和柳白來叫陣，替爺爺爭回這口氣來。

柳白來拔過幾回麥子，那都是在自己家的自留地裏，他明知道韓永祿的心地不正，但仍就很高興，畢竟是給了俺一個平等做人的機會，雖說算不上十分公平，不在一個重量級別上，可是韓永祿能和俺柳白來站在一個起跑線上，一對一地展開一次競賽，這就足夠了。

柳大伯一手托兩家，心裏惦念侄子柳白來，可又不敢得罪自己的頂頭上司韓永祿。他暗地裏給侄兒吃個小灶教授他拔麥子技巧。柳白來也很自信，今天的俺可不是柳河中學的白面書生，幾年的木工活鍛造出一副好的身板，他憋足了勁要和冤家韓永祿比上一番。

第二天早晨天還沒有大亮，柳白來按照柳英傑大伯的吩咐，帶上了一副線手套，沾濕了水，擰乾淨，這樣就能保護住麥場新客容易打泡的雙手。大伯告訴他，出手時要像下山的老虎一樣，咬住就不能撒手，緊緊地不能打滑，一打滑手上肯定就會勒出一個血泡，要讓麥稈和手臂連成一體，把全身的力量都調到一條線上，拔起來就不費力氣。

柳白來跟著黑壓壓的人群來到了當年爺爺初闖麥場的那塊麥田西窪地。他的感覺很好，甚至還有一份自豪，怕什麼？誰死誰活屌朝上，自己不是一直在尋找機會嗎？在全縣小利工地上他已經戰勝過了一次，那是智力的高低，今天卻憑的是體力，胳膊根的粗細。

韓永祿打頭，他將柳白來放在了二趟，雖然這幾年韓永祿當了幹部不再幹農活，多年的底子讓他仍舊兇猛，插壟沒有幾分鐘就把柳白來甩在了身後。

柳白來不再左顧右看，一門心思悠著勁地往前拔，他和韓永祿保持著一定的距離，離遠了就使把勁，拔著拔著他突然覺得拔不動了，抬頭一看，前面是一段高崗地，水上不去多少，土地早就變成了僵硬，沒有了剛才的濕潤乾爽。嗨！黃鼠狼專咬病鴨子，只有自己的三條壟長在高崗上，好像是韓永祿專門給自己預留的。

倒楣！昨天柳英傑剛剛教授他小麥打茬的技術，理論上是明白了，今天就要實踐一遭。這又有什麼呢！還能比咱的木工手藝複雜？柳大伯不是說了嘛，就是將麥稈打彎變成弓形，雙手輕輕往下一壓，再迅速地往左邊提甩，同時挺胸直腰一氣呵成，麥子就會齊刷刷地拔了下來，就像鐮刀割的一般，麥根還牢牢地長在乾硬的土地裏。

柳白來橫下心，不能放過這打茬學手藝的機會，藝不壓人，不論今後還是否能夠用上。他按著柳大伯教的要領，一把，二把漸漸進入了狀態。打著茬的麥子發出嚓嚓的聲響，他回頭一看三壟，麥茬整整齊齊一般的高。柳白來高興極了，不光是有了成就感，還有了興趣，不大一會，他就衝過了這段高崗地。

天亮了，眾人都已到了地頭抽菸了。這塊高崗地讓柳白來落在了後頭。

打頭的韓永祿學著當年高家堡麥場打頭的模樣晃頭晃腦地走過來了，他衝著柳白來嚷嚷起來。

「別拔了！別拔了，這天已大亮了，再拔下去就給你爺爺丟人現臉了！」

「韓主任，怎麼你想當高家堡地主的打頭的？告訴你，我柳白來不會讓你落下一根壟！即便拉下了，少掙工分便是了，再說這送飯的挑子還沒有到地頭呢！」

「行！算你小子有種！」韓永祿罵了一句當年韓天柱的那句話。

柳英傑站在壟邊給柳白來打氣，告訴他，送飯的挑子已經出了村，十五分鐘就趕到了地頭。柳白來突然全身上下湧出了一股力量，爺爺爸爸的基因在瞬間融進了自己的血液中，他像頭出籠的獅子，速度一下子快了起來，居然還拔出了一兩個「懷中抱月」，社員們叫喊著鼓起了掌聲。柳英傑不時地報著飯挑子的距離，只有韓永祿站在地頭冷冷地觀看著。

送飯的大嬸不知地頭發生了什麼！那邊越叫喊，她越是加快了腳步想看個究竟。社員們覺得有意思，更是起哄稼秧子叫個不停。當大嬸的飯挑子擱在了地上時，柳白來最後的一個麥個子也從褲襠下落在了地上。

柳白來用精神和實力完成了這第一天的較量。

大伯柳英傑很是高興，侄子給柳家爭了臉，看著這架式，明天的麥場不僅落不了後，很有可能要超過韓永祿這個龜孫子！不行，俺得給柳白來打點氣，他告訴兒子柳國良招呼柳白來一家晚上到大伯家吃飯。

酒壯英雄膽，三杯酒下肚柳白來向大伯提出了請求，他要和韓永祿換一下位置，當一天這打頭的。柳英傑醉眼朦朧，看著自己的侄夥計的樣子也有了底氣，一口答應柳白來的要求，俺是柳家莊的大隊書記，這一畝三分地俺還說了算。

酒足飯飽，齊英扶著丈夫柳白來走出大伯家的門樓，兩人都很高興，他倆伴著月色數著天上的星星，嘴裏還不時地哼上一兩句小調，柳白來心裏充滿了一股英雄豪氣。

韓永祿回到家裏便一頭栽在炕上，渾身像散了架子一樣，胳膊腿的哪兒都疼痛，畢竟多年不幹活了。原想今天給柳白來有個好看的出出醜，明天自己就留在場院看著新買的脫粒機脫麥子，沒想到今天並沒有落下這小子，不行，明天豁出命來也得再拔他一早晨，決出個勝負來。

第二天社員們都到了東窪地，韓永祿二話不說插壟就上。

「韓主任，你等一下，今天打頭壟的應該換一下人了，柳白來向你提出了挑戰，和你換一下位置。」柳英傑說話了。

「什麼？和俺換一下位置，他能當俺的公社主任嗎？他能當他那個黑五類子女嗎？真是異想天開！」

「韓主任，看你想到哪裡去了，不就是拔個頭壟嘛，柳家莊每年種這麼多的麥子，也得培養出一個把頭是吧，就這麼定了。」柳英傑的話語不容商量。

大隊書記的話音一落，社員們也七嘴八舌地應和著，換一換有什麼，又不是坐你的幹部位置，那打頭的要比別人多付出一份力量呢！跟著拔的總比打頭的要省力省心，不是嗎？

韓永祿一想也好，俺就二壟，在你柳白來的屁股後面，追死你！

柳白來興奮，沒有想到這輩子還能幹一番當年爺爺闖蕩麥場的行當，尤其是讓這個韓永祿跟在自己的身後，我一定會用拔麥子甩出去的土，好好治一治你這個地頭蛇的霸氣。

柳白來插壟開拔，一會就有了微汗，渾身的骨頭節鬆開了，頓覺力量倍增，剛才還能聽到韓永祿粗粗的喘氣，這會早就沒了動靜，他像離弦的箭一樣射了出去。

不好，柳白來忽然覺得肚子裏有些不好受，像有人在揪扯他的腸子，肚子還咕嚕咕嚕地叫了起來。準是昨晚的酒喝多了，夜裏又沒蓋被子著了涼。他抓緊拔了幾個麥子，實在是憋不住了，他連忙跑出麥地蹲了下來。拉稀了，稀屎像水龍頭一樣噴射出來，肚子頓覺好受了些。他順手從身旁豆棵上揪了幾個豆葉擦了一下屁股，便急匆匆地跑回麥田，這時韓永祿已和自己齊平了。

柳白來又是一陣的玩命，他又跑到了前頭，這一拔一停連著拉了三四遍。這樣不行，今天當這個打頭的是露不了臉了，露出了一個屁股，丟人哪！可這肚子又不聽自己使喚，怎麼辦呢？這人要是急了眼，什麼招都能使出來。柳白來索性脫了褲子，光著下身，屁股撅到了韓永祿的麥壟上，任憑髒物隨意噴灑……

韓永祿今天的感覺實在是不好，一宿的覺沒有歇過乏來，渾身較著勁，腰也開始直不起來了。他看出

來柳白來忽快忽慢的原因了，這小子準是鬧了肚子，一會跑出去一趟，他慶幸，不然自己肯定會輸掉的。

柳白來又沒了蹤影，韓永祿的高興勁頓消。突然，他聞到了一陣一陣的臭味，雙手也有些黏黏糊糊的了。不好，這柳白來在前面又是上風口，身子歪斜著，屁股正衝著自己的三條壟，這稀屎就像個噴霧器，把韓永祿的三壟小麥噴了個正著。他這氣不打一處來，不拔了，大喊大叫地來到柳白來的面前。

這時，天已亮了，社員們不知發生了什麼事情，也都扔下手中的麥個向柳白來這裏圍攏過來。柳白來天一放亮就連忙穿上了褲子，他這肚子裏早就排泄乾淨了。他看見韓永祿氣勢洶洶地衝過來，滿身滿手的髒物心裏就像盛開了的花朵，臉上卻裝著沒事人一樣。

「柳白來！你這個混蛋，你他媽的拔麥子光屁股，把稀屎都噴到老子這條壟上來了，你這是什麼用心？這要放在前幾年，俺非得給你治個罪不可，報復革命幹部。」

韓永祿伸出雙手讓社員們看，這一說一看，把個拔麥子的社員們笑個前仰後合，柳英傑卻故意板著個臉批評柳白來。

「柳白來，你這是幹啥呢！鬧肚子不要緊，到旁邊的豆子地裏解決了不就完了，幹啥非要光著屁股拔呢！」

「大爺，我是跑了幾趟豆子地，可今天俺是個打頭的，怕耽誤了三夏大忙，這責任可擔當不起，誰想這髒物怎麼就跑到韓主任的麥壟上呢？」

「是呀！你這小子的出發點不壞，為了抓革命促生產，龍口奪糧精神還是可嘉嘛，但總是髒了公社的領導，趕快賠個不是去。」

「賠他媽的什麼不是！俺看這小子就是成心，今天罰他把俺的那三條壟拔完，工分不能多記一分。」

韓永祿知道自己輸定了，渾身上下都在顫抖，連一個麥子也拔不下來了，他只有借坡下驢，扭身奔了柳河大堤，他到柳河裏洗了個澡後，回家睡覺去了。

柳白來讓韓永祿吃了個啞巴虧，在柳家莊青壯勞力面前逞了一把能。他心裏預感到自己的順勢來了，它是伴著柳河流域的社會變化而來的，是一股不可抗拒的順勢，柳河兩岸農村裏幹了一輩子農活的農民們，開始有了燥動，一場農村體制改革的腳步越來越近了，發家致富的念頭，重新在農民的心裏點燃。

十一

柳白來重新回到了那套青磚磨縫的四合院，物歸原主卻物值所失。牆皮脫落院牆倒塌，尤其是後院的木匠鋪，沒有起脊的房頂露出了一個小小的天井，周邊長滿了狗尾巴草，就連那正房東屋的隔扇屏風上，也讓韓永祿的兒子韓小寶用刀刻滿了打倒柳英豪。

退賠只退不賠。大伯柳英傑雙手一攤，響柳家莊窮的叮噹響，每十分工值只有六毛錢，拿什麼賠呢。條案八仙桌、太師椅……韓永祿早給賣了。一書架的書也被收破爛的揀走了，給大隊換了幾斤茶葉。找韓永祿說理，他一瞪眼，那些東西放在庫房裏貓啃鼠咬的早就爛光了，沒收你柳家保管費就不錯了，知足吧，退了你家的房子，可柳英豪仍舊是富農，還是判過刑的反革命。

三口人怎麼住？那麼多的房間都空著，柳白來想起了劉叔臨走時的那句話：「重操舊業，發家致富。」對！俺們三口就住東屋兩間，西屋兩間做設計室，東西廂房當車間，後院空場當儲木場，木匠鋪當成品庫和乾燥房。齊英支持丈夫的想法，柳白來拿出積蓄雇人開始收拾院落，增添木工器械，並購置了電鋸車床等現代化的一些工具。岳父母也掏出家底，全都投給了女婿，背水一戰。

杯水車薪，木材從哪來？當然是東北了，可採購周轉的錢是大數目，求助劉叔。柳白來二下東北嫩江。

劉長貴前腳到，柳白來後腳就跟了進來。

「哈哈，你這小子後悔了吧，這倆招工指標招惹得全縣都地震了，托人弄景愁得你劉叔是沒地方躲了，你來了，指標仍歸你，這場風雨就算停止了。」

「劉叔，你弄錯了，我柳白來也是一言九鼎之人，當農民鐵心了。你走之後俺兩口兒商議好了，老宅用來辦木器加工廠。現在是萬事具備只欠東風了。因此，我火急火燎地趕來嫩江，向劉叔求救，先賒俺點木材。」

劉長貴還真犯難了，這木材有的是，可買賣是有指標控制的。國家年年有批件，雖說這樣，做為一縣林業局長，走個後門批幾方木材也不是就辦不成。全國的木材老客手裏攥著支票現金排著隊都打發不出去，何況還是賒帳。劉叔家的一兩方木材白送給這侄夥子沒關係，可拿國家的……劉長貴還真幫不了這個忙。

柳白來白了眼，這會可真的白來了，家裏所有的鍋灶都準備好了，只等米下鍋。這可怎麼辦，柳白來一下子就病倒在林業招待所裏。

東北有句老話，幫人要頭拱地，頭拱破了流出血，事雖然沒辦成，但朋友也會理解。可眼下柳白來的處境不一樣呀，沒有了退路。劉長貴心急如焚。現在不是以經濟建設為中心嗎？允許集體、私人經濟的模式出現，一個大膽的想法在他腦海中漸漸有了輪廓。

劉長貴開著剛從省林業廳淘汰下的蘇製吉普車，帶著林業局的經濟師奔了招待所。他們向躺在床上的柳白來端出了全盤的計畫。

柳白來一聽，病就全好了，他哪裡是有病啊，火燎心急愁的。劉叔的辦法十分大膽，一個國營單位和一個農民合作，政策允許嗎？柳白來心裏打鼓，俺一個農民算什麼，絕不能給劉叔添麻煩，讓人家犯錯誤。

「沒關係，侄夥計，嫩江林業局下設的儲木場和你合作，鬆散型的，我們拿出一等樟子松原木五十立方來做為投資入股，四六開，你柳白來佔六，等有了利潤分給我們四成，簽個合同不就得了。」

劉長貴邊說邊在房裏踱步，他覺得這一方案還是有點風險。

「還有一種辦法，其實就是貸款。五十米木材你拉走，按嫩江縣地面上的成交價……不，按國家給林業核定的基本價格給你，從簽合同木材上火車開始計算利息，三年為限，到時候本利一起還。」劉長貴接著說。

「這個辦法好，不然利潤分配不好計算，俺柳白來也有個保證，如果三年之內還不清本利，俺用柳家的家產做個抵押，讓林業局吃個定心丸，咱們雙方都踏實。」

劉長貴還是不放心，一個國家單位怎能對個人呢？柳白來覺得這事情好辦，工業支援農業，城市支持農村，合同可對著俺們柳家莊大隊簽，我再和柳大伯簽一個內部的君子協定，給大隊點茶葉錢不就行了嗎。這一招爺倆都滿意了。

合同簽定了，柳白來驗收了木材。檢尺員湊到他的耳朵邊買好，劉局長說了要關照你。這不，我這尺子一鬆，就多給你量出了五立方公尺。檢尺員伸出巴掌在柳白來眼前晃了兩晃，神祕地說，這點木材回去一賣，運費、流動資金不就全有了。俺能落什麼？請給你叔說說，今後有機會提拔提拔我。

柳白來笑著點了點頭並沒言語，他內心裏直跳，一個小檢尺員就這麼大的膽？五立方公尺白給了。這麼說有多大的膽就有多大的權了，這個檢尺員真敢幹。算了，得了便宜別賣乖了，也可能是劉叔讓的呢。柳白來再一想，心裏也就有了自慰，如果他收林場的木材時，尺一緊，五立方公尺不就又回來了嗎？

劉長貴親自找了嫩江火車站的站長，等木材全都裝進了車皮，發貨單、接貨單都寫清楚之後。劉長貴又親自把柳白來送上了火車，一月後木材保准運到保定火車站。

爺兩個隔著車窗揮手告別了。

一個月後，木材安全順利地到了保定。柳白來雇了八輛馬車，往返了三趟，木材一根不少地堆放在柳家後院。柳國良的電工活計是蹓蹓達達就幹完了，他整天泡在了柳家，幫助柳白來安裝上了電鋸。閘盒一推，圓木變成了木板，機器的轟鳴，樟子鬆散放的香氣，讓一輩子種地的柳家莊村民開了眼界，不少年輕力壯的小夥子都願意到柳家來幹活。什麼錢不錢的，給點就比生產隊的多。

柳白來雖然沒有做過企業，可在嫩江一年多磨練，也懂得點成本核算，更重要的是，家具做好賣給誰？什麼式樣柳河縣的人喜歡？他要先做上一套樣品，放在縣城展示，按訂單下料做活。有一點讓他放心，做木箱子有多少就能賣出去多少。他聽杜鵑說過，城市戶口的年輕人，想結婚，要憑結婚證書，到縣林業局抓號，排隊到縣木器廠，每一對新人只能買一對松木箱子。

柳白來心裏核計好了，人現在不能雇，要雇只能雇有手藝的木匠師傅。雖說這農村的木匠只會做一些房樑門窗、農用耕具和一些壽材，俗稱大眼木匠，但他們有基礎，心靈的一教就會。這些都不重要，重要的是要建個廠子，公社或縣裏有個批件。合理合法地幹，不然，挑毛病的人太多了，孩子還沒生養出來就死了胎。

韓永祿從柳家四合院搬出去之後，心裏不痛快，這大房住慣了，回到自己家的老窩怎麼也不順心。眼看柳白來這小子是鯉魚打挺翻了個，越來越歡式，而現行的政策又一個勁地朝著他們那方面發展。他最擔心的是柳英豪案子的翻盤，那樣一來，韓永祿公社副主任的寶座就難坐穩，自己的姐姐姐夫已認了親，並幫助柳白來開什麼木匠鋪。現在擺在俺眼前有一條路，何不以攻為守，緩和了與柳家的關係，柳英豪的事就會不了了之。

韓永祿背著雙手，挺著胸膛，一副大領導的派頭又一次走進了熟悉的四合院。

「齊英啊！怎麼不出來人哪，你舅舅公社的韓主任來看你們了。」

柳白來在屋裏早就看到了大搖大擺的韓永祿，齊英不讓他出來，黃鼠狼給雞拜年沒安什麼好心眼，瞧咱們這日子剛有點亮兒，又來搗什麼鬼。柳白來不再說什麼，低頭組裝自己設計的三門大衣櫃。

韓永祿挑簾進了東屋，屋裏沒人，聽到西廂房裏叮噹的錘斧聲，又扭身來到了西廂房。嗨，一個做好的五斗櫥、一對木箱、一個帶床頭的雙人床……他的心裏咕嘟一聲，冒出了一股酸酸的水，他又看了一眼低頭幹活的柳白來，瞄了一眼自己的外甥女齊英，心裏罵道，這小兔崽子真是有兩下子，齊英這閨女的眼光還真毒。

韓永祿見著夫妻兩人沒人似的將自己擱在了一邊，原想著說個軟話，外甥女還能不認俺這個親娘舅。嗨！這不是羊上樹了，給臉不要臉，那俺就叫你們開不成這個木匠鋪。

「我說柳白來！給你們機會別不識抬舉，今俺是公事，誰讓你開木匠鋪的？要經過公社批准，哪裡弄這麼多木材？套購國家統購統銷物資是投機倒把行為，是違法的，俺韓永祿馬上就可以查封你！」

柳白來抬起了頭，丟下手中的斧子直起了腰，他撣了撣身上的刨花鋸末，眼睛放射出當年開批判會時的憤怒。

「殺人不過頭點地，文化大革命都結束了，韓主任，你這個吃運動飯的還不收斂收斂，鬧不好還真有秋後算帳的那一天。至於開木匠鋪，俺一不偷二不搶，自己做點家具自己用，享受一下新生活，也犯什麼法嗎？後院那些木材，是東北嫩江縣林業局的，暫放在這裏，這有證明！」

柳白來忍住心中的怒火，不能和他硬碰硬，眼前這傢伙還是公社的領導，他遞過去林業局的木材調令。

韓永祿鬧了個沒趣，轉身又朝著自己的外甥女跟前湊了湊。

「齊英啊，妳是石頭子裏蹦出來的？怎麼不認親呀，妳媽是俺的親姐姐，舅舅來了連聲招呼都不打，嗯？」

「你還知道你姓什麼嗎？現在認親了，你忘了你捆打柳白來的時候了，看俺們的日子剛要好過了，又來搗亂了，俺齊英早就沒有舅舅了，他死了！」

齊英邊說邊從木工案子上抄起一根木方子，揚手就要打韓永祿，柳白來無動於衷，繼續幹自己的木匠活。

韓永祿知道外甥女不會真打他，但是話都讓兩個小輩分的說絕了。一個堂堂的公社副主任的臉面丟盡了，得趕快走，這個扣一時半會是解不開了。韓永祿灰溜溜地走出了四合院。

韓永祿的話提醒了柳白來，這賣家具不像推著輛獨輪車到縣城的小胡同裏賣白菜，雖說不那麼光明正大，可沒有人管，城裏人圖個新鮮和方便。現在這麼一大套家具明晃晃的擺在那兒，都是一大片，城裏人有錢，木製家具又是稀罕貨，萬一被政府沒收了，自己賠上點工錢不要緊，劉叔那裏的本錢怎麼辦？柳白來看著這套油漆錚亮的家具，突然想起了水利局的杜鵑主任，把家具放在她那裏展示，從水利局內部銷售不就萬無一失了嗎？

柳白來跑到大隊部，向柳大伯借用電話，通過公社要通了水利局，他和杜鵑商量好了，水利局派汽車連夜裝車把家具拉到縣城裏去。

這套家具在水利局沒出大院就被七八個青年職工搶了，幾乎快出人命了。杜鵑以黨辦主任的身分下了命令，這套家具不能賣，這是展品，不光光是讓咱水利部門看的，還要給全縣的青年人看。當然也包括你們的父母，長輩們一輩子也沒使用過這麼高檔的家具，只要有錢，家具有的是，要有訂單排號，還要先付訂金。

杜鵑按著她和柳白來商定的想法講給了大家聽，她還現場發揮，提出了先交預付款的這一辦法。青年們憋了十年，哪見過這麼好的木製家具，甭說交預付款，就是交全款都沒問題。不大一會，杜鵑的小本子裏就記上了幾十套。

貨訂出去了，柳白來一喜又是一憂，這麼多家具需要十幾位的木匠師傅，這沒問題，不出大柳河公社，給錢就有人幹，這些手藝人都在家裏閒著呢。現在咱們木材有，車間也有，可是沒有一個合法的帽子，紅帽子，沒有執照無法營業呀！

杜鵑已替柳白來想好了，縣水利局下設的水利機械修配廠，允許木器維修和生產，咱們就依託修理廠，每年象徵性的交給廠子一些管理費，或者給廠子維修一些木製器件就行了。

水利機械修配廠的廠長和柳白來擬好了條文，杜鵑做為見證人，她一手托兩家，一個新興的小企業就這麼誕生了，修配廠蓋上了鮮紅的大印，柳白來摁上自己的手印，杜鵑膽子大，直接蓋上了水利局黨委辦公室的公章做為公證。她知道這樣有些風險，那是我杜鵑的個人風險，水利局國家並未受一點損失，不就是借了借名的事，還能得到點管理費。讓杜鵑放心一點的是，合同條款上，修配廠是只負贏不負虧，一個乾股分。

柳家莊像過年一樣的熱鬧。全村的老百姓都擁到了柳白來家的四合院門前，門樓的牆上的花瓦洞裏，伸出了一串紅彤彤的鞭炮。門樓的上首邊，青磚縫上釘著一顆大銅釘，釘子上掛著一塊立地通天的白漆木牌，牌子上黑色的仿宋字體，上面書寫著八個大字「柳河縣黎明木器廠」。

柳白來站在自家門樓的台階上，胸前佩帶著一朵大紅花，絨絨的花瓣映紅了他興奮的臉頰，花朵下有一黃色的飄帶，上面寫著兩個字「廠長」，旁邊站著媳婦齊英，她胸前的花帶上寫著「副廠長」。兩口子會意地對臉一笑，這沒去嫩江招工，不也當上了廠長了。

柳家莊大隊書記柳英傑，水利局的杜鵑，還有修配廠的廠長都戴著大紅花，他們都是貴賓。柳國良昨晚就將大隊的高音喇叭線扯到了現場。只等著吉時一刻，就宣布剪綵開業。

齊永峰兩位老人並排坐在工廠大牌子下，眼睛笑得瞇成了一條縫，心裏讚揚著自己的女兒和女婿。柳白來的話不假，俺老兩口真要得兒孫們的濟了。

太陽離開了河堤上那棵脖子柳樹的樹梢，柳白來家新添製的一個櫃式大鐘噹噹敲了九下。柳英傑端起

柳河县黎明木

了麥克風，老人很威風，也很神氣，他宏亮的聲音突然變得有些沙啞。

「父老鄉親們，俺代表大隊黨支部，代表水利修配廠，代表柳白來宣布，柳河縣黎明木器廠今天正式成立了！」

柳英傑的話音一落，柳白來從書包裏掏出一把把的糖果拋向人群，他在彌補自己的婚禮，柳大伯的兒子柳國良用早就準備好的菸頭點燃了炮撚子，隨著一股藍煙飛起，鞭炮齊鳴，炮聲撞擊著寬厚高大的青磚牆，聲音從牆面上反彈回來，迅速擴散衝進柳家莊的大街小巷。村民們好像從炮聲中預感到了些什麼，人人都瞪著好奇的眼睛，看著柳白來家境神奇般的變遷。

十二

河北大學歷史系八二屆畢業班在討論著畢業分配計畫，李延安因病休學了幾年，左拖右拖地拖到了一九八二年畢業，這幾天他如坐針氈，黑龍江省勞改局盼著他畢業之後重返北大荒。國家正式幹部，嫩江勞改分局的局長助理的待遇，實在太誘惑了。

北京的父母打電話催促兒子早定主意，那位行政處長偷偷給李延安透了個信，聽部政治部的領導說，要直接把李延安分到部機關的政策研究室，他們那正缺大學生呢。這是多少人可望而不可及的事情，在父親光環的籠罩下，抬轎子的人多，溜鬚拍馬的更多，李延安只要同意進部機關，用不了兩年，準能當上個副處長，現在缺少的就是他那樣的「四化」幹部。革命化、知識化、年輕化、專業化都佔全了。

李延安不是不動心，這是一條最好的選擇，過了這個村就沒有了這個店，機會難得。可這總是逃脫不出父親權力所致的陰影，自己幹得再好，再有能力，那也都是父親的，這些又讓他猶豫不決。

其實，李延安心裏最念記的、愧疚的，一項沒有完成的心願，那就是對自己救命恩人柳英豪的承諾。他腦中早就有一些想法，到柳河縣去工作，儘快為老柳的冤案平反，只有這樣，柳英豪六年的牢獄之災的補償，英勇救人的定性，尤其是對柳白來今後的生活，也就有個說法。

李延安將自己的想法和父親講了，沒想到父親非常支持兒子的想法，不光光是為了報恩，到基層鍛鍊幾年，一步一個台階才能走穩。要從中國最艱苦的農村幹起，瞭解中國的國情之後，摸著石頭過河，這石頭就是國情，連石頭都摸不著，何談過河呢？父親的一席話，堅定了李延安到河北省保定專署的柳河縣的決心，他向學校遞交了畢業分配申請書。

同學們一片譁然，李延安這小子腦子進水了，一個高幹子弟的選擇，引起了大家的各種猜測。李延安為確保分配到柳河縣，他向爸爸提出了請求，走個後門。

父親給河北省委一位老戰友打了個電話，事情就辦成了。而且成了河北省大學生到艱苦的基層工作的典型，引起了各級組織部門的重視。

李延安被分配到柳河縣委辦公室，他安置好行裝之後，和組織部的同志借了輛自行車，風風火火地奔到了柳家莊。

李延安跨過柳河上的浮橋，騎上了柳河北岸的河堤，河堤兩岸粗壯的柳樹，茂密的枝葉把河堤上的小路遮蓋，一道綠色的長廊一直延伸到柳家莊。李延安頓時覺得渾身的爽朗。河堤樹叢中的穿堂風，讓他立時落了汗，興高采烈的哼起了小調。

「喂，同志，請幫一下忙好嗎？」

一位女同志從河堤坡上走了出來，一位大城市裏的姑娘，氣質風度和俊秀的臉面，一身洗舊了的軍裝便服，李延安不由自主地跳下了自行車。

「同志，什麼事需要我幫忙？」李延安應答道。

「自行車胎沒氣了，我要到柳家莊去，如果你順路，請幫我捎一個信，村東頭有套四合院，院門口掛著『黎明木器廠』的牌子，廠長叫柳白來，讓他騎車來接我，麻煩你了，聽口音你是北京人？」

「噢，對，北京人。請問柳白來是妳什麼人？」

「嗨，瞧你這個人，你到底是幫不幫忙？管柳白來是我什麼人呢？」

「妳別誤會，我也是去柳家莊找柳白來的，不用送信了，我騎車帶著妳，妳再推著那輛壞車不就行了嗎？」

「這回該我問你了，你是柳白來什麼人？」杜鵑的話音中也帶出了北京調。

「我是柳白來的小叔叔，叫李延安，如果我沒猜錯的話，妳叫杜鵑，幫助柳白來辦工廠的那位女幹部。」

「你怎麼知道？」杜鵑問。

「咱倆是心照不宣，雖然沒有見過面，彼此早就應該認識了吧。」

是啊，幫助過柳白來家的就是這麼幾個人，這幾個人的情況怎麼會光憋在柳白來的肚子裏，交叉的通信，讓對方都知道了一個陌生又似乎熟悉的人的身世和家底。今天這樣一個相識的方式，確實像老天爺有意安排似的。

李延安和杜鵑的四隻手緊緊地握在了一起，杜鵑抬起頭，看著眼前這位高大威猛的男人，心裏忽地一閃，臉便紅了起來。

「李延安，怎麼第一次見面就充大輩佔便宜，杜鵑也得叫你一聲小叔叔？」她將羞澀掩蓋了過去。

「哪能呢，咱各算各的吧，其實白來我們都應是平輩、朋友，這是柳大伯強給我封的號嘛。」

兩人都笑了，騎上車消失在柳蔭的盡頭。

柳白來光著膀子，汗珠子像白洋澱荷葉上的露水，在他寬厚的脊背上滾來滾去。他手持一根近兩公尺的木方子，舉在眼前超了超平之後，「啪」的一聲將木方子拍在木工案上，方子的一頭插在鐵葉的豁口上，接著他雙手抄起鉋子放在木方子上，腰臂下壓，胳膊往前一推，「唰」的一聲鉋子嘴裏噴出一卷薄如紙的木花。他整個身體幾乎都貼在了刨床上，和木方子成了一條平行線。

「好手藝！」李延安和杜鵑拍著手叫出聲來。

「唉呀！是你們倆來了，延安是什麼時候到柳河縣的，工作安排了嗎？」

柳白來扔下刨床，用手扒開木案上的刨花讓兩人坐下。

「安排了，是咱縣委的小領導了，我敢斷言，很快就能當大領導了，這回柳白來你可就有靠山了！」

杜鵑連忙搶過話來。齊英聽到動靜也跑了過來，她高興得不知說什麼好。

「你們聊著，我趕快做飯去，嚐嚐俺齊英的手藝。」

「殺隻雞啊，打發個工人去鄉裡換點豆腐。」

「俺知道了，不用你操心。」

柳白來領著李延安和杜鵑，挨著車間參觀起來，最後到了後院的成品庫，把李延安驚喜得直拍大腿。柳白來衝著兩位恩人說，等你們二位結婚時，俺一人送你們一套新家具，保准的，不用排號。

李延安、杜鵑立馬就紅了臉，幾乎是異口同聲地說我還沒有對象呢！說完之後，兩人愣住了，相互看了看，又看了看柳白來，三人便都大笑了起來。

小米飯咕嘟豆腐，一大碗的燉柴雞，還有一把新從地裏拔的小蔥和一碗自製的黃醬。齊英把柳大伯也叫了過來，四個人圍上了桌子，柳白來特意將留存多年的一瓶沙城老窖拿了出來。齊英不喝酒，在外屋扒拉了兩口飯，就去高家堡娘家接兒子新苗去了。

酒桌上的主題，圍繞著如何為柳英豪平反一事展開了討論。李延安表示到縣委辦公室工作的第一件事，就是建議縣委儘快解決柳英豪的平反問題。杜鵑反對，她認為這件事應該自下而上去申訴，柳白來要寫申訴內容，遞到縣委辦李延安手裏，這樣就順理成章。柳英傑認為可行，關鍵的問題要由錯劃富農成分入手，成分錯劃，抄家就是錯誤，搬出老宅更是錯上加錯，拿幾塊磚根本就無法和反革命行為掛鈎，就是天大的冤案。

柳英傑喝了一杯酒之後坦誠地承認了自己所犯的錯誤，錯劃成分俺這個貧協主席是推波助瀾的。柳家莊大隊黨支部出據平反證明，柳英傑寫了檢討書並摁了手印，再將土改時底檔找出來，一併交給了柳白來。

柳白來很是興奮，他建議是否把父親的平反分為兩步走，一是先寫申訴內容直接交給縣委，要求更正成分；二是等成分更正完後再寫要求平反八年的勞改的內容。大家你一言我一語的將申訴的內容研究透了，執筆還是要求柳白來擔當，他是以兒子的身分申訴，另外一定要將當年柳英豪替他所謂頂罪的事實講清楚。

李延安表示，只要問題一解決，他還要再回嫩江縣科洛河農場，由農場出據救人證明。

事情並非他們想像的那樣簡單，文革之後撥亂反正，百廢待興，縣委專門成立了機構，光重新站出來工作的老幹部的問題、家屬的問題、城市、街道、工廠的問題都一時解決不了，一個農民被錯劃為富農分子的問題根本就排不上號，這一點李延安確實沒有想到。

柳白來遞上的申訴被縣委批轉到大柳河鄉政府，鄉黨委書記王忠轉給了副鄉長韓永祿，兩人一擠眼，這份申訴就石沉大海了。

柳白來、李延安和杜鵑一等就是小半年，眼看著又要到了年底，李延安沉不住氣了，他知道這個問題早晚肯定會解決，但不知要等到猴年馬月，自己誇下的海口兌不了現，心裏難受的勁先甭說，那個嘴刁的杜鵑的風涼話也讓他受不了。他讓柳白來將申訴重新抄了一遍，並加寫要求平反判刑八年的內容，將手印公章蓋齊，背著杜鵑和柳白來上了省城石家莊，老爺子又讓李延安搬動了，給省委的那位領導打去了電話。

省委那位領導很客氣地招待了李延安，並在柳白來的申訴上批寫了意見：「轉保定地委，柳河縣委，柳英豪的問題在文革中很有代表性，希望你們抓緊落實黨的有關政策，舉一反三，將廣大農民的積極性充分調動起來，並將處理意見報省委。」

尚方寶劍一路綠燈，李延安還沒有回到柳河縣，那位省領導的祕書的電話就到了保定，領導的批示要按加急件迅速地傳達到地縣兩級。地區馬上派去了工作組，縣委配合，大柳河鄉黨委大氣沒敢出。事情是和尚腦袋瓜上的蝨子明擺著的，半天的工夫就解決了。地委批評了縣委，幾分鐘就可以解決的問題，為什麼還要驚動省委領導呢！

小麥休眠了，曠野又變成了灰黃色，柳家莊村黨支部在村東頭的麥地裏召開了第二次全體村民大會，全鄉二十幾個村子派出了代表，縣委政府的有關部門都派了人，縣委農村工作部的部長也親自到會，連遠在東北的科洛河農場也來了領導同志，大柳河鄉黨委政府的班子都坐在了主席台的第二排。

縣農工部長代表柳河縣委縣政府，宣讀了縣委政府的紅頭文件，柳家莊柳英豪的成分維持原土改所定，為上中農。文革中劃定為富農成分撤銷。縣法院、縣公安的代表宣讀了錯判平反通知書，除政治上恢復名譽外，經濟上八年刑期的補償，按柳家莊一等勞動力八年所得由鄉政府支付現金一次付清。嫩江縣科洛河農場的領導宣讀了柳英豪奮不顧身救人的事蹟證明文件和建議書，建議柳河縣追認柳英豪為因公殉職。柳河縣民政局給予柳英豪家屬一次性補貼。

柳白來激動地接過文件和通知書，發自肺腑地喊著「共產黨萬歲」的口號，他連續向台上台下不知鞠了多少個大躬。然後跳下台去，和站在台下的李延安、杜鵑緊緊地擁抱在了一起。

鄉親們的思想被這場運動給運動糊塗了，這一會兒左一會兒右的變呀變，好人壞人一夜之間。農民嘛又算什麼呢？今天舉手喊打倒你，明天舉手不知又該喊打倒誰，喊來喊去的誰也沒被打倒，農民們不傻，心裏有著一杆秤。看看咱們穿的補丁衣褲，揭開鍋蓋看看吃糠咽菜，不抓生產能行？沒有錢花瞎折騰個啥呀！看看人家柳家，十幾年河東河西這麼一轉，還不是發家致富嘛，那工廠開得讓人眼紅，人家祖上積了德。

散會了，柳家莊的村民和外村的代表自發地擁進了黎明木器廠，羨慕之餘嘆息之間，又多了一些怨恨，恨自己沒本事，一輩子啃地皮摟鋤杆的命。

柳白來將木器廠托給大伯柳英傑照料著，他決定和李延安去嫩江。他要親自將父親柳英豪的靈柩運回家鄉來。讓父親和母親團聚，老兩口守著自己的兒子、孫子，保佑柳家的香火越燒越旺。另外，木器廠和嫩江林業儲木場的合同也已到期，把第一期連本帶息全都給劉叔送去，爭取第二次合作。

嫩江縣林業局，科洛河農場派車派人來到了科洛河邊，柳英豪的墳頭仍舊像當年新埋時一樣，黃土清新，寸草皆無，那塊木製的墓碑上，字跡在歲月裏毫無侵蝕。李延安告訴柳白來，農場司機大楊和那個車老闆有約定，他們定期上墳培土，年年油漆墓誌，豔陽天下九泉之中柳英豪一定不會抱怨咱們。今天又將老人護送回柳河老家，咱們都算盡忠盡孝了。

落葉松的棺木沒有絲毫腐朽，父親卻已成了一架白骨。柳白來抱起頭骨失聲痛哭，父親不光是救了李延安，更是救了自己。從那個批鬥大會遠去的身影到今天的屍骨已寒，難道真是俺柳白來的命硬，頂走了爺爺和父親？

劉局長長貴叔命令手下拉開柳白來。白骨撿起送到嫩江縣火葬廠火化，棺木重新入土立碑，讓科洛河水告訴人們這裏曾經發生過的故事。大楊和那位車老闆每年仍然會來，到這裏追記已經逝去的悲壯。

劉長貴很爽快，簽了三年的合同，一百五十立方公尺的樟子松，還有水曲柳、椴木，另送了柳白來一副落葉松的棺木大板，回去替俺給老哥哥老嫂子做個新的棺材，將二老合葬入土。

柳白來在李延安的陪同下，抱著父親柳英豪的骨灰盒回到了柳家莊。

春暖花開，綠柳紅桃，河套地裏小麥全都返了青。燕子抄著柳梢，擦著屋簷掠過，空氣裏到處都是泥土的芳香和草木散發的清新。

村西柳家墳地集滿了人，柳白來母親的墳頭被掘開，柳白來種的那棵已人粗的柳樹上飛著白花花的柳絮。村東一副黑漆的松木棺材裏放上了柳英豪的骨灰盒之後，柳白來披麻戴孝，摔碎了瓦罐，十六副架從四合院裏起櫺，一路上浩浩蕩蕩，嗩吶聲，哭聲混成的輕音樂一路奔河套柳家墳地而來。

靈柩的兩根主杠順放在新打的土坑上。柳白來親自打開棺蓋，媳婦齊英用雪白的新毛巾，將婆婆張桂英的屍骨一根根擦拭乾淨，然後小心翼翼地遞給丈夫，柳白來又輕輕地將媽媽的屍骨碼放在父親的骨灰盒旁。

一切停當之後，柳英傑喊了一聲蓋棺入土，柳白來將棺蓋蓋嚴，雙根麻繩慢慢地將棺材落到坑底。柳英傑又喊一聲撤繩，木杠和繩索離開了靈柩之後，兒子、兒媳雙手捧土填到棺蓋上。瞬間，周圍的弔孝人便哭成了一片，無數把鐵鍬飛快地揚起土來。一袋菸工夫，一座新的墳塋便在柳樹下堆了起來。

墳頭邊跪著一個小人，渾身的孝裝，戴著孝帽子，他是柳英豪張桂英的大孫子柳新苗，此時已泣不成聲。

十三

柳英傑一本正經地把侄子柳白來叫到了大隊部，說是有重要的事情商量。商量就商量吧，幹啥非要到大隊部去？每次不都是柳大伯到廠子裏說一聲就行了嗎？這回肯定是有什麼大事情，牽扯到村裏的公事，柳白來討厭去那個大隊部。

柳家莊大隊部是僅次於柳家四合院的建築，昔日的光輝隨著土地承包分田到戶早已消逝得沒有了痕跡。高聳的廣播杆子從中間斷掉了，高音喇叭也讓柳英傑換了茶葉招待鄉里的領導。正房的西屋頂塌了腰，麥芋泥抹頂的殘土上長出了小麥，院子裏雜草叢生。柳英傑年老了，幹不動了，他早就成了光杆司令。

叔侄倆的談話很嚴肅，兩件事都讓柳白來感到措手不及。

「柳廠長，今天大伯是代表柳家莊大隊黨支部和你談話，你現在是咱村的首富，全村爺們掙的那點錢還不夠廠子一月的收入。先富起來是對的，你也安排了不少村裏的勞力，大家都感謝你。今天俺要說的是，你要站在全村的高度，把全村帶動起來發家致富。你看到了吧，全大柳河鄉所有的村都走到了咱村的前面，咱們光憑河套那千畝沙土地種小麥，就要窮到底了。」

「大伯，俺柳白來不是不想著村裏，俺現在是個個體戶，村裏離城裏遠，家具生產成本就高，四合院的廠房又不夠俺們施展了，廠子正要擴大發展，俺也正想和大伯商量，將廠子搬到縣城去，水利局那邊倒出了幾棟廠房，杜鵑催了多次了。」

「那可不行，俺柳英傑在鄉里開會就拿你的廠子吹牛說事呢，廠子要是一走，柳家莊可就是尿尿打冷顫，更沒熱氣了。今天要說的第一件事就是把大隊部這院子讓給你，一年夠給俺的補貼就行了，有了新地方當廠房還搬什麼家呀！」

「大伯，白來怎能忘了您老，跟您說了多少次了，到俺廠子看個門，月月給你發工資，非要當這個窮得叮噹響的大隊書記！」

「對呀，這個大隊書記是窮，俺走了，大印交給誰？這是政權哪，別看咱村底子薄，這政權能讓咱村富，你信嗎？但那要看是誰掌握這個印把子。這第二件事就是俺要發展你入黨，接大伯的班。」

柳白來聽到這話心裏「轟」地一聲響了一個炸雷。入黨？共產黨員離俺是那麼的遙遠，可望不可及，就是連他的助手共青團員俺都靠不上邊。想起當年批鬥父親柳英豪的那天，韓永祿這個大隊書記對自己無理的時候，柳白來內心深處都曾閃念過，有朝一日，我要是能當上柳家莊的大隊書記，俺一定會讓村裏的百姓過上好日子的，但他知道，那是癡心妄想。

今天，柳英傑的這句話讓他激動，激動得半天說不出話來，他似乎忘掉了那些打著共產黨員旗號的韓永祿們，給他全家帶來的災難。只是感覺到自己能在政治上有了一次平等選擇的機會，哪怕只是一句空話都讓他心裏舒服。

「大侄子，怎麼不說話，大伯懇求你看在全村老少的面子上，答應了吧！」

柳英傑看到了桌子對面坐著的柳白來，他的全身都在顫抖，眼睛裏閃出了淚花。

柳白來仍舊沒有說話，不知過了多長時間，他突然站起身來，沒有和柳英傑打聲招呼就走了。

柳英傑卻很高興，他的話一定是刺痛了柳白來的心。如果柳英豪還活在世上，他相信，弟弟一定會支持他的想法。共產黨員這可不是用金錢可以買到的東西，中國的農民們不管讀了多少書，「學而優則仕」入朝為官可是他們光宗耀祖的一生追求，這一點在柳白來的骨子裏也是留下深深的刀刻的。雖說這村支部書記算不上什麼官，可它卻是共和國最基層的政權了，上千畝的土地和幾百號的百姓。柳英傑知道下藥的份量，急火攻心不成，要給侄夥計點時間，他一定會答應的。

柳白來真讓大伯說著了，能入黨當大隊書記，這話燒得他比廠子發展更讓他上心。他回到家裏，呆呆地坐在椅子上一言不發。

齊英見丈夫回來了，什麼事讓自己的柳白來欲言又止，嘴角上還露出抑制不住的笑意。

「嗨！俺說白來，犯什麼傻呢？做夢娶媳婦呢？」

「俺不想往縣城裏搬了！」柳白來冒出了一句不挨邊的話。

「不搬家可不成，咱們的廠子要大發展，訂單的預付款都收了，你這去了趟大隊就像變了一個人似的，怎麼回事呀？」

「柳大伯把大隊部讓出來給咱辦廠子，還說……還說要我入黨，接他的班當大隊書記。」

「什麼？當大隊書記？」齊英手裏抱著的木方子劈哩叭啦地掉在了地上。

齊英也很激動，她想起了半夜夾包從高家堡跑到柳家莊，想起了陪著丈夫在河堤歪脖子柳樹下挨批鬥；公爹連俺這兒媳婦長什麼樣都沒見過就含冤走了。這些都是那個當上大隊書記的舅舅造成的，柳白來如果當上大隊書記，這大柳河鄉可能就要地震了，俺兩口子和高家堡的娘家可就出了大名了，改朝換代了。

齊英當然贊同白來的想法，光有錢不行，那是土財主，還要有地位。她比丈夫更有心計，想先徵求一下子水利局杜鵑的意見，吃官飯的幹部見識廣。

杜鵑一口同意，如果能入了黨，當了大隊書記，於公於私都是一件好事情，現在社會變了，柳白來完全夠入黨條件。這對柳家莊的經濟和木器廠的發展，從戰略意義上講就有了組織上的保證。

杜鵑又建議柳白來，廠子還是要搬到縣城裏來，這是發展的根本。柳家莊可以做一個車間或分廠，再把大隊部修整一下，村裏的工人就地上班，這樣也沒有什麼動盪。另外，四合院的設備搬出，擺一些家具樣品，大隊部置換到四合院，住人辦公三位一體，老支書看看院子，柳白來一馬雙跨書記兼廠長。河東河西地跑著，兩頭兼顧。

柳白來的入黨申請寫了，入黨志願書的表格填寫得工工整整。柳英傑是他入黨介紹人，可是黨章規定要求要有兩名黨員做為介紹人，柳家莊那幾位老黨員都不在了，怎麼辦？杜鵑自報算上一個。雖說她的組織關係不在村裏，黎明木器廠的合作關係總能搭上點邊吧，也算是說得過去。柳英傑讓兒子柳國良騎上自行車馱著自己就奔了鄉黨委辦公室。

大柳河鄉黨委辦公室的馬幹事很熱情，小馬是剛剛退伍的復員兵，他早就聽說過有關柳家莊柳白來家的傳奇故事，鄉黨委寫農村改革資料時，他曾舉例柳白來發家致富這一典型，不知為什麼王忠書記沒有採用。他們主任正為柳家莊村黨支部後繼無人犯愁呢，這回好了，如果柳白來入了黨，一準能帶領全村的百姓發展起來，摘掉那頂村級經濟規模倒數第一的帽子。

可小馬幹事又犯起了難，柳家莊的黨員必須要有三人以上，支部大會通過才能報鄉黨委批准。這支部大會的程序怎麼補救，他要請示主任或者黨群副書記才能最後定下來。

柳英傑是個老黨員了，明白這是組織程序急不得，只好將資料放到小馬幹事那裏，然後回村聽信去了。

鄉黨委書記王忠看著桌子上的報告左右為難，文革中那點牽連至今讓他對柳白來有看法，可柳家莊貧窮落後的面貌是不爭的事實。柳白來有文化有技術，家業越做越大，連他這個鄉黨委書記內心裏也不是個滋味，這麼好的典型為什麼偏偏是那個柳白來呢？如果讓他當了大隊書記，柳家莊一定能夠富裕起來，這是任何一個明眼人一眼就可以看透的。如果不讓他入黨，這在政治上就背上個大包袱，恐怕落下個公報私仇的話把，影響自己的聲譽，也會對自己今後的進步……對，還有他的那個朋友，縣委辦公室的李延安，王忠書記想到這裏突然心裏一亮，這件事好辦，交給韓永祿，他是柳家莊村的，再添上鄉黨委辦的馬幹事，三個黨員開個支部會不就解決了嗎？

王忠把韓永祿和馬幹事叫到了自己的辦公室，開始了談話。

「韓鄉長、小馬同志，培養村級黨組織的後備力量一直是我多年的努力，現在只剩下柳家莊了，拉了全鄉的後腿，經濟上不去，人均收入倒數第一，因為什麼？就是因為缺少了一個好書記。今天把你倆叫來，就是研究一下柳家莊柳白來的入黨問題，我對他不瞭解，韓永祿你跟他一個村，你談談。」

「王書記，你考慮得很對，你不常說給錢給物不如給個好幹部。柳家莊經濟上不去，俺也有責任，現在村裏年輕人不少，挑一兩個小青年入黨沒有問題。至於柳白來這個人，他家和共產黨一直有隔閡，雖說富農成分改正了，可他父親錯判被押也是被押了，而且死了，難道這樣的人能和咱們一條心？如果讓地富反壞右的子女都當上了大隊書記，毛主席的話放到哪去呀？這不是全面復辟嘛？俺看不能發展！」

「小馬幹事你說說你的看法。」王書記問。

「嗯……俺是個當兵的出身，說話直來直去，這給鄉黨委的報告也是俺起草的，態度已經很清楚了。文化大革命早就結束了，柳白來入黨申請書對黨的認識讓俺感動，發展能人入黨符合當下的政策，鄧小平不是說嘛，不管黑貓白貓，抓住耗子就是好貓。柳白來如果當上了大隊書記，柳家莊還有可能成為全鄉的典型呢！」

「嗨！你這小子嘴上沒毛瞎說什麼？俺韓永祿不比你瞭解柳白來，他是個能人，還是俺的親外甥姑爺。可他政治上不行，不可靠！路就會被他給領歪了，王書記俺可是大義滅親呀！」

「好，老韓，你說柳白來不行，總得有一個行的吧，咱們黨不能丟下柳家莊這個陣地嘛！」

「王書記，人選有呀，柳英傑的兒子柳國良就行，他是村裏的電工，也有技術，也年輕，正好接他爸的班。」

「他不行，俺認識他……」小馬幹事被韓鄉長捅了一指頭，沒敢把話再說下去。

「小馬你說他不行？老韓說他行，這個柳國良的本事如果和柳白來對比，那就是肯定不行。如果他不行，柳白來也不行，還有人選嗎？」

「王書記，這……再不行，俺韓永祿再回村當書記，副鄉長兼大隊書記不就行了嗎？」

「韓鄉長，這可不行，解一時解不了一世。再說全鄉的農業調整你還要抓嘛，這樣吧，我看還是要發揮咱們黨員的民主作用，你們兩個黨員，加上柳家莊的書記柳英傑，三個人組成一個柳家莊臨時支部，投票決定柳白來的入黨問題。」

韓永祿、小馬幹事都同意。

韓鄉長有了迴旋餘地，這個小馬幹事怎能和俺一個副鄉長較真。他對小馬幹事軟硬兼施，並明確告訴他，不讓柳白來入黨，那可是王忠書記的意思。你難道看不出來？如果這點政治嗅覺都沒有，你還能在咱大柳河鄉裡混，還能進步提官。

韓永祿沒遮沒擋地直接把話挑明了，小馬幹事你一定要投反對票，這樣二比一，柳白來就入不了黨，領導的意圖實現了，就滿意嘛！俺再和王忠書記說一聲，把你要到鄉政府辦公室當個副主任，跟著俺韓鄉長抓調整，怎麼樣？小馬幹事得罪不了這兩位頂頭上司，也只好違心答應。

其實韓永祿內心十分矛盾，讓柳白來當大隊書記對自己來說還能有什麼壞處？畢竟是自己的外甥姑爺，姑舅親輩輩親，打斷骨頭連著筋。可是這外甥女齊英六親不認了，俺親自登門緩和關係，這兩個兔崽子竟把俺這個做舅舅的攆了出來，不就是有點錢了，狂什麼？這叫羊上樹給臉不要臉，這次就讓你入不上黨，看看當舅舅的厲害，待到你倆來求俺，這個位置再給你柳白來也不遲。

投票的結果是二比一，柳英傑一看心裏的氣不打一處來，他索性來個倚老賣老遮住臉面，指著韓永祿便破口大罵起來。

「韓永祿，你他媽的是個狗屁鄉長，你這叫公報私仇！你是想斷了俺們全村的路呀！柳白來不入黨，人家照樣發財致富，吃香的喝辣的。嗯，你這是讓咱們全村的老少爺們喝西北風呀！」

罵也沒用，韓永祿臨走時甩了一句話，想入黨，讓這兩個兔崽子找他舅舅來。什麼公報私仇，黨員投票那是俺的權力，一票的權力！

柳白來、齊英和杜鵑把問題想簡單了，這入黨當幹部不光就是憑條件，憑你柳白來想為鄉親們做點好情的熱情就行了，這涉及的是政權的轉移、利益的分配。嗨，這倒也好，本來就沒有這種打算當這個村官，是柳大伯請咱出山的，這回踏實了，一心一意把廠子幹好，多給國家交點稅收，也是俺柳白來對鄉親們的一點貢獻。

這件事讓李延安知道了，他埋怨起杜鵑，柳白來他們不懂事妳也不懂事？這件事為什麼不先和我打個招呼，商量個對策，如果我從縣委辦公室的角度壓一下大柳河鄉的王忠書記，或者找一下縣委組織部長說句話，韓永祿也不敢腳底下使絆，入黨的問題，不就解決了，現在是馬後炮了，說什麼也晚了。

柳河縣黎明家具廠在縣城掛牌了，縣水利局的一些有技術的職工覺得，等到讓國家砸碎俺的鐵飯碗，不如及早找一個適合自己發展的工作，憑本事掙錢。柳白來當然雙手歡迎了，這樣一來，家具廠一下子跨上了一個台階，從企業管理的層面上實現了一次質的飛越，生產銷售市場服務一條龍；進料、下料、成本核算一條龍；利潤、分配、職工福利一條龍。企業規模、水準成了柳河縣工業系統的標杆了，也是全縣最大的民營企業，利稅首個超百萬元的大戶。

柳白來買了一輛德國和上海合資的桑塔納轎車，接送外商，引進設備，什麼「三來一補」、「來料加工」全都是一些新鮮詞，轟動了整個柳河縣，更讓柳家莊的村民們羨慕不止。

柳家莊的樹民們再也坐不住了，他們圍了老支書柳英傑的家，質問老書記柳白來為什麼入不了黨？有人還在半夜裏砸了韓永祿家的玻璃窗。大夥懇求柳英傑代表鄉親們再去找柳白來，鄉裡不讓他入黨，俺們全村老百姓選舉他當村長、村委會主任，這還不行嗎？只要他能帶著大家過上好日子，老百姓什麼條件都答應，可憐柳家莊什麼條件也沒有哇！

柳英傑拒絕了，他說他沒有這個老臉了。如果鄉親們真想找回柳白來，那就只有一個辦法，越開大柳河鄉政府，直接到縣城裏去請願。到柳白來的廠子門口靜坐，找他、求他，用鄉情、親情、真情暖熱白來這孩子已經冰冷的心。

三輛馬車套好了，五六十位鄉親的衣服上打著五顏六色的補丁，他們像趕集一樣分坐在三輛馬車上，每人懷裏還揣著乾糧，出發了。柳英傑一直把大夥送到河堤上，他告誡大家，到了城裏不要大聲喧嘩，遵守城裏的規矩，派代表找出柳白來，不要影響人家工廠的生產，一定要讓柳白來給咱村個准信再回來。

十四

大柳河鄉黨委書記王忠被隔壁廣播站的廣播員叫醒，縣委辦公室一個姓李的來了電話說，柳家莊幾十號老百姓圍了縣水利局修配廠，夜間露宿街頭，阻礙了交通甚至造成了政治影響。縣委主要領導指示，大柳河鄉政府馬上派人將圍堵的群眾接回去，並快速解決群眾所提出來的正確要求，縣委三天之內聽取彙報。

王忠撩開被窩下了地，臉沒洗牙沒刷就衝出了辦公室。他吩咐廣播員立即通知副鄉長韓永祿，陪他到縣裏接人。王忠知道這件事的利害，文革結束這麼多年了，全鄉乃至全縣還從未發生過大規模的群眾上訪事件，這捅馬蜂窩的事就發生在縣委領導的鼻子底下，這不是給俺王忠上眼藥嗎？

一輛老掉牙的天津吉普車在沙石路上飛奔，十幾里地十幾分鐘就趕到了縣城。汽車沿著城邊柳河的堤沿公路左拐右拐就來到了縣水利局修配廠的門前，幾十號柳家莊的男女老少圍著三輛馬車正在吃早飯。

柳白來勸說著鄉親們，杜鵑和李延安忙著給大家端豆漿遞油條。村裏的鄉親們這時哪還顧的上你柳白來說什麼，大家像過年一樣，狼吞虎嚥，嘴裏吃著眼睛盯著……柳白來說不下去了，他知道鄉親們缺嘴，平日裏輕易不改善一頓生活，只有節日裏才托進城的人買上幾根油條，把油條切成小方丁，當肉料摻上大白菜吃頓餃子。他告訴大夥，放開量可勁吃，但一定要留神自己的肚子。

韓永祿一看這陣勢急了，這柳白來不是在社會主義社會裏放粥棚搞施捨呢！你小子有錢，就分給大夥點花，把鄉親們集中到這裏，一定有什麼政治上的企圖。王忠倒是看明白了，這件事一定和柳白來入黨當大隊書記有關。他在人群裏找了半天也沒看見村支書柳英傑，看來這件事情是衝著俺鄉裡來的。他又看見了縣委辦公室的李延安了……王忠迅速地思考著解決問題的對策。

韓永祿讓王書記在車裏先別動，他自己下去試試深淺。

「好哇，你這個柳白來，竟敢把鄉親們召集到這裏收買人心，你這是破壞安定團結的大好局面！」

韓永祿來到柳白來的面前大吼起來。他想給鄉親們一個下馬威，震嚇一下，誰知柳家莊的鄉親們這時已經吃飽喝足了，一眼看到了找還找不著的韓永祿，這個禍根可成了大夥的出氣筒。男女老少就像炸了窩的馬蜂，呼地擱下飯碗就將韓永祿圍在了三輛馬車的中央，車上地下都是人，你一言我一語地亂成了一團。

「你他媽的算什麼個鄉長，為什麼不讓柳白來入黨？」

「你這個吃裏扒外的東西，你說說你這麼做是為什麼？」

有的年輕人開始推搡韓永祿了，木器廠上早班的工人們剛好來到廠門口，他們不知發生了什麼事，好興趣地圍過來湊熱鬧，連王忠的吉普車也被圈到了人群中，這會交通還真被人流堵塞了。

王忠見勢不妙，如果自己再不出頭就有可能造成大禍不可收拾。他連忙走下汽車擠到一輛馬車上，大

喊了起來。

「鄉親們，工人兄弟們，俺是大柳河鄉黨委書記王忠，請大家靜一靜。」

李延安見狀也連忙爬上馬車，他知道火候已到，不能再鬧下去。他從容地拿出從縣委辦帶來的移動式擴音喇叭，遞給了有過一面之交的王忠書記。

老百姓見到了鄉裡的一把手也就安靜了下來，他們聽了李延安的話，派了幾個代表連同王忠、韓永祿，被杜鵑和柳白來請到了修配廠的會議室。

王忠書記被老百姓逼了一頭的汗，人們提出的兩件事，他都沒辦法給大家確切的回答。柳白來入不上黨的問題，那是三個黨員的臨時支部討論投票的結果，已完成了法定程序，他這個鄉黨委書記也沒有權力不尊重基層黨支部的決議，除非請示縣委組織部批准，再開支部會，但這也需要一個時間過程。那麼當村長，小到全鄉大到全縣，還沒有一個村的村長，是由村民直接選舉的，都是鄉政府任命的，這人選也需要鄉黨委集體討論決定呀！大家賴在縣裏不走，不是解決問題的辦法。

李延安也提出了自己的看法，即使柳白來入黨也要一年的預備期，待轉正之後才能當大隊黨支部書記，現在就算鄉黨委批准了，也不能立刻上任。至於村長嘛，我看可以把柳家莊做個試點嘛，成立個村民自治組織，在黨支部的領導下，公開直選村長，直接表達村民意願，這也符合今後政治體制改革的要求，只不過柳家莊先走一步。我給它起個名字，村民委員會，簡稱村委會，柳白來叫村主任。

杜鵑贊成，她認為可以將這個想法形成個報告，以大柳河鄉黨委的名義，向縣委組織部申請試點。李延安把今天的情況用縣委辦簡報的方式報縣委主要領導同志，批准試點工作方案。這是上級機關考慮的問題，我們現在面臨的關鍵有兩點，一是王忠書記是否同意打報告，二是柳白來同志的決心如何。鄉親們選你當上了村主任，你有沒有精力一馬雙跨，把柳家莊的經濟搞上去，不辜負鄉親們對你的一片真情。

杜鵑把球踢給了王忠和柳白來，兩人沉默，柳家莊的代表們也都不說話了。熱鬧沸騰的場面突然一下子冷靜下來，牆上掛錶的嘀噠聲成了會議室的主角。

李延安把話題一轉指向了韓永祿。

「韓鄉長，你怎麼不言語了，聽說你最愛背的書就是毛主席語錄，毛主席說了，歷史的經驗值得注意，我就是學歷史的，我就談談對當前形勢的估計。」

李延安實際上是把話拋給了王忠聽。「文化大革命被批判為『四人幫』的十年浩劫，但從歷史唯物主義的觀點出發，它也解決了我國社會主義建設的重大問題。文革前夕，黨內路線鬥爭已十分激烈，中國的農村走什麼路是鬥爭的焦點。毛主席想透過文化大革命運動來解決路線問題，結果呢？確實解決了這一問題，方向卻正好相反。也就是說：從文化革命開始進入，以階級鬥爭批走資派為綱，形成了所謂的兩大陣營，結束於經濟體制的轉換。以家庭聯產的承包制的農村改革現在要解決的就是農民個體的致富問題，經濟學叫微觀主體，說這些大家可能不太理解，我換一種方式說。」

李延安喝了一口茶缸裏的茶水，他舉了一個農民非常熟悉的用語：「『大河沒水小河乾，大河有水小河滿』。這是一句違反自然規律的話，當然，把這句違背規律的話用在經濟上比喻也是不恰當的。公社是大河，社員是小河，只有集體富了社員才能富，十幾年的實踐證明，這句話是行不通的，集體沒有富裕起來，社員越來越窮了。小溪百川才能匯成大河，支流沒有水，大河才會乾，家庭承包的內涵就是這個意思，要充分調動微觀主體的積極性，只有個體富了，國家才能富強。」

「喂，咱們的大理論家，還是說說當前吧，讓他們兩人表個態，村民們就馬上返回柳家莊，大家說行不行？」

「行啊，行啊，只要柳白來同意當這個什麼主任，我們立刻就回去。」

王忠一言不發，他在認真琢磨李延安的一番話。這方案還真讓他有所觸動，他覺得這是一個機會，一個創造政績的機會。如果試驗成功了，很有推廣價值。而柳白來完全有這個能力，讓柳家莊富裕起來。再說回來，自己做為鄉黨委書記首先要讓領導上滿意，但也要受到村民們的擁護。這是個一舉兩得的好辦法，報告就讓縣委辦的李延安替自己起草，批了是自己的成績，批不下來，自己沒有多大的責任，咱是為了柳家莊的村民離開縣城，才這麼做的。「好！俺答應了。」

會議室裏所有的目光都盯在了柳白來的臉上。

「我也答應！但有一個條件，村民委員會主任俺可以當，但加入共產黨是我的追求，絕不會放棄。俺懇請王忠書記，柳家莊的臨時黨支部不能讓韓永祿參加，我提議，讓杜鵑同志參加，她是俺的合作夥伴，也是俺的入黨介紹人嘛！」

「這個……恐怕有些不合適吧，杜鵑同志的組織關係不在鄉裡，這樣做是否太勉強了。」王忠做出了為難的樣子。

李延安說：「這個好辦，我們把報告寫得詳細一些，並抄報縣委組織部，如果縣委同意了，一切問題都迎刃而解了。」

杜鵑說：「鄉親們，怎麼樣？這答覆還滿意吧，大家回去吧！」

柳白來說：「是啊，回去吧，謝謝你們這麼器重俺柳白來，只要縣委同意了，俺一定當這個村官！」

韓永祿再也憋不住了：「行了，都給俺回去吧，王書記都同意了，還有什麼不放心的，走！」

柳家莊的鄉親們這一趟縣城沒有白來，不但得到了柳白來的應允，還得到了王忠書記的明確答覆。臨出廠子大門，每人領到了一斤白麵饅頭，三輛馬車滿載而歸。

縣委批覆了大柳河鄉黨委的報告，柳家莊村民直接選舉開了河北省的先河，李延安說這在全國也可能是第一家試點村。因此，河北省委及保定市委，柳河縣委均派人進駐了大柳河鄉。興奮得王忠連軸轉，一會招待各級領導，一會進村入戶調查研究，他要摸索出一條村民自治的路子來。

新生事物在柳家莊卻表現得異常平靜，因為只有一個公認的候選人，沒有第二個站出來的競選者。

選舉大會就顯得過於平淡了，一邊倒的投票，結果讓省市縣領導對這個典型有點洩氣，這和上級任命有什麼區別？韓永祿說，這簡直就是脫了褲子放屁，費二道手嘛。鄉黨委辦公室的小馬幹事給柳白來寫的發言稿，那成篇大論的宏偉目標，雄心壯志，柳白來一字也沒唸。全票當選的他，似乎並不激動，只是給選民們深深地鞠了一個躬後，說了一句話：「想天下之大事，幹腳下之小事。絕不會給村主任這個名號抹黑。」對鄉黨委批准他為預備黨員倒是讓他慷慨激昂地發表了誓言，柳家莊村民委員會和支部委員會的一黑一紅兩塊牌子，就這樣掛在了四合院門樓的一左一右。

柳白來安置好廠子的生產回到村裏。上任的第一天，他和柳英傑大伯認真分析了村裏的優劣勢。出路只有一條，那就是要改變過去計畫經濟的種植模式，按照市場需求選擇種植品種，利用柳河的水資源，在水上做文章，改造堤外河套的千畝旱田，種水稻。另外，堤內把肥沃土壤的大田改造成蔬菜田，盯住保定市和柳河縣市場的需求，建成市民們的菜籃子供給基地。如果這兩項加起來，不光產量翻番，價值能翻上幾番，村民的戶收入一步就達到了全鄉的前三名之內，甚至更高一些。咱們再請杜鵑幫助進行水利工程配套設計，一幅柳家莊打翻身仗的計畫就會變成了藍圖。

柳大伯高興地聽著柳白來的規劃，興奮之餘更讓他老人家犯起了愁。村裏的勞動力不缺，可稻田的良種、化肥的購進、技術人員的聘請、菜田大棚的搭建、水泵及揚水站的土木工程都需要錢呀，這錢從哪裡出？沒有錢就等於紙上談兵，放空炮。柳白來胸有成竹，流動資金他可以出一部分，無償的，算是對鄉親們選他當村主任的一點回報。其他的資金到鄉信用社貸款，可以用黎明家具廠做抵押。另外，縣水利局每年都有柳河流域治理的一部分資金，請杜鵑幫助咱村爭取一下，或者用撥改貸的形式幫助咱們完成河水灌溉系統的建設。俺柳白來可以保證，如果沒有天災人禍，兩年之內還完貸款，到那時候，咱柳家莊的經濟規模和效益就變成了全鄉第一，或者在柳河縣也有了明顯的位置。

柳家莊村第一次全體村民大會在河堤歪脖子大柳樹下召開了。柳白來站在堤坡上，面對柳樹下面河堤內坐著的黑沉沉的村民，開始了他第一次的施政綱領的講解。鄉裡鄉親們從來就沒有聽過這些新鮮的詞句，他們被柳白來說得雲苫霧罩。這些從來都是和小麥、玉米、黃豆這老三樣混了一輩子的農民，開始懷疑自己的能力，種水田和蔬菜咱們能行？可他們看著柳白來堅定的神態和信心，想著人家能辦起一個大工廠，還解決不了這種莊稼的小事情，聽村主任的沒錯，吃不了虧，全村老少都舉手同意了村裏的規劃。

問題又來了，他們遇到土地使用權能否流轉的困難。家庭聯產承包每家每戶種慣了自己的小田，想種啥就種啥，誰的田肥了，誰的田薄了，這小帳一算就遇到了阻力。堤內的菜田可以統一規劃建大棚，按戶分棚種自己的地，在原有的承包土地上不打破土地的使用權。種好種壞靠自己的本事。可堤外那千畝水稻田，就必須連片統一經營，將土地再次集中起來。村民們有點接受不了，柳白來的這一想法，不又讓他們回到了集體的生產隊了嗎？會場開始亂套了。

柳英傑坐不住凳子了，沉不住氣了，他拽過柳白來說了自己的想法，不行就先乾菜田，河套仍舊繼續種他們的小麥，這致富也不可能一夜就吃成了個胖子。柳白來笑了，他早就在縣委辦李延安那裏得到了啟發，心裏也有了統一經營的方案。

柳白來開始了第二輪的演講。

「叔嬸大爺們，請安靜！聽俺把規劃講完，大家再討論！」

「別瞎嚷嚷了，都靜下來，聽咱村主任的。」有人發話了，人們靜了下來。

道理很清楚，河套的地不連片水渠怎麼修？估誰家的地修？澆水的順序怎麼排？誰先誰後？電費怎樣攤？一家一塊種得五顏六色的，那不成了萬國旗了。更重要的是河套半沙土的土壤改造計畫沒有辦法施行，這不連片經營，水稻就別種了，等著受窮吧！村民們都是明白人，可他們心裏的小九九算的是利益分配，自己的得失，萬一賠了怎麼辦？

柳白來早就想到了這一點，他和大家算了一筆帳，全村近百戶人家，每戶在堤外的麥田的數量大都在十畝以上吧，按照最好的年景和最好的種地把式計算，每畝小麥的畝產最高也就三百斤，十畝地三千斤，這三千斤小麥的價格按當年最高收購價計算結帳，這應該是大家最滿意的吧。如果大家沒有意見，這就是統一經營的底線。保證大家收入的底線，實際上你們明白，也是你們豐收年景的最高線。

柳白來話鋒一轉，提出了土地入股分配的大膽想法。

村民們按地入股，村裏派人統一管理，年底扣除畝成本之後，剩餘的部分按畝數分配給大家，底線我柳白來給大家托著，虧了俺給你們補齊。利潤實行上不封頂的政策，有多少利益統統分給大家，俺柳白來一分不留。平日裏大家在稻田工作時，還可以領取到每日勞動的工資，那也就是說，掙了雙份錢，工資加土地分紅。這樣，咱村還節省出了大量的勞動力，專心侍候大棚的蔬菜，零花錢的問題也解決了。鄉親們，你們討論吧。還有什麼意見？

堤下的百姓沉默了好久，突然間像一股旋風到來，會場爆發出了雷鳴般的掌聲。深秋歪脖子柳樹上微黃的柳葉，忽地飄灑下來，抖落在鍍滿金輝的人群中。

十五

韓永祿在柳家莊村級政權建設上吃了個大踒脖，心裏不痛快，他隱隱約約地感到，時下的政治氣候對自己是越來越涼。每逢遇到煩心事，他就跑到自己培養起來的鄉辦企業，大柳河羊毛衫廠，廠長是自己的小舅子，名叫金才，雖說這百十號人的企業辦得不死不活，可全肥了他們金家，是韓永祿政治經濟交往的財源基地。

金才比姐姐這位韓鄉長的夫人漂亮多了，人都說這姐弟倆投錯了身子。姐姐金蓮長得又黑又壯，又有一身的病魔纏身，風吹就倒了秧，是韓永祿家的無底洞，有多少錢也不夠這位病老婆揚的。而金才長得油頭粉面一身的輕浮，楊柳細腰像個太監。他心裏佩服姐夫韓永祿，這麼多年也沒把姐姐丟棄，當然，姐夫他在外面惹花弄草的也沒有閒著，他畢竟是個男人嘛，姐姐知道心裏反而有了一絲寬慰，感謝那些女人看住了自己的丈夫。

金才搖頭晃腦地在機織車間轉來轉去，韓永祿讓他挑選一個年輕漂亮的女工，安置在場招待所裏當服務員。招待所就在廠房西側的一套農家小院裏，院主人是個五保戶早已過世，廠子將小院進行了改造，正房三間，東屋為一個單間，擺放了一張大大的雙人床，沙發電視一應俱全。堂屋是客廳，西屋和東廂房是多人間，西廂房是廚房和餐廳。韓永祿經常吃住在這裏，村民們把這個小院叫做韓公館。

韓永祿嫌棄原有的服務員是個黃臉婆，年齡大，長得醜，接待城裏的客戶有失體面，弄不好還影響廠子的經濟效益。他要換一個年輕漂亮的，金才心裏十分明白，這個女人既要滿足姐夫的需要，還能陪城裏的老闆經理打個麻將，喝口小酒睡上個小覺。

韓永祿坐在沙發上心裏著急，不時地站起身子向當院張望，他總覺得心裏不踏實，金才這小子挑的女人長得如何？會不會來事？他總覺得這世上的女人呀，都比媳婦金蓮長得強，退一步說，不論長相如何，總不會是個廢物，想到這裏不由自慰的一笑，唉，自己一個土老帽，能當上副鄉長，吃香的喝辣的，如果再攤上一個如花似玉的老婆，那就不平衡了，沒有十全十美的事情，老天爺拿握著那杆平衡的秤呢！你柳白來現在順風順水，可你老爹不也早早歸天了，知足吧。

「姐夫，你要的服務員俺給你帶來了。」

金才撩起門簾，身後跟著一位年輕的女工，大大方方地進了東屋。她沒等廠長介紹，就來了個毛遂自薦，沒有一般農村女孩的忸忸怩怩，著實讓韓永祿眼前一亮。

女孩叫付金蓮，呵！比自己老婆多了一個付字，這意味著什麼？緣分嗎？俺這個鄉長是個副的，老婆也有副的？有點意思，韓永祿不由得笑出了聲。

「韓鄉長笑什麼？笑俺金蓮和你老婆一個名，金才廠長都和俺說了，不就是搞公關嘛，本姑娘今年芳齡二十六歲，本村人，曾在廣州等大城市裏打過工，只因母親早逝，老父親半身不遂，這才回到咱們大柳河村。」

韓永祿很高興，睜大眼睛仔仔細細地從頭到腳打量著這女孩，恨不得將她脫得一絲不掛。金蓮不害羞，像個模特主動扭轉腰肢，展示著自己的身段。這位金蓮猛一看長得並不搶眼，卻挑不出毛病，屬於那種越看越受端詳的女人。她五官搭配得十分合理，眼神和嘴角釋放出來的訊息，是農村女人身上看不到的。現在有個什麼新詞，叫什麼？對，氣質，身上有一股勁，討人喜歡的勁，韓永祿還從沒有感受到這種滋味。

付金蓮梳著個運動式的短髮，這在大柳河鄉裡是罕見的，鄉機關的幾個姑娘也沒有。金才是在百十位女工中首先發現的就是這個髮型。他把她叫出了車間，農村的陽光是柔和的，不像城裏被鋼筋混凝土包圍著的酷熱。付金蓮周身好像套上了一層層的金環，晃著金才的眼睛，再看她的身材，苗條不失豐滿，細細的腰肢恰似葫蘆架下那個頂著白花瓣翠綠的嫩葫蘆，撐著隆起的乳房和微微凸起圓圓的屁股，金才拍案叫絕，這女人送給姐夫韓永祿真有點可惜。

付金蓮好像早就是這小院的主人了，她主動拿起韓鄉長的茶杯，把杯裏的涼茶倒掉，從茶葉筒裏抓出一撮葉子重新沏好，扭著腰肢面帶著微笑送到了韓永祿的面前。韓永祿連忙站起身來，一手接過茶杯，一手就勢將金蓮半摟在懷中，他周身上下立刻就一陣陣的狂熱不能自拔。

金才看到眼裏喜在心上，自己再待在這裏就顯得不識時務了。

「姐夫，看來鄉長大人很滿意了，那俺就先忙著去了。」

金才轉身走出屋去。

「回來，回來！」

韓永祿又將金才叫進屋裏，他心裏想，什麼事都不能太急，要給這個金蓮姑娘吃上一個定心丸。好事要循序漸進，當了這麼多年鄉長了，也要講究點領導科學。

「金才呀，你去把打更的、做飯的都叫過來，對，還有廠子管事的，咱們開個會，本鄉長有話要說。」

不一會這小院的所有勤雜人員都到齊了，毛衣廠的業務，車間主任以及曾跟韓鄉長有過一腿的會計李玲。大家都集中在堂屋，韓鄉長代表鄉政府宣布了一項任職通知，從即日起，付金蓮就是大柳河鄉羊毛衫廠招待所的所長了。

韓永祿宣布完了，抬眼討好地看了一眼付金蓮，覺得她對這一職務並不激動，他有點莫名其妙，這女子的胃口不小啊！只有金才看清楚了門道。

「鄉長，這招待所長的叫法是十幾年前的稱呼了，過時了，得重新起個名字，金蓮姓付，與富裕的富字同音，人又是佳人，俺看把招待所改成富佳莊園，付金蓮就是咱們大柳河羊毛衫廠富佳莊園的總經理了，姐夫，你定吧。」

「金才就是金才，有才張嘴就來，俺就這麼定了，大家往後就叫金蓮付經理了。」

「鄉長，什麼經理不也是個副的嗎？俺李玲的會計可是個正的！」

「去一邊待著去，當好妳的財神奶奶，這付經理花錢不也得找妳嗎，好了好了，散了吧，本鄉長還要和付經理談談工作呢。」

眾人走了，東屋只剩下韓永祿和付金蓮。付金蓮是見過大世面的人，她清楚面前這個衣冠楚楚的韓鄉長想幹什麼。金才廠長挑選了她，雖然條件說得是那樣含糊，她明白讓自己做什麼，她太瞭解這個世界上的男人了。付金蓮想起了自己在廣州歌廳做三陪的日子，男人要的是刺激和新鮮，女人要的是放蕩和財錢，那是用肉體去交換的，根本談不上什麼情感，幾年下來，付金蓮解剖了不知多少男人，她更知道如何讓男人們就範，栽倒在自己的石榴裙下俯首稱臣。原本看利用幾年的青春飯，攢下點錢，可是一個病母親又讓她變成了窮光蛋，眼下半癱的父親……沒有別的辦法，這個韓鄉長倒是解決了這燃眉之急。

韓永祿慾火燒身，現在進攻應該沒有問題了。他一把將付金蓮摟在自己的懷中，連啃帶摸，韓永祿再也控制不住了，他將金蓮抱起，扔在那寬大的雙人床上。

付金蓮就勢一滾翻身下了床。

「韓鄉長，你先聽我說，說明白了任憑你怎樣。這第一，我要感謝你，咱們萍水相逢，或者說你根本對我一無所知，這需要個過程。這第二呢，咱們第一次見面你就委任我重任，就不怕俺是個騙子？你這個決定是否有些草率？」

韓永祿急切地說：「俺憑什麼？俺憑的是直覺，就憑妳這一番話，俺就沒有挑錯人，妳就真是個騙子俺也喜歡妳，再說了，妳跑得了和尚還能跑得了廟嗎？」

韓永祿完全沒有了鄉長的氣派，他追在付金蓮的屁股後邊繞來繞去。這個時候的韓永祿，讓他叫媽他都答應，付金蓮提出了一大堆的要求，他怎能不應。

目的達到了，付金蓮突然停止了嬉戲，她轉守為攻了，她一下子撲進韓永祿的懷裏，發了瘋似的親吻著健壯如牛的韓永祿。她撕扯著這位韓鄉長的衣褲，動作是那樣嫻熟。金蓮一翻身就騎在了鄉長的身上，盡情地雲雨。

韓永祿懵了，他只知道女人在男人身下如同爛泥一般，任憑自己揉來揉去，女人閉著眼睛只會輕聲地呻吟。他從來沒有遇到過付金蓮這樣如狼似虎的女人，自己一下子變成了弱者，成了被強姦者。

韓永祿索性不動了，他也閉上眼睛細細地品味和享受著。他忽然發現性愛是那麼奧妙，媳婦金蓮沒得病時也沒有給過自己這種感覺。韓永祿再一次亢奮起來，他翻過身來，付金蓮在他身下軟軟的，就像一塊麵團彈來彈去，不一樣，真的不一樣，韓永祿從來沒有過這樣美好的感覺。

韓永祿和付金蓮大汗淋漓，他們之間展開了一場持久戰，一會他上來，一會她下去。

天黑了下來，太陽被這一對赤裸裸的男女羞得提前下了地平線。晚飯早已做好了，金才輕輕推了兩次門，待東屋平息下來，只有姐夫鼾聲如雷，那位新上任的付經理就像停止了呼吸，死一般地沒有一點聲響。他才狠狠地拍了拍門框，咳嗽了兩聲，該吃飯了他喊叫起來。

金才心裏突然產生了一分怨恨，他替姐姐金蓮不平。然而這一切，又都是自己心甘情願地提供的，鬼使神差呀！再仔細一想，這不也是為了姐姐嗎，如果較起真來，姐夫提出離婚，就憑他現在的地位和權力，找個什麼樣的都得挑選著來。姐姐就慘了，別說看病了，就連吃飯的錢也沒有。俺金才不也就從此掉了蛋，自己泡個妞弄點零花錢的好事再也沒有了。這樣做一舉三得，全都高興。

一大早，毛衫廠的會計李玲就闖進了富佳莊園，她將東屋的門砸得哐哐作響。

「誰呀！操你媽的，沒長眼睛，竟敢砸俺的門！」

韓永祿氣沖沖地開開門吼叫著。

「我，李玲，怎麼著！俺這碗飯你吃夠了，撐著了，換碗了。把老娘踹了，告訴你韓永祿，咱倆走著瞧，有你求俺的那一天！」

李玲胖得像頭豬，喘著粗氣，她手裏拿著一個空碗，衝著韓永祿腳下站著的那塊青石台階摔了下去，「啪」那碗被摔得粉碎，一塊小瓷片飛濺在韓永祿的臉上，血滲了出來。

李玲扭身走出了小院，韓永祿呆呆地站在台階上，朝著那一塊塊的碎碗片發愣。

韓永祿記吃不記打，他知道李玲不敢和自己鬧翻了，羊毛衫廠的收支全都拴在了他兩人的腰上，出了

事誰也跑不了。她年輕時的楊柳細腰變成了如今的水缸，青春飯沒了這是規律，李玲當然知道，她只是眼紅生氣，恨那個叫金蓮的小妖精，鬧過一陣就會好的。今後在經濟上多給她點好處就行了。

付金蓮當上了富佳莊園的經理之後，她是坐吃山空。韓永祿幾乎天天吃住在這裏，縣裏鄉裏來的領導都是吃完飯一抹嘴，扔下一句表揚的話，這富佳莊園是酒美，菜美，人更美！如果碰上一個顧家的，還得拎上幾隻農村散養的小柴雞。

付金蓮也不是個省油的燈，自打跟上韓永祿，工資翻了兩番，經理服做了好幾套，再加上買些化妝品，一年下來也是個不小的開支。錢從哪來？廠長金才一天到晚纏著會計李玲，今天給一萬，明天拿五千。李玲這會不打不鬧，要多少給多少。她暗地裏設了一個帳外帳，一筆一筆都記了下來，她準備有朝一日，這些東西會幫助她將功抵過的。

夜色正濃，伴著幾聲無力的狗叫，一個高大的身影溜進了富佳莊園。

富佳莊園門樓的紅漆大門開了一條縫，黑影閃身進了院，兩條德國黑背犬眼睛裏的兇惡的綠光一下子溫和起來，牠倆圍著黑影搖晃著尾巴上竄下跳，十分親熱。

東屋燈亮了，付金蓮披著衣服連忙將韓永祿迎進了屋。

韓永祿半個月沒敢登門了，富佳莊園的風流韻事不知怎麼傳到王忠書記的耳朵裏，他挨了一頓批評。

李玲也在外面放風，她可是柳河中學的畢業生，和柳白來同校不同級，但總能以同學相稱，她要抓韓永祿的現行，把照片交給柳白來，這兩股風嚇得韓永祿變得膽小謹慎了。

離開腥味的韓永祿就像叫春的貓，衣服沒脫就上了炕。付金蓮聽到院裏門響心就怦怦的跳，她知道是他來了，一下子就像有了主心骨，這一對猛男烈女就什麼也不顧了，燈也沒有關，翻江倒海地就折騰了起來。

雲雨過後，付金蓮連忙下地，她給筋疲力盡的韓鄉長沏了一碗奶粉，讓他趁熱喝下去。這柳河流域有一個不成文的規矩，把去偷情的男人們叫做串門子。男人們得了便宜之後還在外面賣乖，他們在那些老實巴交的漢子跟前吹牛，咱不但睡了那女人，還得吃她的奶。這是現在生活條件好了，有了奶粉，熱水一沏多方便。過去窮日子那時候，串門子的男人，完事之後能喝上一碗滴上幾滴香油的面疙瘩湯，就感到十分滿足了。

韓永祿恢復了體力，付金蓮將莊園這半個月的情況向韓鄉長做了彙報。

付金蓮求韓鄉長給自己做主，說這個李玲是個油鹽不進的女人，這些天她突然像變了一個人似的，挺胸抬頭硬氣起來了，金才廠長和她要錢，她是一分不給。還當著員工罵俺是個婊子，俺就是個婊子不怕說，可俺聽說這女人偷偷去過兩次柳家莊，她和你的那位仇家建立什麼攻守同盟，更有氣者，她還揚言將廠子裏的帳目給縣紀委寄去。

韓永祿眼睛立刻就充滿了血絲和凶光，他媽的狗屎也有你柳白來插一手指頭。他並不怕什麼李玲，那些話是嚇唬人的，俺韓永祿倒了，還能便宜了妳這個小娘們，鄉裏有王忠書記做後台，這腰板硬著呢！如果真是那個姓柳的插手就難辦了，他縣裏有人，現在又財大氣粗，還他媽的當了個什麼村委會主任。這是個能置俺於死地的對手，一旦他翻了把，俺韓永祿的道就越來越窄了。不行，俺還要在柳家莊上做文章。

韓永祿想起了昨天保定府的幾位房地產開發公司的大老闆，他們提出的條件柳家莊全都具備。嗨！俺怎麼把這個茬忘了呢。

十六

柳家莊村悄然不息地忙碌著，堤外河套千畝土地連成了一片。一道道橫豎等邊的田埂，把改造後的半沙地切成一塊塊的田字格，格子裏灌滿了柳河水，在陽光下泛著銀光。站在大堤上往柳河望去，河套成了棋盤，柳河變成了楚河漢界。

全村的男女老少被均勻地分配到格子裏，杜鵑請來的水稻技術員手把手地教，村民們手接手地學，格子裏漸漸出現了綠色的秧苗，一片一片地連接，形成了碧綠。

柳白來好開心，一冬天的修整改造，他的腳下竟出現了江南的秀色，他覺得這種植水稻和打做家具有著同工之妙。組裝起來就有了效益，而組裝後不光是盼著換回來錢，更重要的是過程，為成功的過程而喜悅。

「喂，白來呀，你看看大堤上怎麼來了這麼多的轎車呀！」

老支書柳英傑一手拽起彎腰插秧的村主任。柳白來抬起了頭，大堤上出現了十幾個人影，隱隱約約看出來那個高人一頭的就是韓永祿。鄉裏來幹什麼？看這陣勢，還有縣裏的、市裏的或者省裏的領導。為什麼沒有通知，連個招呼也沒打。

「白來呀，俺看肯定是檢查工作的，或者到咱柳家莊開現場會吧，你趕快去看一看。」

「大伯，我不去，咱現在忙著插秧，誤了季節和農時產量就保不住了，他們有什麼事到地裏找咱們。」

柳白來說完繼續插秧。

果然，這批人在韓鄉長的帶領下，沿著筆直的田間路浩浩蕩蕩地走了過來。

「停下，停下，都給俺停下。」

韓永祿怒氣沖沖地來到柳白來的跟前，他命令所有的村民停下手裏的活，並宣布了鄉政府的一項決定。

「鄉親們，河套這塊地誰也不能動，土地的所有權是國家的，國家有權規劃和徵用，柳家莊的這塊地緊臨柳河，河北省和保定市的幾位大企業家相中了咱們這塊地，他們要在這裏蓋別墅，鄉裏已同意，王忠書記也批准了，具體怎麼徵用，俺再和村裏的柳英傑老書記商量。」

韓永祿說完瞟了一眼柳白來，他顯得十分得意。

「不行！柳家莊的土地誰也說了不算！土地是國家的，那是所有權，農村經濟體制的改革的核心，就是所有權和使用權的分離，我們農民擁有的是使用權。現在，我們把大家的戶屬土地自覺連片種水稻，是全村百姓同意的，誰也不能改變它。」

「柳白來，俺不衝你說，你這個民選村主任只是個試點，俺衝著柳英傑說話！」

「衝俺這個老頭子說？那俺就告訴你，沒門！俺們全村辛苦了一冬一春，把土地改造了，水田建成了，機房建立抽水機買了，這人力物力全都花了，你說拿走就拿走，沒門！」

地裏的村民早就圍攏過來，他們赤著腳站在田埂上，老支書的話一落地，大家便齊聲喊起來，沒門，不行。杜鵑見狀連忙擠身來到韓永祿的跟前。

「韓鄉長，趕快領著客人們走吧，這柳河北岸各村的土地有的是，幹啥非要挑到柳家莊。是啊，這塊地周邊的景色最好，可那是柳家莊老百姓的，他們不同意，別說大柳河鄉政府，就是柳河縣政府沒有正當理由，這地也不能徵用！」

「嗨！俺說杜鵑同志，妳和柳白來什麼關係，柳家莊的事哪次也缺不了妳！少管閒事，這裏是大柳河鄉的地盤，本鄉長有權決定！」

「我說韓鄉長，你說話注意點舌頭的尺寸，噴臭氣是要負責任的，是污染環境懂嗎？我告訴你，柳河南北兩岸十里以內都屬於流域治理的範疇，縣水利局當然管轄，你還不知道吧，昨天縣委常委會批准了縣委組織部的提請，杜鵑已是柳河縣水利局的副局長，工作職責範圍，你說這是什麼關係？」

杜鵑看了看驚喜相交的柳白來笑了笑，她接著又說。

「韓鄉長，沒想到吧，告訴你，和我一同任命的還有你熟悉的李延安同志，他現在是縣委政策研究室的副主任了，這土地徵用政策他最清楚。」

韓永祿下不來台了，他事先早做了安排，鄉農機站的推土機就藏在了大堤的北坡。王忠書記在酒桌上大包大攬，給幾位城裏來的大老闆拍了胸脯，要多少地給多少地，要哪塊地就給哪塊地。王書記和他韓鄉長都接了老闆的紅包，地肯定是要拿過來的，可現在鄉裏人單力弱，不能硬幹，回去準備一下，明天必須拿下。

「啊，沒想到杜鵑同志是局長了，俺給妳一個面子，帶人先回去，但這塊地是徵定了，鄉黨委做出了決議是不能更改的。至於柳大伯說的投入，大老闆們早就說了，成倍的地補償。現在俺以鄉黨委、鄉政府的名義，正式通知柳英傑，立即停下手中的活。徵地費用後談，否則，一切後果你們柳家莊自負。」

韓永祿溜溜地領著這幫人離開了。

夜深了，天上沒有月亮，星星獨攬著夜空拼著命地眨著眼睛，顯得是那樣的繁忙與興奮。柳白來仰望天空，盼著月亮走出來，照亮堤外注入一冬心血的稻田。這些日子，他養成了個習慣，臨睡之前總要到柳河邊上走一走，撫摸著揚水站鑄鐵的水管，走在稻田埂上左拐右拐的遊戲一番，想著秋天金黃的稻穗，迎著風低著頭，送到心裏一陣陣的米香。他戀愛這些土地，比當年和齊英戀愛的心情更加強烈。這些壘築的棋盤，就像自己的孩子柳新苗一樣讓他發瘋。

柳白來不知明天的事態將發展到什麼程度，他請杜鵑通知李延安明天一定到柳家莊來，這樣有兩位縣裏的中層幹部在場，最小的能量也會起到了證人的作用。柳白來晚飯前召開了村委會的緊急會議，並請老支書參加，柳白來清楚，村委會要在黨支部的領導下開展工作，會議做出了幾項決定。

一、今晚杜鵑同志趕回縣裏，以流域治理為由，將大柳河鄉政府的強行佔地行為，以消息報縣委辦公室備案，以免事態擴大。

二、明天由老支書柳英傑組織青壯勞力保護插上秧苗的稻田，不許帶傢伙，不許械鬥。

三、一切聽從黨支部的指揮，凡事由柳白來和鄉裏的人進行交涉。

天亮了，柳河下游的柳棵梢上，飄浮著一層層厚厚的火燒雲，紅霞染紅了半個天際。柳家莊的大堤上仨一群倆一夥的村民們，臉色鐵青，就像佇立著的兵馬俑。

「柳主任，你看他們來了。」

柳白來順著柳國良手指的方向看去，堤北坡的沙石路上開來一溜隊伍。有鄉裏的天津吉普車，鄉派出所的三輪摩托車跨鬥，還有十幾個鄉政府的幹部，隊伍的後面是兩台推土機，氣勢洶洶浩浩蕩蕩。

鄉政府的推土機在鄉派出所的民警的指揮下強行越過大堤，開進了稻田的平整的小路上。柳英傑、柳白來帶領鄉親們堵在了推土機的前邊，引擎的轟鳴聲和村民們的叫罵聲混成了一片，雙方對峙著。

韓永祿跳上推土機的鏟樑上宣布了鄉政府的命令，並警告村民們，不要受柳白來的唆使，如果誰敢違抗政府的徵地命令，派出所就立即抓人。

柳白來氣炸了肺，他衝上推土機，腳還沒有站穩，便被當年抓他父親的民警揪了下來。他現在是所長了，又有韓鄉長給撐腰，他可不管你柳白來什麼村主任了，柳河縣的民營企業家。

柳白來摔倒在稻田裏，壓倒了一片秧苗，渾身沾滿了泥水。

柳國良急了，他抄起澆地開溝用的鐵鍬，順手在田埂上挖了一鍬泥，照準了推土機上的韓永祿就甩了過去，「啪」的一聲，那叫一個準，污泥糊滿了韓永祿蠻橫的臉膛，他一個跟頭栽了下來，虧了身邊的兩位民警把他扶住。

「好哇，你柳白來反了天了，推土機給俺推平這些稻田，警察們給俺抓住柳白來。」

推土機轟鳴起來，一股黑煙過後，大鏟放了下來，紅色的推土機就像兩頭瘋牛衝向人群。村民們沒有見過這麼大的陣勢，大夥呼地散開了。只見村支書柳英傑卻迎著機頭撲了上去。

「俺用老命給你們拼了！」

開推土機的小夥子一看驚呆了，真他媽有不要命的。他急中生智，一手拉下方向杆，一腳踩住剎車踏板，推土機原地打了一個轉轉滑到了路邊溝裏。這一滑不要緊，滑出了人命。只見推土機的大鏟不偏不正鏟倒了路邊楊水站的電線杆子，只聽見「哧喳」一聲，一尺多粗的水泥杆被攔腰鏟斷，電線杆突然離地，兩邊的電線拽著它就像空中飛來的棒槌，它藉著推土機鏟出的力量，直奔路中站著的老支書打了過去。

所有的人都沒有時間反應，悠過來的電線杆砸在了柳英傑的頭上，老人「咕通」一聲栽倒在地，鮮血即刻便染紅了稻田裏的清水。

柳白來見狀，瘋了一樣掙開兩位警察的四隻手，撲向老支書。柳家莊的村民們一下子也清醒了過來，有人高喊起來。

「不好了，出人命了，出人命了，老書記被他們砸死了！」

眾人們一齊撲倒在柳英傑的身邊，老人鮮血淋淋的臉上，那雙仇恨的眼睛瞪得鼓鼓的，凝視著天空。柳國良哭叫著撲在父親的身上。柳英傑瞬間便斷了氣。

「不要動，等我拍張照片！」

李延安和杜鵑擠進了人群，他倆沒有想到事態發生得這麼早，這麼慘烈。他倆內疚自己來晚了一步，同時更加痛恨這位人面獸心的韓永祿，早上還不到八點鐘，他就製造了這麼一場驚心動魄的血案。

韓永祿這回真害怕了，他闖下了大禍，他趁著慌亂，帶領著打手們跑向了大堤。當憤怒的人群發現時，韓永祿的吉普車已經開動了，兩台熄火的推土機成了人們發洩的對象，推土機的玻璃窗，大小燈，凡是能被砸的都變成了粉碎。

韓永祿跑了，跑了個無影無蹤。他沒敢回鄉政府，從富佳莊園付金蓮手裏拿了些錢和隨身穿戴的衣物跑了。

柳家莊的文化廣場搭起了巨大的靈棚。柳白來選上最好的松木壽材，親自動手給大伯柳英傑做棺材。他光著膀子，汗珠滴嗒滴嗒地落在光滑如鏡的棺蓋板上。全村老少像走馬燈似的看看老支書，燒上把香，點上把香。看看村主任，遞上碗水，拿條毛巾給柳白來擦擦汗水。幾天來，柳家莊村民的憤怒和天氣一樣，陰沉的就要凝固了，他們似乎正在孕育著一場更大的疾風驟雨。

李延安回省城去了，他們商量好了，要藉助媒體的力量。省城裏幾家報紙，電視台都有李延安的同學，一定要把柳家莊這場血案報導出去，這不光光是為了雪恥仇恨，懲治韓永祿，這一點李延安很清楚。韓永祿就是文革中的三種人，沒有這次事件也要處理。更重要的是，農村經濟體制改革已經到了關鍵時刻，農民對土地的擁有和使用還沒有到位，有計畫的商品經濟到市場經濟的過渡還充滿阻力，這些不光光是認識上的問題，體制上的問題就更重要了。鄉鎮政府用慣了計畫經濟的手段來支配農村的生產資料，把農民和土地捆在鄉政府的褲腰帶上，仍舊把「三農」做為當權派的馴服工具，這些才是造成柳家莊慘案的罪魁禍首。

杜鵑留在了村子裏，她幫助柳白來做群眾的思想工作，尤其是安撫柳英傑的兒子柳國良，仇是要報的，要依法不能胡來。

大柳河鄉黨委書記王忠像失了魂一樣六神無主，是他授意韓永祿出去躲一躲。王忠老謀深算，他預料第二天柳家莊的群眾肯定要到鄉裏來鬧事，如果找不到韓永祿，老百姓的氣就消了一半。王忠可以將所有的責任都推給韓永祿，鄉黨委沒有檔，是鄉政府的行為，如果鄉長說不清楚此事，那就索性是他副鄉長的個人行為。

王忠心裏很清楚，前些日子接到檔，要清查文革中的「三種人」，只因這幾年沒少得韓永祿的實惠，因此下不了手。現在正是時機，借坡下驢。他已讓鄉派出所向縣公安局彙報了案情，雖然不存在著故意殺人的動機和條件，間接導致柳英傑這位老支部書記的非正常死亡，這個韓永祿是直接責任人。他們準備好了通緝令，一旦事態嚴重就立即發出。

讓王忠沒有想到的是，柳家莊的反應是那樣的平淡。派出去探聽消息的幹部回來彙報，村民的情緒相對穩定，柳白來只是忙著給老支書做棺材，組織群眾悼念什麼的，沒有集中鬧事的跡象。這些情況有些反常，王忠的心裏反倒是不踏實了。

第二次派出去的幹部回來說，柳英傑的屍體並沒有火化。縣水利局的杜局長從縣冷凍廠借來了冷凍櫃，他們將老書記冷凍了起來。眼看著就要到七天了，這是人死出殯的最後期限，如果柳家莊那邊再沒有動靜就壞了事。很有可能他們會將柳英傑的屍體抬到鄉裏示威，後果再嚴重一些，他們如果直接把老書記抬到縣政府，那樣麻煩就大了。王忠越想越害怕，他要找一個說和人，花多少錢鄉裏都出，提什麼條件鄉裏都答應，還可以破例安排老書記的兒子柳國良到鄉政府去上班。地也不徵了，看他們的水稻還能長出花來？

王忠想到了李延安，這個和柳白來有著特殊交情的縣委研究室副主任，還是一個通天的人物，只有他出頭，才能平息這個事件。王忠拎上重禮，親自開上那台天津吉普車奔了縣城。

十七

早晨，血紅的太陽從柳河下游跳了出來，陽光與柳家莊蒸騰的煙氣撞擊著、拼殺著。白色和灰色的霧氣越聚越濃，勢不可當地湧向了天空。太陽退怯了，河堤下柳蔭叢中的柳家莊突然變得陰沉起來。

村文化廣場集合了全村的鄉親，男女老少都罩上了白色的孝服。大家自然地排好了順序，村主任柳白來站在隊伍的最前頭，後面是柳國良和柳大伯家的親屬，接著便是那口黑漆大棺材。棺頭正中掛著柳家莊村黨支部書記柳英傑的遺像。

「起靈。」柳白來高喊了一聲。

柳英傑的兒子柳國良雙腿跪地，雙手舉起瓦罐用力把它摔碎。緊接著十六位年輕人，將這八抬大杠的靈柩呼地抬起上肩。剎時，全村響起了天裂般的哭喊聲、叫罵聲，此起彼伏形成了浪潮。柳白來手中飄揚著的白幡，它在曠野中為老支書招魂。隊伍裏聳立著一杆杆的白幡隨風抖動，一把把抛向空中的紙錢，伴著出殯的人群，浩浩蕩蕩地向河套千畝稻田的正前方行進。

柳白來領著柳國良選擇了這塊墓地。它背靠千畝良田和柳河大堤的屏障。堤兩坡高大粗壯的柳樹，飄著柳絮，如陽春白雪。墓地的前方便是東流的河水。他倆想讓老書記有吃有喝，保佑著柳家莊父老鄉親們能夠過上好日子，見證著這片染血稻田的豐收。

墓坑昨晚才打完，方方正正，一塊從北京房山買回來的漢白玉石碑，鐫刻著：「為民致富壯烈犧牲的黨支部書記柳英傑之墓。」

隊伍越過大堤，突然一股旋風捲走了人們手中的紙花，它像一根白色的通天柱，旋轉著、吼叫著衝著大柳河鄉政府刮去。接著，陰陰沉沉的天空中灑下一陣無聲的細雨。老天睜眼了！老支書不能就這麼不明不白地走了啊！不知哪位漢子的仰天長嘯，驚得人們哭聲又起。這八抬大杠的十六位小夥子鬼使神差，他們追著旋風調轉方向直奔了鄉政府，後面的鄉親蜂擁而上。

柳白來左擋右攔，險些被那些衝動的村民撞倒。自己原想著先將老人安葬下來，再拿出這幾天寫好的東西、照片到縣、鄉政府申冤告狀，打官司，為老書記討回公道。他擔心群眾會抬著靈柩鬧事，影響政府形象。雖說村裏沒有了支部書記，但自己畢竟是個黨員和村主任，他事先做了多少次柳國良的工作，他們家總算是答應下來，先安葬再告狀。沒想到這股旋風和小雨。唉！這就叫做謀事在人，成事在天。現在是攔也攔不回來了，自己不能撒手不管，任憑事態繼續擴大，一定要把事態控制在最小的範圍。

柳白來迅速脫掉孝服，抄近道往大柳河鄉政府跑去。

柳白來跑到鄉政府大院前，只見一輛小卡車堵住了大門，車上拴著一個高音喇叭，看樣子是縣計生委下鄉宣傳計畫生育的宣傳車。不對呀，車上怎麼站著水利局副局長杜鵑呢？車箱裏還站著幾位陌生的男女，杜鵑正指揮著這些人往車下搬東西，攝影機？噢，一定是李延安從省城搬來的記者們。怎麼這麼巧？

好像他們知道柳大伯今天出殯，送葬的還會聚集在鄉政府，一定是杜鵑她們事前商量好的，背著俺柳白來。

柳白來恍然大悟，李延安曾暗示過，這件事不能讓他插手過深，要讓外界尤其是縣委看到柳白來的克制和成熟，村黨支部書記還要由他來接班，村民們致富的道路還很長，不能中途就折兵損將。柳白來全明白了，今天這場戲是李延安和杜鵑導演的，這時的柳白來把心完全放到了肚子裏，他相信他們一定會把握火候的。

柳家莊的送葬隊伍井然有序地站在了汽車的後面，棺木被抬放在鄉政府大院的影壁前，兩塊事先做好的挽聯被村民們從汽車搬下，牢牢地立在了棺木的兩側。

上聯：老書記忠心為民勤奮一生慘變野鬼冤魂

下聯：新權貴欺辱百姓魚肉鄉里端坐明鏡高堂

橫批：討還血債、嚴懲兇手

擴音機被打開了，省城報社的女記者開始宣講她們事先調查整理好的稿件，什麼新聞通稿、電視專題和紀實文學《柳河岸邊血案昭示》等全都成形。高音喇叭衝著鄉政府大院，洪亮的聲音震得大院房頂的青灰瓦片嗡嗡作響。

人們越聚越多，鄉毛衣廠的職工們全都湧出了大門。鄉政府的小幹部們也爭先恐後地跑出來看熱鬧，鄉派出所的幾位民警和各村臨時抽調的治安員，在人群中不停地向百姓們賠著笑臉，不停地點著頭。鄉裏吃補貼的以農代幹很是熱情，他們將自己的暖水瓶和茶缸送到人群當中。

王忠沒有預料到事態擴大到如此地步，幾個預案做得太小，全都用不上了，這麼大的陣勢讓他措手不及。當他看到河北電視台的攝影機時，他就知道了事態的嚴重性，光憑自己出去解釋已經無濟於事了，只有縣委領導出面，否則事件將不會平息。

王忠的天津吉普車已經出不了大門。叫通訊員把鄉政府的那台飛鴿牌自行車從後院大牆上扔出去，自己爬上牆頭跳出了讓他心驚肉跳的鄉政府大院。他騎上自行車飛一樣地奔向了縣城。

中午了，鄉政府大院沒有一位負責同志出來應付局面。柳家莊村民的情緒幾起幾伏。他們在柳白來的勸說下坐在了地上，靜靜地等候。李延安和杜鵑已經推測到，王忠一定是到了縣委，估計很快就會有消息的。

鄉羊毛衫廠的會計李玲很是興奮，她有點幸災樂禍。她知道韓永祿從此一定會從台子上摔下來，摔一個鼻青臉腫。她在人群中尋找剛才還在身邊的廠長金才，轉臉之間就沒了人影。這小子一定是給他姐夫報信去了。好！你們都走了，俺李玲也當回廠長，她命令食堂的大師傅把新蒸的饅頭都抬出來，分送給柳家莊的鄉親們。她還主動跑到老同學柳白來的跟前，向他傳遞有關韓永祿的消息，如果需要她出頭，李玲不怕丟臉，她會把所有的情況當眾作證的。

縣委的領導聽了王忠的彙報後，他們坐不住凳子了，這一上報紙和電視，縣委書記就會在全省的人民面前丟盡臉面。更嚴重的是，縣委班子的執政能力將在省委領導面前受到質疑，縣委主要領導的政治前途……那可是滅頂之災呀！

一分鐘也不能停留，縣委書記，組織部長，什麼農委，信訪辦等幾十人整裝出發了。公安武警和法院的同志通通回到單位待命，檢察長隨書記的車直奔了大柳河鄉政府。

談判很快就有了結果，事情都是明擺著的，性質、責任十分清楚。縣委幾個主要領導現場辦公，很快就給了柳家莊的村民一個滿意的答覆。

一、副鄉長韓永祿是這次事件的直接責任人，對造成柳家莊村黨支部書記柳英傑的死亡負有重要責任，加之文革期間由他一手造成的幾個冤假錯案，屬於「三種人」的清查對象。縣委決定撤銷韓永祿大柳河鄉政府副鄉長職務，解除其以農代幹身分，退回柳家莊村。並給予黨內留黨查看二年處分。如發現其他違法行為，移交司法部門處理。

二、原柳家莊村老書記柳英傑的死亡雖屬意外事故，但他是捍衛農民利益而因公死亡，按縣民政局有關政策。縣委決定政治經濟上享受烈士待遇，撫恤金由縣裏支付。

三、大柳河鄉政府的徵地不符合黨的農村政策，縣委予以糾正。鄉黨委書記王忠同志在此事件中負有領導責任，給予黨內警告處分。

四、經縣委組織部和大柳河鄉黨委研究決定，柳家莊村黨支部書記的職位不能空缺，要保證黨在農村的領導地位，任命已經轉正的黨員柳白來同志為村支部書記，兼任村委會主任。

五、推土機手不存在著殺人故意，屬慌亂中操作有誤，給予調離機手崗位。

六、縣委強調，農村土地的經營流轉權歸農民所有，村級在不違反國家現行政策的前提下，可以根據市場需求，調整農村產業結構。

柳家莊的村民爆發出經久不息的掌聲，不知哪位有心人還放了鞭炮。記者們見狀也都讓了步，他們將報導的題目一轉，從積極的方面，讚揚了柳河縣委在農村經濟體制改革過程中，抓住主要矛盾，搬倒攔路虎，解決了農民的切身利益，把全縣家庭聯產承包推向了一個新的高潮。

縣委的領導很是高興，他們索性參加了老支書的下葬禮，又參觀了長勢旺盛的稻田，聽取了柳白來的工作彙報。縣委書記表揚了柳家莊村的作法，他認為這在全縣很有示範性。同時對杜鵑、李延安兩位同志深入到農村田間，幫助農民的作法給予肯定。並責成縣委研究室整理一下柳家莊村級建設的內容，下發全縣。

智慧讓領導方式變成了科學，科學又讓方法變成了藝術。老支書柳英傑用他的生命，給柳家莊村的發展道路描繪出了光明的藍圖，讓村、鄉、縣三級的領導皆大歡喜。

柳白來如願以償，但他並沒有感覺到高興，老支書柳大伯的死，換來了這麼一副沉重的擔子。這副擔子所要跋涉的道路並不平坦。這些日子的風風雨雨，幾番鬥爭，讓他感覺到一個真正共產黨員所面臨的，是在正義和邪惡、黨性與親情、人民與公僕之間矛盾的選擇。這選擇並不是涇渭分明，好與壞，紅與黑，摻雜交融在一起。他們的身上都裹著一層華麗的外衣，朦朦朧朧，讓人們似是而非。在政治面前，光靠勇氣和膽量是不行的，要提高自己的政治素養、政策水準、領導藝術。在經濟面前，要在市場的交換關係上做文章，要計算成本，學會經營。要把柳家莊的資源變成資本，把資本變成資金，用企業的運作方式來經營柳家莊。柳白來心裏敞開了一扇大門。

韓永祿被追回來了，柳家莊的老房子早被他賣了，換了錢給媳婦治了病。鄉裏催他倒出宿舍，到這個時候，韓永祿變成了窮光蛋。窮光蛋的肩上還挑著兩個沉重的包袱，一頭是多病的老婆，一頭是上高中的兒子，真是雪上加霜。人要是走投無路的時候，就沒有了臉皮一定會求人施捨，可高家堡的姐姐沒有給他好臉瞧，她幫不了這個不爭氣的弟弟。姐姐告訴他，你韓永祿眼下只有一條路，那就是去求柳家莊的黨支部書記柳白來，他可是你親外甥女婿呀！這是正堂香主。

人窮志短，韓永祿脫去了身上所有的光環之後，這才發現自己還是過去的自己，他開始重新認識自己的價值，面對貧困潦倒的家境，姐姐說的沒錯，找柳白來去。

齊英不讓丈夫管舅舅家的爛事，她恨透了這個沒有味的舅舅。可丈夫柳白來知道媳婦是個刀子嘴豆腐心，恨歸恨，可憐歸可憐，人們可以恨富人，對窮人總會網開一面的。再說俺柳白來不同以往了，是柳家莊村的黨支部書記，村委會主任，這個韓永祿是柳家莊的村民，還是留黨查看的黨員嘛，要管，絕不能用君子之心度小人之腹。

韓永祿走進了熟悉又陌生的四合院。

「柳書記在家嗎？」

「在家，喲，是韓……噢，是韓永祿呀！快進屋來吧。」

柳白來心裏總是有點彆扭，面對著給自己家庭造成重大災難的仇家韓永祿，裝是裝不住的，臉上的不悅還是讓韓永祿看了個正著。

「柳書記，你現在方便嗎？要不俺改日再來。」

「怎麼不方便，進屋說吧，你不找我，我也會主動找你的。」

韓永祿被柳白來讓進了東屋。這東屋全都變樣了，一套現代化的家具擺在了這舊式的房間裏，牛皮的沙發，栗子皮色的家具，讓這位曾經驕橫的韓永祿沒敢落座。

「韓……唉，按說我應該叫你聲好聽的，你是長輩。但今天是公事，論親戚的事咱們往後再說吧。先坐下吧，這些家具都是樣品，隨便坐隨便摸，沒事的。我說齊英啊，妳給沏杯茶來。」

韓永祿輕輕地坐在了沙發上，只是坐在了沙發邊上，大半個屁股還留在外面。此時的他還真是有點後悔了，當年自己為什麼不同意外甥女的這門婚事？這柳白來還真是個大能人。唉！怪誰呢？怪這場文化大

革命？這有什麼用，怪就怪自己眼光短淺，不然俺這個當舅舅的，就有借不完的光和享不完的福呀。

韓永祿看見外甥女齊英端著茶杯走進屋來。他不由自主的連忙站起了身，忘掉了自己當舅舅的身分。

「齊英，以前都是舅舅俺的錯……」

「砰。」茶杯被齊英重重地砸在了韓永祿沙發旁的茶几上，茶水濺了出來。齊英頭都沒抬一下，扔下茶杯扭身走出了東屋。

「柳書記，俺現在是咱村裏的普通村民了，不，連普通村民都不如啊，俺想來問問，村裏有沒有俺的地？俺家的老房子也讓家裏頭的折騰完了……」

「別往下說了，村裏哪能不知道你的情況，我和支委柳國良商量過了，村西頭那三間房就先歸你住吧。」

柳白來怕軟不怕硬，最看不了別人在自己面前掉眼淚了，他看見韓永祿的眼睛裏早已是淚花滾動。

「哪有三間房呀？」韓永祿問了一聲。

「噢，就是原來我和齊英結婚住的那三間，房子早就又修整了一遍，院牆也是新插的柳條，夠你們三口人住了。地嘛，在堤外稻田留有你的股分，年終按產量給你分紅。」

柳白來抬頭看了看韓永祿，只見他已淚水滿面了，柳白來轉過身子把話繼續說完。

「我知道這麼多年你也沒下過地了，堤內的菜田你種不了。這樣吧，你就跟著村裏的電工柳國良看稻田，澆水施肥。技術上的活縣裏的技術員到時會教給你的，村裏按月先支給你點錢養家過日子，剩下的年終一起算，估計不會比你在鄉裏開的少。不知這安排你是否滿意啊？」

柳白來回轉身子，他發現韓永祿不知什麼時候出了屋。這時，他突然聽見屋外窗台下傳來一位男人嗽嗽的哭嚎聲，不時還伴有媳婦齊英的抽泣。

十八

杜鵑和李延安結婚了。

這一對大男大女的婚事辦得無聲無息。兩個人領取了結婚證後，兩套行李被褥往杜鵑辦公室的單人床上一合，就算辦完了這終身大事。這張單人床除了兩人一順方向的側臥之後，就什麼也放不下了。李延安只好將自己的行李又拿回了縣委政策研究室。

婚禮不辦，單位的領導和同事們說不過去了，大家你三塊，我五塊地湊了一百多元錢。鍋碗盤筷給置辦齊了，剩下的又買了兩個暖水瓶給杜鵑和李延安送來了。兩個人只好說了瞎話，這不明天回北京，這喜事要放在雙方父母那辦呀，老人們抱孫子不就有盼頭了嘛！

領導和同志們通情達理，非要派水利局新買的那台北京212吉普車，送二位回北京結婚辦喜事。

李延安堅決不同意用公車，執意坐長途汽車回家，杜鵑故做生氣，接媳婦是娘家派的車，你李延安有什麼不仗義的呢？再說了，這台北京212吉普車還是你那個當部長的老爸批的條，回去給老爺子瞧瞧，他那條子還好使，老爺子不就放心了，高興啊。李延安拗不過大家，心想讓杜鵑第一次回婆家就不滿意何苦呢？這也不算佔公家多大的便宜，坐火車汽車打票回來不也得報銷嗎？重要的是這縣水利局長要親自駕車送媳婦，想攀攀部長的高枝，今後採購一些緊俏物資還得部裏批，現行的雙軌制，那差價可是不菲呀。

李延安家住在北京海澱區甘家口八號院，四居兩廳二百多平方公尺的房子，空地方有的是，老爺子把靠南的一套臥室給他們做了新房。家具全都是公家配的，雖說不如柳白來廠子做得漂亮，但很莊重大氣。二十幾平方的房間的頂棚上掛上了彩帶，大衣櫃五斗櫥貼上了喜字。老婆婆給買了裏外三新的被褥和繡花的荷葉枕頭，這派頭放在柳河縣城，縣委書記結婚也趕不上這架式。

杜鵑很高興，也很滿意。自己的父母都從部隊離休了，兩家湊在一起，吃了頓飯喝了杯喜酒，四位老親家認了親，這就算辦完了孩子們的終身大事。

李延安一年多沒有回北京了，老在柳河小縣城裏待著，工作忙不說，多少當了個小頭頭，辦公室也好，下鄉進工廠更是前呼後擁的，覺得很風光體面。這猛一回北京，尤其是自己高幹家庭的條件，敢登門看老爺子的最低也是司局級，處級幹部也就是跑個龍套打個下手。自己一個副科級幹部回到北京感覺到有些丟人，要是當初畢業直接回到部裏，正處級鐵上釘釘沒個跑。他心裏有了一些吃後悔藥的感覺。

老爺子第二天沒有上班，正式地和兒子李延安談了一次話。

「延安，我早就過了離休年齡了，為什麼還沒有退下來，我是有私心的，想趁著還在位子上，把你和杜鵑調回來。你們倆都是大學生，部裏正缺有文憑有基層經驗的幹部，你們商量一下，過了這個村就沒有這個店嘍。」

「爸爸，說實在的，我確有過調回來的念頭。當年去柳河縣工作，主要是為了柳英傑，現在老柳的冤案已經昭雪了，兒子柳白來幹得更好，不光是全縣數一數二的大個體戶，也有上千萬的資產了。而且當上了柳家莊村的黨支部書記，全村經濟發展得很快。當然，這些也有我的一點力量，算是給九泉之下的老柳大哥一點安慰，如果說現在回家，正是時候，您老容我和杜鵑商量商量。」

「是呀，要好好和杜鵑商量商量，我跟兒媳婦相處這兩天，看出來了，她是一個很有性格的女孩子，眉宇之間透出一股俠氣，不，不夠準確，應該是一股正氣或者霸氣。我覺得她是一個事業型的女人，絕不會是甘願只做賢妻良母的那種女人，這一點，延安呀，你身上沒有。」

「爸爸，您厲害呀！一點不假，杜鵑是一個非常有正義感，有工作能力的女人，人又長得漂亮，兩者兼得不容易，我也正是看好了她這一點。過去話趕話時也提過調回北京的事，她都一口拒絕，她認為在柳河縣有她無法推辭的事業……這事不能急。」

「延安，這是我們老人的心願，如果真一退下來，咱這家的車水馬龍就會變得門庭冷落，多少老幹部不都這樣！如果子女又不在身邊，這孤獨感……唉，說是這麼說，老爹我一輩子革命，覺悟還是有的，這樣吧，你們先把柳河那邊的工作幹好，當爹媽的不能扯你們後腿，待條件成熟再說吧。」

杜鵑聰明，話裏話外，公爹公婆的舉止神情讓她早就領悟了，自己娘家父母也曾寫信給過她，找了這麼一個當部長的老公公，趕快調回北京吧，雙方的老人都盼著和兒女團聚呢。

杜鵑心裏早有打算，她想在柳河安個家，把父母接過去，那裏天藍水清沒有污染，空氣清新養人呀。

現在是又多了李延安的父母，這工作就不好做了。

晚上，柳河縣水利局來了電話，局長說縣委要聽水利局規劃的今冬明春柳河流域中段的治理方案。杜鵑是主管副局長兼工程的總工程師，縣裏說了，這婚假以後再補，務必請杜鵑同志趕回來。

杜鵑聽後心急如焚，這一段工程正好從柳家莊開始，這將影響到那千畝水稻田的今後發展，她走得急，這規劃還沒有徵求柳白來的意見，連結婚這樣的大事，柳白來也不知道。在北京這幾天，她待得渾身難受，心裏總不踏實。不巧的是，這天一轉涼，老婆婆還感冒了，怎麼辦？這幾天杜鵑買菜做飯，洗衣收拾屋子，盡盡兒媳婦的孝敬，這時說走就走，她又怕傷了兩位老人的心。

老公爹發話了，工作要緊，一個感冒著涼的不礙事，趕快回去吧。

杜鵑很感動，她執意讓李延安留下，多陪陪父母，待母親身體痊癒之後再回柳河。李延安只好如此，老爺子派車將兒媳婦連夜送回了柳河縣城。

柳家莊的秋收蒸騰著熱氣，稻穀畝產超過了千斤，原來的大隊部早就改成了碾米加工廠，雪白的大米在廠子裏裝袋，連柳家莊左右鄰村學習種植的河套的稻穀，全都賣給了柳家莊。柳河黎明米業的註冊商標成了品牌。老百姓腰包裏有了錢，柳白來的工廠效益更豐，柳白來拍著胸脯，心裏充滿了驕傲和自豪。他常說，俺柳白來的企業就是展翅的大鵬，一翼是工業的木器廠，一翼是農業的米業加工。趕上這麼一個好社會、好政策、好年景，怎能不發家呢？

黎明木器廠的經營管理柳白來幾乎是脫了手，他知道靠家族式的管理是不行的，媳婦齊英手太緊，該花的錢捨不得花。那不行，沒有投入哪有產出？用柳河的方言說，那就是捨不得孩子套不住狼呀。什麼事都要講個運氣。正在柳白來顧頭不顧尾的時候，嫩江縣林業局的劉叔退休了。柳白來把他的這個老貴人請回了柳河縣，當上了徹底改制後的黎明木業有限公司的總經理，齊英任副總經理，他自己任了董事長，完全按著先進的企業制度推進，企業管理和經營一下子上去了，木材供應也更有了保證。

柳白來春風得意，但他忘不了自己曾對鄉親們誇下的海口，一定讓全村富裕起來。現在他有了物質基礎，正想利用農閒時，請杜鵑幫助製作一個正規的五年村級規劃。五年之後，柳家莊一定會變成柳河縣農村建設的典型，成為全縣村級的首富村。

柳白來開著自己的轎車去找杜鵑。水利局的同志告訴他，她和李延安回北京結婚了。柳白來一聽十分惱火，氣就不打一處來，這是怎麼了？不把俺當朋友了？這麼大的事情也不告訴俺一聲就走了。柳白來氣得直跺腳，齊英連忙勸解丈夫。杜鵑他們肯定是不願為難咱們，他們連房子都沒有一間，你說他們不回北京結婚到哪結婚呢？等他們回來，咱們再給他倆補辦一次。

柳白來怨氣未消，這沒有房子我還不知道嗎？劉叔從嫩江回來時，我一氣買了兩套兩居室，新房早就給李延安留下了。好了，這麼著吧，齊英妳去找公司的設計部，按房子格局專門給他倆設計，圖紙我審核一下，家具顏色也由我親自決定。齊英，床上用品妳坐我的車到保定去選，一定要挑最好的，他倆可是咱們的恩人哪，沒有李延安和杜鵑，哪有咱們的今天。

齊英明白，她不是捨不得花錢，這錢花在自家人身上她怎能不高興，她是恨那些工商稅務的個別人，變著法的到公司裏找便宜，打了折扣還不行，關鍵人物還要白送家具，心裏再窩火也得笑臉相迎。

杜鵑一回來就奔了柳家莊。

柳白來見到杜鵑沉著個臉子不作聲，他推著她坐進了桑塔納轎車裏奔了縣城的柳岸花園社區。柳白來打開二單元三層的302室。杜鵑呆了，一套歐式還散發著漆香的淺色家具，小牛皮的紅色沙發，寬大的雙人床，床上真絲龍鳳呈祥的被褥……

「杜鵑，這是我和齊英給妳和李延安備下的結婚禮物，可你倆卻一聲不吭地偷偷溜回了北京。」

「算了白來，你先別說了，我和延安可真接受不了你這麼厚重的禮物哇！咱們朋友歸朋友，私下裏怎麼都行，吃喝不分你我，這都算不上什麼，可這房子太大了，超出了限度。我和延安都是縣裏的科級幹部，雖說咱們沒有職務之便的嫌疑，總是覺得這往來太重了，說不好就會犯錯誤。」

「犯什麼錯誤，一不偷二不搶，我們朋友在先，你倆當局長在後，又沒有假公濟私幫助俺白來侵佔國家的利益，妳說，妳怕個什麼呀！」

「話是這麼說，柳河縣這麼大，我杜鵑總不能逢人便解釋吧，只要你戴上了這頂帽子，想摘下來可就難了。」

杜鵑和柳白來爭執著，可心裏卻是熱呼呼的。柳白來的知情知義和湧泉相報的作為，讓杜鵑感到，這不光光是他個人的品德，這是廣大農民階層的高尚。

只要我們的幹部，真正給農民朋友們做些實事，幫助他們解決一些困難，他們一定會知恩圖報的。而現在他們應該明白的是，回報的對象不是黨的幹部的個人，應該回報黨和國家、回報社會、回報公權力這樣一個整體。這是我們需要積極引導的。

「白來呀，我看這樣，房子的問題先不要再爭吵了，等李延安回來咱們再商議不好嗎？不是還要再辦一次嘛，入洞房也不能缺了新郎嘛，你看怎樣？」

「杜鵑，這樣也好，反正房子肯定是你們兩人的，產權可以不動，算是俺柳白來借給你們的，這樣行了吧，等縣裏分給你們住房的時候，你們願意搬走咱們再定。」

柳白來陪著杜鵑下了樓。杜鵑告訴柳白來她提前回來的原因。保定市轉來柳河下游和白洋澱管理部門的報告，柳河中游水質嚴重污染，除了兩岸水稻田開發後，排出的農藥和化肥污水外，大量稻秸造紙廢水造成了下游魚類的大量死亡。兩岸揚水站抽水改變了河水走向，河岸坍塌使河床變窄。因此，河北省水利廳撥專款治理柳河中游，工程起點就從柳家莊開始，規劃和工程設計由杜鵑來做，所以，她才風風火火地趕了回來，徵求柳白來的意見。

柳白來聽完之後立刻就又火冒三丈：「怎麼？柳家莊的農民們剛剛找出一條適合他們發家致富的道路來，村民們剛剛過上好日子。怎麼就影響到下游了？不行！我柳白來做為村黨支部書記不能答應，村民們更不會答應，還有流域上萬畝的稻田種植戶都和米業公司簽了約……不讓種水稻？那種什麼？損失誰給補

償，這不是人民公社時期了……」

「柳白來同志，你還有完沒完，虧了你還是個黨支部書記，一個高中文化程度有覺悟的村委主任，你說出這些話不嫌丟人嘛！農民的利益是要考慮，土地承包合同上也有明文規定，在不影響國家利益和整體規劃的前提下，可自主經營。咱們村是富了，下游有多少村，多少老百姓，還有多少以養魚為生的農民，因我們富了，讓他們窮了。再從大局方面考慮，白洋澱是整個華北地區的肺呀，它的失衡還直接影響到首都的水系統安全。我找你來商量，就是要找出一條更健康的、更科學的發展新路。只要路子選對了，我相信你柳白來一定會帶著鄉親們致富的。」

柳白來低下了頭，柳河治理的方案砍下了他柳家莊的一條胳膊，能不痛嗎？不種水稻種什麼呢？還有什麼既能保證水土不流失，又能保證不往河水裏排污。他和杜鵑在河堤上邊走邊談。

堤下一塊塊裸露出棋型般的田埂和棋盤裏留下整齊的稻秧根。堤上，光禿禿的柳條沒了葉子低垂著，北風一刮，抽打著柳白來和杜鵑，柳白來突然心裏一亮，一個大膽的想法跳了出來。

去年廣交會上柳白來將自己的家具和歐美的客商們拿出的貨單進行了比較，他們黎明木業有限公司全實木家具的價格，居然比不上用柳條編織的柳條箱、柳條椅、柳條沙發及一些籃子小筐的價錢高。他曾問過外商，加拿大的商人告訴他，外商有技術，而且還有秧苗。種上一茬十年一個週期，一年割兩次。把割下的柳條剝掉綠皮，潔白如紙的柳條通過技術乾燥和軟化，讓它富有彈性，然後編織成系列的柳條家具和日用品，一本萬利。當時柳白來十分羡慕，卻沒有想到這柳河的資源。

「杜鵑，如果把千畝稻田都種植上這種叫白柳的柳條，除了前期投入和管理，第二年就有了效益，妳說這個項目行嗎？」

「太好了，這種植柳條可以保持水土不流失，還有固岸和淨化水質的功能，從景觀角度上講，那可真正變成了柳河了。只是這編織的工藝和效益你是行家，要儘快拿出預算來，我可以從治理補償費裏撥給你們一些。」

「效益過去我就計算過，沒有問題，前期投入補償費用根本不夠，怎麼辦？一是可以貸款一些，二是我還可以投入一部分。編織廠可以和加拿大進行合資，他們出技術和秧苗，我們出土地和廠房。對了，前一段時間鄉羊毛衫廠的廠長李玲找過我，她們的企業面臨著破產了，正好把它買過來，工人進行培訓，加上村裏黎明米業的廠房，我看沒有問題。」

柳白來興奮起來。他找到加拿大商人留給他的名片，第二天就坐飛機去廣州外商的辦事處洽談。

杜鵑心裏踏實了，只要農民們的利益得到保證，柳河流域治理方案縣委就一定能夠批准。她突然有了一個想法，自己應該調到大柳河鄉政府工作。這可是一個面，而局裏的工作只能是一條線呀。如果能夠成行，不光是治理方案的實現，更重要的是，讓水利富養這一方人民。對！眼前鄉鎮政府就要換屆了，何不爭取呢？她記起柳白來總結農村工作的一句話，現在看來很有道理，農民的利益不可侵犯，農民的行為必須規範。

十九

大柳河鄉黨委書記王忠滿嘴的酒氣，他面對鄉政府換屆的人民代表進行選舉前的動員。他所在的會議室，是杜柳棵村和下園村第二分團的十名代表。別看中午陪縣委組織部的領導沒少喝酒，說話卻沒有走板，很有分寸，只是那被酒精燒紅的臉膛上泛著油光，太陽穴上裸露的那根青筋凸起著、跳動著。

「代表們，這次鄉政府換屆，縣委給我們鄉推薦了一位女鄉長的候選人。人年輕又有文憑，是學水利專業的。你們大夥都熟悉，她叫杜鵑。幫助柳家莊種水稻的那個縣水利局的副局長，你們杜柳棵，下園不都借光了嗎？現在要當鄉長了，這是縣委對咱鄉的重視，你們說對吧。」

「是啊，王書記，俺們這些種地的都是聽喝的，叫俺幹啥就幹啥，讓俺們選誰就選誰。這位叫杜鵑的確實沒少幫助咱農民，光這種水稻，俺杜柳棵的收入翻了一番還要多呢！」

杜柳棵的村支書杜武是個轉業軍人，服從命令是軍人的天職，這換屆選舉每次不都是縣裏說了算，俺們代表就是舉個手畫個票，改善兩天伙食，拿上幾塊錢的補貼就行了。

「唉，我說杜武，這選舉可是民主的體現呀，什麼是民主呀？人民做主就是民主，人民做主也就是人民代表做主，你們可要尊重自己的那一票的權力。聽說這位未來的杜鄉長還要搞什麼柳河流域中游的治理工程，是位女幹將嘛！」

「對了王書記，你這麼一說倒讓俺想起來了，聽說這位杜鵑局長不讓柳家莊村的柳白來他們種水稻了？他們不種水稻行呀，他們有什麼木業公司撐著呢！以工輔農。可俺們下園村不種水稻？俺們吃什麼？要是真有這回事，這個鄉長選不選她就兩說著了！」

「誰說不讓種水稻了！俺杜武和這個叫杜鵑的是一筆寫不出兩個杜字，五百年前是一家。不是俺向著她，俺是個當兵的出身，知道黨的紀律，下級服從上級，俺可要堅決服從縣委的決定。不讓種水稻一定有她不讓種水稻的道理。當初不讓種小麥了，多少人思想不通，現在不讓種水稻了，她一定會有更好的辦法讓咱們農民掙錢，有錢掙讓種什麼都行。」

全場的秩序一下子就亂了，這醞釀候選人還真認真起來，這在大柳河鄉是歷史上的第一次。代表們各抒己見，農民嘛，以切身利益為第一位，漸漸的反對流域治理規劃的農民佔了上風。意見也趨於一致，讓這位杜鵑同志當上了鄉長，那治理規劃就馬上會成為行動。到時候不讓種水稻，兩個村的村民在經濟上就會蒙受巨大的損失。

王忠書記把火點起來了之後，便扭身溜回了自己的辦公室。他沏上一壺釅茶，仰躺在長沙發裏，他迷糊著眼睛，嘴角上溢出了一絲微笑。然後閉目養神了。

杜柳棵村支書杜武是召集人，他眼看這局面控制不住了，有的代表甚至跑了題，借機洩起了私憤。什麼陣年爛穀子的事，偷人家老婆逞淫能的事都吹到了會議桌上。

「別他媽的瞎嚷嚷了，都給俺閉嘴！」

代表們一看老杜急了，杜柳棵的代表立刻就不再吱聲了，下園村的也跟著老實了起來，大家瞪大了眼睛望著杜武不敢再起刺了。

「鄉長一定要選她，這是黨的決定，不選她杜鵑選誰？你們給俺說說。大柳河鄉不能沒有了鄉長吧。人家杜鵑同志還不是咱們的鄉長，就為咱臨河的幾個村辦了這麼多的好事情，你們有沒有良心啊？至於這不種水稻，咱們可找第一分團的召集人柳白來，讓他給咱們解釋解釋嘛，俺想這位柳書記一定會有好招的。」

「對呀！杜武兄弟說的對！沒有鄉長可不行，俺看這位女鄉長可比前任那位強多了，咱聽縣委的沒錯，你杜武也是見過世面的人，俺們信得過你！你說咋辦就咋辦。」

「誰說不選杜鵑當鄉長就沒有鄉長了？鄉選舉辦法裏有明文規定，如果不同意這個候選人，你們十個代表就可以聯名再推薦一位新的候選人嘛，他照樣可以參加鄉長的選舉。」

杜武回頭一看，這個說話的年輕人是鄉黨委辦公室的馬幹事，老杜朝他笑了笑。

「馬幹事，俺們十個代表聯名選誰呢？你給俺指指道。」

「俺不知道你們該選誰，俺也就是這麼一說。」

「這麼一說是不負責任的，俺杜武看你馬幹事不錯，就選你吧。」

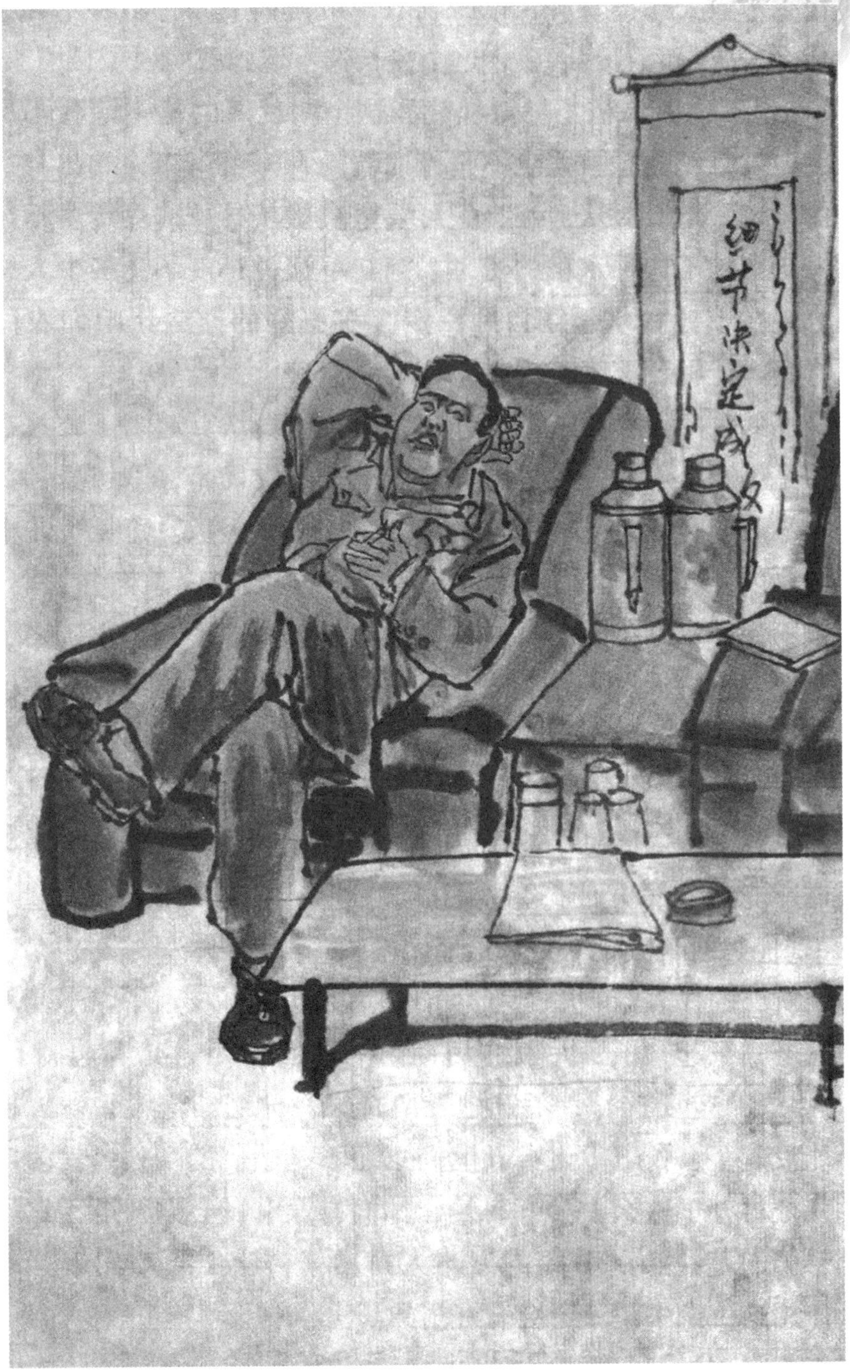
细节决定成

「唉，杜書記，你可別開這玩笑，選俺小馬？這讓縣委組織部知道了，俺今後就不會有好果子吃了。」

馬幹事討了個沒趣，反正王書記交給的任務也完成了，說完話他立刻就溜出了會議室。

第一分團的討論也很熱烈，杜鵑同志參加了柳白來這個團。她先從柳河治理的意義說起省裏、市裏的意見。這話剛開了個頭，忽然會議室的門被推開了，第二分團的十位代表在杜武的帶領下全都湧了進來。

當柳白來知道了他們的來意之後連忙客氣起來。

「一分團的往裏面擠擠，給二分團讓出點地方，沒有那麼多凳子，杜柳棵的兄弟們再搬點過來。正巧，讓咱們杜鵑同志給大家講講，俺柳白來也正要和兄弟們商量一下這河灘的發展規劃。」

一個小會議室被擠得滿滿的，吸菸的被禁止了，代表們都沒有溜號的，他們被這位女鄉長候選人的演講吸引住了。

「各位代表，這大道理呀我就不說這麼多了。說一千道一萬，這大道理呢應該落在這小道理上，得讓農民們吃得上燉豬肉，這道理才能通啊，你們說是不是呀？我看這柳河中游治理的根本，就是要調整咱們的產業結構。噢，說通俗點就是不種水稻種什麼？種什麼比種水稻的效益還好，這行家是咱柳家莊的村書記柳白來同志，我看還是讓柳書記談談他的想法吧。」

杜鵑把話鋒一轉，把涉及到千家萬戶的切身利益的問題抛給了柳白來。

「是啊，咱們杜鄉長說得對，我們就這麼稱呼了，大家有意見嗎？」

「沒有！俺們舉雙手贊成，你就別賣關子了，說說你的想法。」

「咱們捅破天窗說亮話吧，這已不是什麼想法了，是實實在在的辦法。前幾天我已飛了一趟廣州，和加拿大的外商接觸了，而且有了實質性的進展，你們看看，這意向書都簽了。就等這春節一過，老外們就來咱們柳河縣實地考查，這合同先從柳家莊簽訂，搞個試點。待成功後，柳河兩岸的河套地願意幹的，再和俺柳白來簽合同，加盟我的公司。」

柳白來滿嘴冒白沫子，他從白柳的種植計畫、栽培技術、編織工廠的合資、銷售管道等說了個一清二楚。尤其是農民最擔心的風險問題，他讓這幾個村的代表吃了定心丸。

「黎明木業有限公司，也就是我柳白來對外商，贏虧都是我的。你們各村只對俺黎明木業公司。不論我柳白來掙不掙錢，按年兌現合同，保證每畝的收入高於水稻的收入。另外，我已和鄉羊毛衫廠簽下了收購合同。廠子我都買了過來，在原有的基礎上擴大招人，工人首選種植白柳的農民子弟。這樣一來，除了你們入股的河套地分紅之外，割條、編織和柳條林的管理我另付工錢。」

「唉呀！這不是天上掉餡餅了嗎？俺杜柳棵村可不能觀望，俺們和柳家莊一起試點，種第一批，杜柳棵的事俺杜武說了算！」

下園的代表也紅了眼，這種白柳可不能有親有後，要幹咱都幹。他們知道，這插柳條是百分百的成活，幾代人都會編個土籃糞筐的。

「鄉親們，我杜鵑再說兩句，如果柳白來的計畫實現了，那咱們柳河兩岸可變成了萬畝的柳林。到那個時候，河水清了，水土不流失了，兩岸的風光美了，咱柳河就變成一個大的旅遊觀光區了。因此而衍生的產業那就更多了，到時候你們都變成了產業主，從根本上改變了咱們農民的身分了。」

杜武聽得心花怒放，他從心裏佩服柳白來這個人。人家是腰纏萬貫的大老闆了，在咱柳河縣是首屈一指的富商，他不在城裏享樂，卻甘願投資為咱農民們著想。這樣的人咱們鄉裏太需要了。剛才馬幹事的那句話提醒了他，一個大膽的想法從心裏蹦了出來。

「行了，杜鄉長、柳書記，俺們全都明白了，咱們二分團的代表都回去吧，俺杜武也要發表演講呢！」

二分團回到了自己的會議室，村民們那個興奮，好像這錢已裝進了自己的腰包裏。他們說話的嗓門高了，腰板也直挺了起來。

「聽俺杜武說幾句，這好事辦成要靠好人、能人的帶領。俺看光有一個女鄉長不行，還要有綠葉配著，這綠葉就是副鄉長，這副鄉長應該是那個柳白來。」

「好主意！可柳白來不是候選人呀！」

「不是候選人好辦呀，剛才鄉黨委辦的馬幹事不是說了嗎，咱們二分團十個人聯名推薦不就行了嗎？」

「是啊，王書記都說讓咱們尊重自己的權力，咱們就把這票投給能帶咱們發家致富的人，那就是杜鵑和柳白來！」

十名代表提名柳白來做為副鄉長的候選人，這一提案被正式提交到鄉黨委和縣委組織部。

一石激起千層浪，這浪花淹沒了大柳河鄉，湧到了柳河縣城。多了一個候選人，老百姓自己提出的一個候選人，難道這當鄉長也可以爭一爭，這成了柳河縣的特大新聞了。大柳河鄉爆了棚，百姓們不懂政治，但都想湊個熱鬧。正好農閒待在家裏沒事幹，大夥索性都跑到了鄉政府，都想參與投上一票。

王忠書記傻了，弄巧成拙了。本想阻攔一下這個杜鵑，可現在又冒出個柳白來。這兩個都是能人，今後俺王忠就會變換了角色，從一個發號施令的書記變成了一個處處受氣的書記。這倒是沒什麼，大不了起的，俺王忠找組織部活動活動調走，把大柳河交給他們，任他們折騰。可這聯名提案卻破了柳河縣的歷史，縣委怪罪下來，自己沒有辦法交代。

縣委組織部長通知大柳河鄉代表大會暫時休會，他把王忠叫到了縣裏。

「你這是怎麼搞的，這簡直是胡鬧。你們大柳河捅了一個天大的窟窿，你們鄉黨委就沒有一點察覺，平常就沒有一點反映，這讓我們太被動了。我已向縣委書記彙報了，他說這不是柳白來個人的問題，他當選可以，也夠格。但是，這樣就開了一個頭，今後柳河縣委的權威會受到挑戰的，絕不能開這個頭。」

王忠被部長訓斥得不敢說一句話，他後悔這禍根是自己種下的。他臨來之前囑咐了那個馬幹事，要守口如瓶。搬起石頭砸自己的腳，痛啊！

「你立即回去，配合縣委組織部的同志，一做二分團的工作，讓他們收回提案；二做柳白來的工作，讓他一個分團一個分團地表態，說明自己不願意當這個副鄉長。你隨時把工作的進展情況報給我。」

李延安在縣裏聽到消息後連夜來到了柳家莊。四合院的東屋擺上了夜宵，杜鵑、李延安和柳白來商量著對策。

杜鵑聽到聯名提案讓柳白來當副鄉長的那一瞬間，她非常激動。如果柳白來能夠入選，柳河治理就有了更大的保證，整個全鄉的經濟也會有一個大的飛躍，這可是天大的一件好事。

柳白來聽說後不信，他不相信這件事能夠成行。鄉里的王忠書記笑臉中藏得住陰險，從文革到現在，他不會容下我柳白來，只是沒有機會，這一點柳白來心裏明鏡一般。

李延安想得比他們都深都遠，他除了支持杜鵑的想法之外，他感覺到了一股力量的到來。從政治上講是一次民主權利的嘗試；是一次黨內民主進步的體現；是幹部制度選拔方式的一次突破，在全省都有典範作用。這是柳河縣委工作的一個出彩點，一個亮點。他決定去冒犯一次縣委的一把手，給他提點建議，心胸開闊一些。縣委研究室從積極的方面出一個調查報告，這原本也是一個正案。

三個人的意見達成了統一，要促成柳白來當選副鄉長，柳白來最終同意了。當不當副鄉長對他毫髮無損，他都會認真去履行自己一個村支書的諾言。挨團去表態，柳白來做不到，那是嘴不對著心的事。

杜鵑找了那杜武，沒等她開口杜武就表了態，俺們第二分團的聯名絕不會收回，那已是潑出去的水了，沒有任何補救。

縣委組織部通知王忠書記，大柳河鄉政府換屆選舉工作繼續，候選人的產生嚴格按照選舉法進行。

中午，鄉食堂的大餐廳坐滿了代表。按照慣例，下午選舉的成功與否，這頓大餐是至關重要的。每一張桌子上都端放著一個大的洋瓷盆，紅燒豬肉燉紅薯寬粉，管吃管添，其餘的配菜幾乎沒有人動筷子。代表們早就坐不住凳子了，上午的動員什麼也聽不進去了，食堂殺豬的「嗷嗷」叫聲，把肚子裏的饞蟲勾了出來。

縣裏的領導誰也沒來，只有縣委組織部的幾個年輕的幹事。王忠書記今年也沒有什麼祝酒詞了，他高喊了一聲：「開吃！」大廳裏立刻就響成了一片，「叮噹」的碗筷聲，「啪啪」碰杯聲，漸漸地出現了喧鬧的人聲。

按照慣例，酒足飯飽之後，代表們仍不能離開餐桌，真正選舉的動員是酒後才開始的。

大廳裏突然安靜了下來，面紅耳赤的漢子們剔著牙，抽著菸。女人們掏出隨身帶的小圓鏡子，看看自己那紅撲撲的臉頰。

王忠書記喝紅了臉，壯足了膽，身邊沒有再比自己大的官了。聯名提案的煩惱早也扔到了腦後，他大步走到了餐廳的中央，工作人員事先搭好的一個尺高的小平台，馬幹事扶了書記一把，然後悄悄地站在了王忠的身後。

代表們都在極力地控制著湧上臉的酒力，眼睜睜地望著王忠書記他們的父母官。

「各位代表，你們……你們他媽的都聽著，這酒都喝足了，肉也吃夠了，你們都給我聽著，誰他媽的出錯，看俺他媽的找誰算帳……」

王忠書記面對著自己的臣民沒有了往日的斯文。

投票、計票的過程是漫長的。結果在代表們的掌聲中公布了，杜鵑做為大柳河鄉政府的鄉長被高票當選，柳白來的選票也大大超出了半數以上。掌聲再次響起，形成了波浪。

縣委組織部和縣人大宣布選舉有效。同時，縣委組織部又宣讀了一份檔，那是一份專門為柳白來下的文件，文件上規定：柳白來當選大柳河鄉政府副鄉長，不具有國家幹部身分，不坐班，仍兼任柳家莊村黨支部書記。協助鄉長抓好柳河流域中游治理工作。

這是一份還未選舉就擬好的檔。

二十

一九九三年，農村土地承包政策被延長至三十年，這讓柳家莊村土地聯產和使用權流轉的嘗試進一步得到了鞏固。長遠規劃使用土地和農民住宅建設，改善村容、村貌以及村民們開始的文化需求，擺進了大柳河鄉副鄉長兼村黨支部書記柳白來的胸中。

人走時氣馬走驃（膘）。柳白來這裏是順風順水，道是越走越寬。可是回村掉蛋的韓永祿，卻倒楣透了頂，這道是越走越窄。他的兒子韓小寶高中沒有唸完就被死拉硬拽地扯回了村，韓小寶扭曲的心靈開始了變態。他先是抱怨曾經風光的老爹韓永祿，你的本事都哪去了？俺媽病在炕上十幾年，現在就剩下倒氣的勁，沒幾天活頭了。兒子上高中你都供不起，還做夢讓俺上大學？這韓家真是到了喝涼水塞牙，放屁砸腳後跟的份上。

看看人家柳白來，又搬回了四合院，兒子柳新苗考上了北京建築工程學院，整個一個大翻板，他家成了當年韓永祿的角色。韓小寶清楚地記得，四合院東屋屏風上，他入木三分的刀刻，打倒柳英豪的標語至今還清晰可見。韓小寶恨柳家，俺們韓家的今天，都是你柳白來一手造成的。「地、富、反、壞、右」還有那些「臭老九」還了陽，全面復辟了！韓小寶打掉牙掉到肚子裏，拉屎攥拳頭暗使勁。終有一天，俺韓小寶要替俺爹奪回柳家莊的這塊陣地。

韓永祿的模樣大變了，自從落配以後，沒有了往日的大魚大肉，臉上的光澤蛻變為一道道皺紋，乾巴巴縱橫交錯。高大的身軀，被後背凸起的大包壓成了對折，一把把脫落的頭髮，留下的髮根像一片片的沼澤地，黑一塊白一塊。他認命了，一個病老婆纏得他脖子越來越細，幾乎撐不起快要鏽掉的腦袋瓜。人窮志短，馬瘦毛長，要不是外甥女齊英，今天送點那個，明天送點這個，這家早就塌了架。

韓永祿的心態也大變了，人老了其言變善，他罵兒子混蛋，這家境是俺韓永祿前半生的報應。柳白來把咱柳家莊建設得這麼好，全柳河縣的第一村，俺韓永祿從德從才都不如人。再說他柳白來是咱韓家實實在在的親戚，姑舅親輩輩親，打斷骨頭連著筋。你韓小寶的道還長著呢，別較勁了，跟著柳白來好好幹，別跟著爹學，你鬥不過人家。否則，你爸爸的今天就是你的明天。

俗話說，越窮越吃虧，越冷越尿尿。韓永祿的老婆剛一入冬就蹬了腿。久病床前無孝子，韓小寶沒哭幾聲就走了。韓永祿也如釋重負，送走老伴，韓家的苦日子也可能出了頭。可現在，辦喪事的錢都沒有，還得厚著臉皮去求柳白來。

柳河大堤那棵歪脖子大柳樹被放掉了，樹幹被鋸成板材，為這位可憐的舅媽做了個棺材。柳白來一舉兩得，他曾發過誓，一是要砍掉這棵和他柳家有著千絲萬縷牽連的歪脖子大柳樹。正巧，鄉里規劃時，這棵樹就被列到村鄉道路的砍伐範圍，縣林業局早有批示。

送葬那天，人群裏出現了一個女人讓韓永祿的眼神裏流露出了一些光彩。是她，沒錯，黎明木業有限公司編織工藝工廠的廠長李玲。還是那個模樣，豐滿的虎背熊腰。她那屁股撅得老高，一個孩子騎上去保准掉不下來，韓永祿太熟悉她了。韓永祿把孝帽子往眉下拉了拉，他不想讓李玲看到他今天敗落的樣子。他更不明白，俺媳婦出殯，她來幹什麼？她恨死俺韓永祿了，難道是在俺面前逞威風，從會計當上了廠長。俺早就聽說那個叫付金蓮的女人讓她給開了。這真是十年河東十年河西呀，韓永祿不願再想下去。

李玲挨著柳白來走在送葬隊伍的前列，她不時回頭瞟幾眼當年自己的老情人韓永祿。雖然他沒有多少墨水，可那時的他，還是高高大大很威武也很威風。俺李玲也借了不少他的光，是這位當年的韓鄉長讓她當上了會計，家境很快就好了起來，可是她那位沒有福氣的丈夫因車禍早早就離開了。唉，原本想著就貼住這位鄉長大人，不承想這個負心的韓永祿，又看上了那個賣肉的小妖精付金蓮。李玲恨韓永祿，韓永祿下台讓她曾經高興解氣了一陣子，隨著時間久了，她又可憐起了他，尤其聽說他的日子現在是越混越苦。李玲掛念他的心思也越來越重，每當李玲回到自己沒有男人的家裏，吃住穿再不犯愁，也覺得空蕩蕩的，缺少了家的味道。

韓永祿的媳婦金蓮死了，他的家就徹底垮了。李玲忽然冒出了一個念頭，過去是他幫了俺，今天俺比他強了，又有多年的交情，雖說這韓永祿落得個人鬼不如，要是俺李玲給他點溫暖，他的腰板一定能夠直挺起來，還會像個男人，一個男人堆裏不錯的男人。

柳白來很支持李玲的想法，殺人不過頭點地，那些過去的往事都成了歷史。如果文革期間不是他韓永祿，換了俺柳白來，俺也一定會隨著那浪潮起伏的，可能那浪花比他韓永祿掀得還大還高。這麼多年過去了，這韓永祿確實變了，社會的進步讓他變了，柳家莊的發展讓他變了，俺柳白來把他當成了舅舅，也讓他變了，每一次齊英幫助他，那還不都是俺柳白來催促的嘛！

喪事辦完了，柳白來拉了兩桌席，招待落忙的鄉親們。他特安排了李玲和韓永祿坐在了一起，把岳父齊永峰和岳母安排在了主位上。三杯酒一下肚，韓永祿再也忍不住，他當著這麼多的鄉親們，號啕大哭起來。

「白來呀！還有俺那兩個死去的英豪、英傑長輩。俺對不住你們柳家呀，殺了俺也還不了這筆血淚債啊。這麼多年了，俺一點點地真是明白了，俺那肚子裏的腸子也一點點悔青了。這世上沒有賣後悔藥的，在這俺給二老滿杯酒，賠個不是吧。」

韓永祿倒滿了酒，雙腿跪了下來，他朝著柳家墳地的方向磕了三個頭，然後將酒潑在了地上。

齊英把舅舅韓永祿扶起了身，攙他又坐回到桌面上來。韓小寶坐在另一個桌子旁，心裏恨自己的爸爸沒有骨氣。雖然他也知道，他們韓家給柳家造成的災難，但他不內疚，他認為這一切都是當時的黨讓爹辦的，俺爹只是個執行者，又有什麼罪？不能服輸，看來俺韓小寶要改變鬥爭策略，「既在矮簷下，怎能不低頭。」俺韓小寶想翻身那就要掌權，掌權就要入黨，他在酒桌上暗暗盤算著自己今後的宏偉計畫。

韓永祿又喝了一杯酒，多少年沒有這麼喝酒了。他那紅漲的臉，把那皺紋似乎都給撐平了，皮膚也似乎又有了彈性。他扭過身來，給身邊李玲的酒杯倒滿，然後恭恭敬敬地朝她鞠了一個躬。

「李廠……長，唉，還是叫李玲吧，俺也對不起妳，人都有鬼迷心竅的那時候，妳能來，讓俺很高興，掀過去那一頁吧……」

「別說了，俺李玲把傷痕早就掛在了牆上，該看的時候就看上它一眼，不該看的時候，就忘掉它。俺今天能來，就是翻過了那一頁。俺是讓俺那可憐的金蓮嫂子放下心。永祿呀，重新振作起來，人生的路還有一段距離呢，俺幫助你走。」

李玲的眼睛紅了，淚水圍著眼圈打轉轉。韓永祿鼓鼓的眼球裏充滿了血絲，一道亮光瞬間便將那些凝聚在眼球上的渾濁沖洗掉了。那神態裏不知是激動？感動？迷惘？噢，是希望，是重新生活的勇氣和力量。

柳白來笑了，他站起身來，兩桌的鄉親們也都連忙站了起來。現在的柳白來，在柳家莊人心裏的位置，那份量可太重了。他是鄉長、村支書、柳河縣的大老闆；他有權、有錢、有勢。他可以左右柳家莊老百姓的命運。鄉親們從內心裏真感激他，他把村子搞富了，聽說他還要扒掉這些破舊的土房，蓋上小洋樓呢！

柳白來確實滋養了一些官氣，更確切地說是身上有了些霸氣，但他骨子裏的謙和還是本質。財大氣粗，你自己不覺得，周圍的人早就體察出來了。鄉長杜鵑經常提醒他，李延安還給他書寫了一張條幅「讓人非我弱，得志莫離群」，柳白來把這些牢記在心。

「鄉親們，大家都坐下吧，俺再有錢，也還叫柳白來。大家老是這麼敬著俺，那就敬而遠之了。咱們平輩的仍是齊肩的弟兄，長輩的都是咱們尊敬的爺們。俺從來沒有叫過韓永祿一聲舅舅，雖然俺心裏早就把他當舅舅對待了。好吧，今天這話全都說透了，俺當著岳父岳母大人的面，就叫你一聲舅舅吧！」

柳白來衝著韓永祿點了一下頭，叫了一聲「舅舅」。韓永祿高興地連聲答應著，齊英也高興，韓永祿的老姐姐掉了眼淚，十幾年了，到現在才真正算是一家人了。

「還有一句話我要說，俺這個舅媽臨終前的幾天讓齊英給我捎過來兩句話，俺答應了。今天舅媽入土為安，俺就當著她還未散盡的靈魂，給大家說說這兩句話。」

鄉親們一下子就安靜了下來，連韓永祿也不知道，他平日裏沒有話語的媳婦，能托話給柳白來。

「這第一句話，她說最不放心的是韓永祿。這麼多年的病魔把他拖累得不成了男人。希望她走後，託付俺柳白來給舅舅找個伴，她九泉之下才會閤得上眼。這第二句話，就是讓俺重用提拔她的兒子韓小寶，有個事業，找房媳婦。」

韓永祿又流淚了，臨桌的韓小寶也流下了眼淚。俺韓家的事怎麼都落在了人家柳白來的肩上了呢？

「俺接著說，這第一句話，我已經有了譜，俺就當了個媒婆。咱編織廠的李玲廠長丈夫早就過世了，他倆早就認識，也一起共過事，等俺舅媽過了三七，俺就把他們的事辦了，這也是舅媽的意思。舅舅是倒

插門，到李玲家。工作呢？李玲也給安排了，在廠子當個保管。大家看看，我這落實舅媽的遺願辦得怎麼樣？」

「好哇！」大家應和，還鼓起了掌，韓永祿激動萬分，他看著身旁的李玲，李玲也動情地看著韓永祿，桌子下面，兩人的手不知不覺地黏在了一起。

「我還接著說，韓小寶也算是個高中畢業生吧，在咱村裏也算上個文化人。咱村正在搞十年規劃，也需要人手，就把他抽到村委會。至於娶媳婦嘛，那就看他的本事了，咱們村會給這些年輕人預備好房子和票子的，說不定到那個時候，說親的還會踢破門檻呢！」

大家又是一次鼓掌，第二輪酒開始掀起了高潮。柳白來囑咐齊英照顧好父母二老別喝高了，自己領著支委柳國良悄悄離開了。

大堤下的小院沒有了那棵歪脖子大柳樹的遮擋，月光早早就灑了進來。喧鬧的酒席散了，留下喝醉的二男一女，他們變成了一家人。

杜鵑當上了鄉長之後，開始了她柳河中游工程的實施。臨河三個村的河套地裏種植上了白柳，柳條編織的家具在廣交會上站住了腳，訂單像雪片一樣，供貨成了問題。柳白來著急，請來杜鵑商議擴大生產規模。

柳白來的想法得到了杜鵑的支持。這編織工藝全都靠手工，是個勞動密集型的產業，光憑建兩個廠子是不夠的。如果把最後的生產程序放到各家各戶去，技術員到戶裏指導幫助和驗收，這樣就解決了廠房和人力不足的困難。關鍵是其他村的工作要靠鄉裏支援，杜鵑當即拍板，這樣還帶動了全鄉經濟的發展，這是一舉兩得的好事情。

鄉里召開了各村書記的會議。鄉黨委書記王忠對這項工作的態度是既不支持，也不反對。他推說縣裏有會，並說這是鄉政府的權力和工作範疇之內。杜鵑心裏明白，正好沒了個「婆婆」。

杜柳棵村的杜武書記提出了點要求，能否把在兩個廠子裏本村的工人調回村裏來，這樣全鄉二十八個村，村村有骨幹。他們回到村裏，以人帶戶，以戶帶村，形成了網路，這生產規模不就大了。二十幾個村書記都贊成杜柳棵村的提議。

問題又出來了，這兩個廠子的青壯骨幹都走了，廠子裏的工人從哪補充呢？如果再到其他鄉鎮去招工，困難和阻力也會不少。杜鵑和柳白來商議了一下，不能挫傷了各村的積極性，工人先下村，廠子裏缺人咱們再商量。

柳白來開著新買的黑色奧迪車回到了柳家莊，他是整個保定市村支書坐奧迪車的第一人。柳白來把那輛桑塔納借給了杜鵑鄉長，她一天太忙了，縣裏鄉裏從不歇腳，沒有台車怎麼行？鄉裏的那台天津破吉普車是王忠書記的專車，誰也不讓用。杜鵑有了這台桑塔納車，工作效率可翻了好幾番。

汽車在砂石路的塵土包圍下進了村，柳白來早就想投資弄條柏油路，可是村裏的規劃還沒有提交村民們討論。另外他正和交通局商量修建柳河大橋呢，等有了點眉目之後，這柏油路修建就符合規劃，不會再重複改道了。

柳白來下車進了四合院，齊英連忙將丈夫的黑色牛皮公事包接了過來，她悄聲說東屋有位雄縣的客人在等他。

柳白來推門進了東屋，一位五十歲開外的中年婦女正坐在沙發上等候著。這位婦女見柳白來進到屋來，她從模樣上猜出他就是柳家莊村的支部書記，聞名全省的農民企業家柳白來。婦女連忙起身迎了上來，並伸出了右手。

「柳書記，你一定是柳書記吧，沒錯，還有少年時的英氣。」

「我就是柳白來，您認識我？」

「認識呀，一面之交，你猜猜俺是誰。」

「唉呀……雄縣的，對了，您是不是俺村張嬸子家的親戚？」

「對呀！俺是雄縣葦澱鎮張家莊村的支部書記張秀英，特意專程來柳家莊村向你學習的。」

「唉呀，是大姐呀！您可是俺柳白來的恩人哪。」柳白來連忙把齊英叫進了東屋，他告訴媳婦，這位張書記，就是當年給自己燉蘆花母雞吃的那位大姐。齊英也替丈夫高興，忙著沏茶倒水，這可真巧了，緣分哪。柳白來急忙從書架上抽出一本紅色塑膠皮的筆記本，筆記本的封面上印著毛主席的木刻像，他將筆記本打開，端放到大姐的眼前。

「大姐，妳看看，這就是當年妳給俺的那一塊錢呀，還有這篇日記，有心得、有感想。每當俺遇到困難的時候，就打開它看上一眼，在俺最艱苦的時期，也沒捨得把這一塊錢花了。」

「是呀大姐，俺家白來說了好幾次了，等抽了空去看看你，你看看，大姐就來了！」

張秀英語塞了，眼睛濕濕的，這小夥子當年俺沒看錯，是個做好人的料。因為那隻雞，丈夫還和她大吵了一架，說俺傻實誠。嗨，俺才不傻呢。按柳白來的說法，他的成功，俺還出過力呢！

姐兩人談得很投機，從柳條編織到白洋澱的蘆葦開發，兩個村支部建立了友好村關係。同時，柳白來工廠的員工短缺問題，張秀英大姐全都包了。她說雄縣富餘的勞動力很多，跑廣州深圳打工，捨家丟業的。正好，你柳白來解決了俺張家莊的困難，村級之間的優勢互補，資源調劑，工農互輔，也許這就是咱們農村走出貧困的一條道路呢！

二十一

柳白來擱下李玲的電話之後，喊上韓小寶，開上奧迪車急火火地奔向大柳河鄉的編織工藝廠。

工藝廠廠門前擠滿了各村來交貨的農民，他們裏三層外三層蜂擁在關閉的鑄鐵柵欄門外，柵欄門被一些年輕人搖晃的「嘎嘎」作響。門裏面站著廠長李玲和保管員韓永祿，上百件柳條箱包堆放在大門垛旁邊的空場上。

「鄉親們，你們這批箱包不符合咱們規定的品質要求，技術員拒收，這是因為外商收購標準十分嚴格。廠子和你們簽署的合同也寫得清清楚楚，差一分一毫也不行，這是咱們廠子生存的根本。你們請回吧，返工重來，工期必須保證，否則，你們不但交不了貨領不回錢，還要賠償材料費和拖延交貨時間的罰款。」

「這不行，俺們箱子的品質沒有問題，俺們大夥辛辛苦苦編好了箱子，你們不收太他媽的黑心了吧，趕快付俺們的工錢，不然俺們是不會走的。」

「李廠長，你高抬貴手，別聽那幾個小青年的，俺們這箱包個別的是有一點毛病，但用肉眼是看不出來的，更不影響使用，妳和技術員說說，就收下吧，下次絕不會再出現品質問題。」

「是啊，李廠長，收下吧！」大夥們央求著。

一聲清脆的喇叭聲立刻讓人們安靜了下來，大夥回頭一看是董事長柳白來的轎車到了，人們連忙開了一條道。汽車停在了鐵柵欄門前，柳白來下了汽車。

「李玲啊，叫警衛把門打開，讓鄉親們都進院吧，有什麼話咱們在廠子裏說。」

「是啊，柳書記，鄉親們給你打工總要客氣點嘛，把俺們堵在大門外邊影響多不好。」

「是啊，柳書記，大夥都盼著你來呢，你要給大夥做主，憑什麼不收俺們的貨。」

「瞎嚷嚷什麼，聽柳書記的！」韓永祿高叫起來，雖然他現在只是一個保管員，這聲音仍舊十分洪亮，大夥唰的一聲還真就沒了動靜。

「好啊，鄉親們。大夥帶著各自編織的箱包，排好了隊，到籃球場上去。俺和技術員重新一一驗收，合格的收下付款，不合格的拿回去返工重來。這是規矩，也是買賣，這標準誰也不能破，大家說這樣行吧？」

眾人沒有了底氣，但又都不甘心，這到手的錢白白地打了水漂不行呀。可這貨確實和要求上有差距，當著大東家的面，這是最後的機會了，再驗一遍也好，萬一個別的能過關呢。

大家坐在球場的水泥地上，眼前擺放著各自編織的柳條箱包。柳白來在技術員的陪同下，把所有的箱包挨個檢查了一遍之後，他一聲不吭走到了籃球架下。所有的人都把目光投向了柳白來。

「鄉親們，所有的柳條箱我都看了，這樣吧，大夥也別不服氣，有誰說自己的箱包合格，那就拿上來，我當著大傢伙的面說出它的毛病來。」

眾人把頭低了下來，然後左右前後的你看看我，我看看你，誰也沒有吭聲。

「柳書記，看看俺的，怎麼就不合格了，箱子不能白編了，俺媽還等著俺拿錢抓藥呢！」

是下園村剛才領著起哄的那個光著膀子的年輕人。他剃了個光頭，胳膊隆起的三角肌上紋了一條蛇，他晃著身子拎著自己的箱包來到柳白來的跟前。然後，把箱子狠狠地往柳白來的懷裏一推。

柳白來立刻感覺到一股力量，他接過箱子，打量了一下和自己同肩高的年輕人。他想起來了，這不是下園村刑滿釋放的二愣子嗎，劫道搶錢判了三年。今天看來不是個善茬子，柳白來瞟了他一眼，然後提起箱子。

「鄉親們，二愣子的箱子毛病出在哪裡？大夥都比我明白。他說他的合格，俺說這個箱包是這百十件裏編織得最差的，光硬傷就有三處！大家看一看，八個箱角就有六個沒有頂起，直接影響了外型的美觀；二是這提手的位置沒有在正中央，最少差一公分，我這裏有尺子，你們看看，左右不是等距離，正好一公分；這第三，就是箱底柳條之間的間距不均，寬窄不一，這樣的箱包還敢說合格，這是次品！國內銷售也不行。」

「呵！柳白來，怎麼一點面子也不給？俺可是光腳不怕穿鞋的，俺等著錢給俺媽治病呢，今兒這箱子你收不收都得收！」

「二愣子，要胳膊根呀，俺柳白來長這麼大沒有怕過誰，箱子是堅決不收。至於給你娘抓藥，錢可以借給你，箱子必須返工！」

「柳白來，給臉不要臉是吧，俺要的是箱子錢，不然，今天俺就打你個不收的，大不了再蹲一回監獄。」

二愣子一揮手，跟著他屁股後面又上來兩個小夥子，把柳白來夾在了三人的中間。坐在地上的鄉親們立刻就都傻了眼，他們從沒有見過這陣勢，呼地起身站在了一旁，遠遠地躲著，他們怕濺上一身的血。

二愣子從身邊的那個小夥子的腰間拔出了一把殺豬刀，他用刀尖指著柳白來的臉頰比劃著。

「柳書記，你收是不收？咱們一手交錢一手交貨，不難為你，只收下俺們三人的就行。別人要是敢鬧事，俺二愣子幫你擺平了他！怎麼樣？」

二愣子早就打好主意了，柳白來萬貫家財讓他動了心思。他那兩個小哥們盤算好了，藉著今天的機會，給柳白來一個下馬威，佔住大柳河鄉的這塊地盤，收個保護費什麼的，不就解決了今後生活問題了嗎？

柳白來心裏還真慌了神，人要是有了錢，這命就金貴了。可當著這麼多鄉親們的面，輸了這一場今後他們可就蹬鍋台上炕了。還得硬起來，我不信這二愣子真敢拿刀捅俺。

球場外面的韓小寶一直在觀察著事態的發展，他覺得老天為他提供了一個充分表現的機會，這更是一個取得讓柳白來信任的好時候。韓小寶早就留神球架下草棵裏那根生銹的鐵管，當他看到二愣子抽出刀那一刻，韓小寶彎腰便撿起那根一公尺多長的鐵管來。他把鐵管藏在背後，悄悄地靠近了二愣子。

韓永祿站在人群裏，他早就發現了兒子的行蹤。他並沒有去阻攔，他明白兒子的心，但他又擔心兒子和柳白來的安全，他吩咐身旁的李玲趕快去鄉派出所叫警察。

柳白來望著二愣子逼近的尖刀，身子不由自主地往後退著，退著。

「柳白來，你他媽的到底收不收！」二愣子的火氣更加硬了起來。

「不收，就是不收！」柳白來被逼急了，他恨自己身邊沒有一個親信能勇敢地站出身來，幫助自己打贏這場爭戰。

騎虎難下，二愣子當然也心虛，殺人可是要坐牢的，那滋味不好受。可是當著這麼多鄉親的面，不收拾一下這位大老闆自己也下不了台。今後在大柳河就更混不下去了，他等著柳白來的話音一落，便揮刀砍向柳白來的胳膊。

「住手。」韓小寶大喊一聲，揮動鐵管就撲到二愣子的身後。他沒等二愣子的尖刀砍下，鐵管帶著風聲就橫掃了過來。

「唉喲。」二愣子大叫一聲，右胳膊被鐵管狠狠地抽打個正著。手裏的尖刀「噹啷」一聲落在了水泥地上。

這時李玲領著派出所的民警趕到了現場，韓小寶見狀便丟下了手中的鐵管，那兩個小夥子也溜到了一邊。趴在地上的二愣子沒有佔著便宜，他才不管你警察來沒來，他趁著大家都放鬆的機會，抄起地上的鐵管，掄圓了打在韓小寶的腿上。韓小寶毫無戒備，他只感到小腿一陣劇烈的疼痛，便暈倒在地上。

韓小寶左腿骨折，柳白來見狀拋下眾人開車和舅舅韓永祿急忙把他送到了縣人民醫院。

警察給二愣子三人戴上了手銬押走了，鄉親們自知無理，乖乖地拎起自己的箱包回家返工去了。

柳河縣醫院骨外科主任親自給韓小寶左腿接了骨，打上了石膏和夾板，並用牽引架將腿吊了起來。韓小寶年輕力壯，他並沒感覺到十分疼痛，卻顯露出異常的興奮。他盯著柳白來的臉說個不停。

「表姐夫，俺小寶第一次這樣叫你，俺認親。俗話說上陣父子兵，你看俺老爸今兒個都奮不顧身了，俺這腿不算什麼。可俺那一棍子保准也讓二愣子的胳膊落下個殘疾。」

「是啊，白來，俺這兒子知親知熱的，不是他在關鍵時刻衝上去，說不出今天鬧出多大的事呢！」韓永祿也趕緊為兒子煽情。

柳白來有些後悔，這二愣子的刀沒長眼睛，萬一捅著俺，甭說這小命保不住，這麼多年的產業，還有柳家莊蒸蒸日上的好形勢，自己的兒子柳新苗、媳婦齊英……可都見不著了。他看著韓永祿、韓小寶這爺兩個，在關鍵時刻捨身忘我，替俺柳白來擋刀子……柳白來萬分感動。

「小寶呀，咱們什麼也別說了，這情這義我柳白來終身不忘。今兒個俺也看出來了，舅舅和表弟是俺實實在在的親戚，關鍵時刻還得是你們。」

「表姐夫，咱們這事業發展大了，社會上不三不四的肯定是要眼紅的，光靠政府那幾個警察是不行的。俺有個想法，咱得建立一支隊伍，像城裏的保安公司，要維護咱們企業的利益和咱們柳家莊的治安。」

「白來，你這表弟的想法有道理，舅舅在編織廠也經常遇到街上的一些小混混，有事沒事的總想到咱廠子揩點油，咱們的門衛老天拔地的，誰也震嚇不住呀。」

柳白來被韓家爺倆說動了心。這企業越做越大了，村裏的經濟規模也不算小了，今後還要統一規劃柳家莊的住宅，修路建橋，這還是農村嗎？這就是一個城鎮化的小社區，需要有這樣一支力量。另外，俺柳白來在柳河縣，保定市算樹大招風了，惦記著自己的人肯定也不少，看看電視上那些老闆們，哪個還沒有幾個保鏢！不管在財產的保護上需要他們，自己出門在外，有幾個跟班的也是抬臉面的呀！好，就成立一個保安隊，掛在縣保安公司下面，每年交給他們點管理費不就行了嗎？

柳白來還有更長遠的思考，他既當了個名義上的副鄉長，又是柳家莊的村黨支部書記兼村委會主任，更重要的是企業的董事長。他確實忙不過來，尤其是村裏的發展，自己要拿大主意，落實決策需要有人去幹。他心裏早就掂來掂去的盤算過，柳國良太軟，不是個帥才。這韓小寶高中文化，在柳家莊也算是半個文化人，入黨申請書也交了幾份了，給這小子身上壓點份量，鍛鍊鍛鍊也許能成個材。

韓小寶心裏十分得意，他已初步贏得了柳白來的好感。這左腿骨折有可能打開自己進入柳家莊領導班子的大門，但欲望不能太張揚，自己的政治野心也不能過早地暴露。醫院的一番對話，他覺得正是火候，點到為止。

柳白來將自己的想法和齊英談了，齊英非常高興，韓小寶能替你柳白來擋刀子，也一定能在事業發展上為你出力氣。親不親是一家人，起用韓小寶齊英是雙手贊成。

柳白來又將自己的想法和鄉長杜鵑交換了意見。杜鵑替他高興，她覺得柳白來越發的成熟起來，心胸也開闊，韓柳兩家的怨恨，不是光憑血脈關係就能夠化解的。柳白來能做到任人唯賢，很不容易，但對韓小寶的任用也要慎重，不能一步到位，關鍵是要注重培養。

韓小寶的入黨問題支部通過了，鄉黨委王忠書記態度很積極，他指示黨辦儘快報黨委研究通過。他看出來了，這個韓小寶比他爹韓永祿聰明多了，王忠願意看到，自己扶植過的部下，這門裏應該走出新的力量。

傷筋動骨一百天，韓小寶出院了，柳白來親自駕車將他接回了柳家莊。

柳家莊黨支部召開了村民代表會，會上柳白來宣讀了鄉黨委的批覆。韓小寶被批准為中共預備黨員；同時被聘為柳家莊村委會主任助理；任命韓小寶為柳河縣保安公司黎明木業有限公司保安大隊的大隊長。

柳白來從鄉編織廠的這次事件中醒悟過來。工業化生產必須打破以農戶為單位的個體生產，否則在生產環節上的技術要求就不能達標。收回五指形成拳頭，從管理水準上降低成本，從節約原材料上要經濟效益，從規模經營上創優質品牌。

暑假，柳白來的兒子柳新苗從北京建工學院回來探親。爸爸交給了兒子一本實習作業，在柳家莊村東頭建四排標準化廠房，由柳新苗擔任設計，韓小寶組織施工。

廠房設計要比高樓大廈簡單多了，對於學結構專業的柳新苗來說，簡直就是小菜一碟。圖紙兩個晚上就讓柳新苗給完成了。柳白來對兒子的佳作總是不放心，他領著兒子跑到縣建委設計院請院長審核，院長給予了高度評價。咱們柳河縣找不出第二個北京建工學院畢業的大學生，這是俺們學習的機會呢！院長並向柳白來提出了請求，明年柳新苗畢業能否屈尊，要求分配到咱們柳河來？柳白來十分滿意，兒子肯定是青出於藍而勝於藍了。

廠房圖紙確定了，廠址的選擇遇到了困難。耕地不許佔用，農民住戶的規劃還沒有實施，騰不出地來。地從哪來？只有村東頭那三間村裏的小房，還有緊鄰的柳家墳地。

二十二

柳家墳地蒿草枯萎，柳葉金黃中點綴的褐色斑點，越發的黑暗起來。一場秋霜，草葉凋零，唯有柳白來父母的墳頭，猶如春上清明掃墳時的乾淨，青石碑刻的描紅字跡依舊如故。

柳家莊幾天來炸了鍋一樣的沸騰。農民們以墳祭祖，三代積德都造就不了後輩的一位貴人，再窮也不能動了墳地的風水。咱這輩子窮，熬上幾輩子輪到了子孫出人頭地，誰敢在祖宗頭上動土。柳白來的一聲號令，墳地搬遷，伐樹除草平地蓋房。村民們抗議了，柳白來施政遇到了村裏老少爺們的第一次集體抗衡。

韓小寶向柳白來獻言獻策，光憑黨支部的號召和資金補償是不行的，保安大隊要上，黑白兩道雙管齊下。這農民最不抱團，治理幾個刺頭戶，還怕這墳遷不走？六十八座墳，俺韓小寶立下軍令狀，保安大隊在兩個星期內解決戰鬥。柳白來沒有同意，他不想在柳家莊這自己的窩裏激化矛盾，遷墳的事要循序漸進。

柳白來遷墳的舉動首先遇到了媳婦齊英的強烈反對，柳家由衰到興，那都是爺爺柳永富、爸爸柳英豪用財富和生命維護了祖墳的風水。這太歲頭上動土不怕壞了你柳白來的紅運？你不怕，咱還有第三代柳新苗，柳新苗還會有兒子，這不行！廠房不行就蓋到外村去，這墳不能遷！否則，你改變了柳家莊柳氏家族氣運的排列組合，窮的更窮了罵你；富的變窮了更罵你；窮的變富了也罵你，這樣做會激起民憤的。

鄉長杜鵑在遷墳上表示支持。但她勸柳白來不要過急，欲速則不達。李延安和齊英的觀點各有相同，他舉古典經。北京的十三陵，清滅明不能動；清東、西二陵，民國不能動；就連逃到台灣的蔣介石，他母親的墳墓在浙江奉化，共產黨也沒動，而且還維修保護，因為它們都選擇了上風上水的好風水。當然，這些村民，尤其是你柳白來，那也算上是富甲一方的小土皇上，你們沒有辦法和這些帝王將相來比，動是可以的，但要動得有情有理有據，讓村民們看到動的希望。遷墳不是不尊重祖宗，那是給祖宗尋找更好的風水寶地，提升他們靈魂安身的條件是為他們的後代謀幸福。他們能不答應嗎？必要的迷信手段還是需要的。

聽君一席話，勝讀十年書。柳白來茅塞頓開，他開始了一步深入一步的遷墳計畫。

柳白來煞有其事的請來了河南嵩山少林寺的主持，大師身披黃袍站在全村百姓的面前。他光潔的頭頂在初冬的陽光下泛出了一道紅光，驚得村民們一片的喝采。大師一會面天，一會俯地，雙手合實帶領村民來到了柳家墳地。

大師繞著墳地走上一圈，他告訴眾人，這是一塊貪背之地，唯有的一股財水正在柳白來父親柳英豪、母親張桂英合葬的碑下。這墳場還有一忌，古人雲前不栽楊、後不栽柳。這幾十座墳的後面是一片柳林，而墳前緊鄰大堤的又是幾棵竄天的白毛楊樹。因此，這柳家莊大多數人是要受窮的。唯有柳白來家水旺財旺。

大師看了一眼聽呆了的村民接著說。他告訴村民，柳家莊戶戶有財，只是離水太遠。有人會說這柳河近在咫尺，怎麼能說遠？這是因為眼前的河堤擋住了水氣，水在而不能通，再近也是遠。

大師掏出羅盤測繪了一會，好風水近在眼前。他率領村民越過大堤，來到柳河岸邊那片白柳林的東頭與下園村接壤的那塊空地。

「這可是一塊最佳的風水地，最適合建造墳塋。你們看，這眼前就是清澈的柳河水，伸手即可觸財，背後有靠，這道柳河大堤就是靠，如山一樣，南北形成互倚之勢，而柳林在墳茔地的東西兩側，無心插柳柳成蔭，這是興旺發達之勢。」

村民們鼓起掌來，柳白來的臉上泛出了一絲察覺不出的得意。

「鄉親們，這遷墳是全村各戶每人的福氣，但是，唯有柳白來一戶要破一些財氣了，這財氣到了柳河岸邊就會擴散開來，普渡眾生。大家可就借了咱們這位柳鄉長，柳書記，柳主任的光嘍！」

村民們沒有再鼓掌，而是瞪大眼睛盯住柳白來，他能同意嗎？破了財神走了仙氣怎麼了得。只見柳白來撥開眾人，他站在了大師的身邊。

「鄉親們，俺柳白來起早貪黑為了什麼？我有這麼多的企業資產，早就不缺吃穿。說句漂亮話，這還不是為了咱們柳家莊的鄉裏鄉親們，破點財算什麼？只要大傢伙能過上好日子，俺帶頭遷祖墳！」

鄉親們鼓起了掌，一浪接一浪。柳白來連忙揮手示意大家安靜。

「村黨支部和村委會召開了聯席會，村裏出一部分公積金，俺柳白來的廠子出大部分，在這塊風水寶地上統一尺寸、統一碑石、統一書刻，建造相同的陵墓。墳墓與墳墓之間用青方磚鋪上通道，統一栽種松柏，派專人管理，並預留一部分墳場。另外，我還給咱們新的柳家墳地起了個正規的名字，叫做『幸福公墓』，大夥說怎麼樣？」

「好哇！柳書記帶頭俺們大夥跟著遷吧！」

「書記呀！這塊墳場好是好哇，但是萬一柳河發大水那就麻煩大了。」

「對了鄉親們，這一點忘了給大夥說明白了，縣裏已決定在咱村的下游建造橡皮大壩，加之上游的水泥大壩把防洪洩洪連成為一體，同時又增添了柳河中游河道的水容量，咱們這裏可真是柳青水秀了，就缺山了。」

「柳書記，咱們有山呀，你就是俺柳家莊的靠山。」

少林寺的大師立刻笑容可掬地說：「是呀，這柳白來就是柳家莊的山呀！」

「大家說的不對！俺柳白來不是什麼山，更不是什麼靠山了，二十年前俺柳白來還是一個崽子呢！要我說呀，這靠山是咱們的黨，是黨制訂了好的政策，這好政策，就是咱柳家莊，是咱大柳河鄉，不，是咱們全國農民的金山、銀山呀！」

柳白來慷慨激昂地演說著，絕大多數的村民的思想通了，仍有個別刁鑽的農戶在甩閒話，他們心裏是想著藉此機會，狠狠地敲上柳白來一把，遷了墳再落上點實惠。

齊英回到家裏就和丈夫柳白來翻了車，她當著那位少林寺的主持大師不好發作，只是在外屋又砸盆來又砸碗的，乒乒乓乓的一頓折騰。

「齊英，妳進來，咱們請來的大師說要給妳相相面。」

齊英放下面盒，嘴裏嘀咕著，相什麼面？這祖墳的財氣都讓你柳白來給揚了出去，你們吃什麼撈麵條？俺不給你們做了，上鄉裏吃館子去。

齊英推門進了東屋，她一下子愣住了，這哪是什麼少林寺的主持呀！這不是李延安嗎？那位大師已經換上了西服，塑膠的頭套被丟在了沙發上，大師滿頭的黑髮，豬鬃刷一樣豎立在圓圓的腦殼上，臉上的粉妝也已卸掉，他正衝著齊英咧著嘴笑呢。

「嗨！是延安呀！你怎麼裝神弄鬼地幫助柳白來騙人呢！」

「別瞎說，這是幫助咱村黨支部做群眾的思想政治工作。你看，延安的一席話，省了咱們多少口舌，節省了多少資金呀！俺柳白來的財氣是靠咱們雙手的勞動，是靠咱們腦袋瓜子裏的智慧！」

齊英臉紅了，有些不好意思了。這人呀再有文化，一旦有了地位和錢財，她就信命了，更信風水運氣。再就是上了年紀之後，也開始燒香拜佛了，企求神靈讓自己在這世上多活幾年。其實人們都知道這是假的，花錢買下一個心裏踏實。

齊英現在開始明白，為什麼柳白來不讓鄉親們靠近這位大師，怕看破他的假頭套。

「延安呀，俺不明白了，這光頭是假的，這紅光可是大夥都看見的，你說說，這是怎麼一回事呀？」

「齊英妳看看。」李延安把塑膠頭套拿過來，頭套的正中央被他塗上了紅色的螢光粉，陽光一照，把頭一搖，紅光就出現了。逗得齊英是哈哈大笑，柳白來、李延安也忍不住了，笑聲衝出了四合院的青磚瓦舍。

村民們積極性很高，不時有人去看幸福公墓的建造速度。趁著天還沒大冷，這水泥標號高一點，品質上肯定沒問題，大夥放心了。有人又開始在心裏打起小九九來，這麼多排墓碑，誰家挨著誰家？誰在第一排緊臨河水？這幾天各家的戶主開始串連，有人往柳白來家裏跑，討個信，墊句話，都想落一個好位置。柳白來把握著火候呢，這時機到了，他又召開村民大會，一戶一個代表，俺柳白來家也不例外，齊英和大夥一齊抓鬮摸號。墓碑全憑手香手臭一錘定案。

村民心裏這麼複雜的事情就這麼簡單地解決了。照著排號，石匠開始為每戶刻名。五個手指不一樣長，村裏有三戶拒不摸號也不遷墳，他們沒有什麼道理可講，就是不遷。逼急了就一句話，俺不能讓入土為安的祖上翻身。

柳白來十分生氣，總有這麼幾個人在好事面前跳出來折騰。這三戶裏兩戶柳姓，一戶韓姓。柳白來屈尊上門三次，這回思想工作不靈了，他們想要的是錢，柳白來不給，錢是小事，不能壞了規矩慣出了毛病。柳家莊不能盡幹那些鞭打快牛的事情來，要治那些托後腿的懶牛。柳白來眼皮一耷拉，這三戶就交給了韓小寶。

韓小寶有了柳白來的默許，他帶著幾個從雄縣招來的保安夜闖這三戶人家。這三戶聯起手來，給你來個死豬不怕開水燙，就是不遷。

韓小寶一看沒了脾氣，大庭廣眾之下不好下手，咱給他來點黑的，讓你們有氣沒有地方出。

初冬的夜漆黑不見五指，韓小寶領著兩個保安悄悄埋伏在這三戶人家的院外。他們對好了腕子上的電子錶，半夜十二點正，對三家同時行動，結束後立刻返回老大隊部的廠子裏。

韓小寶來到韓姓的門樓外，他們事前在柳河邊撿了幾塊圓圓的鵝卵石。每塊拳頭大小的石頭上裹上黑布，每人兩塊，一塊主攻，一塊替補，一定要做到萬無一失。

韓小寶順著門樓迂迴到東牆角，牆角上正好有一處缺口，能把院裏的三間房看得一清二楚。他把石頭掂了掂，這個距離沒問題，一砸一個準。

時間一分一秒地往前走著，韓小寶的心裏也一分一秒地蹦跳著，砸人家的玻璃讓他心慌，畢竟是第一次。可俺已立下了軍令狀，你們三戶不開面，就別怪俺韓小寶手黑。

時間到了，韓小寶不再猶豫，他舉起石塊狠狠地往正房東屋的玻璃窗砸去。

幾乎是同時，柳家莊寂靜寒冷的夜空，響起了三聲玻璃打碎的聲響。三戶人家立刻就傳來了男人喊女人叫孩子哭，瞬間，村子裏的狗叫也連成了一片。

韓小寶三人神不出鬼不覺地溜了回去。

第二天一亮，三家人就堵住了四合院，他們找柳白來。保安說昨天下午柳書記和齊英就開著奧迪車回縣裏去了。三家又去找韓小寶這個村委會主任助理。

「找俺，找俺幹什麼呀？誰砸的找誰去！你們這三家釘子戶不找俺，今俺也得找你們，你們到底遷是不遷？」

「不遷，就是不遷，別說砸玻璃窗，就是燒房子也不遷，今兒俺們就去鄉裏告你們！」

「你愛上哪告就上哪告去，你告誰呀？誰砸你玻璃了？俺韓助理？你抓著了嗎？滾！都給俺滾！」

三戶沒有辦法，只好在村裏的大街小巷罵了個痛快，還不敢點名道姓，只能是指桑罵槐。

韓小寶這第一招沒有生效，可這燒房子的話茬倒是提醒了他，這農民最怕什麼？燒柴禾垛，做飯取暖都得靠它，對，燒他們三家的柴禾垛。

三天之後，韓小寶仍舊率領那兩個雄縣人，悄悄來到三家的柴禾垛旁。時間從半夜十二點提前到了十點鐘，這個時間村裏的人們大多還沒有睡著，只要火光一照，左鄰右舍都會出來救火。這救火其實就是把自己家的東西搬離開火源，然後倒出手來再去救別人家。到那個時候，這三家的柴禾垛早就燒乾淨了，韓小寶的目的也就達到了。

火光沖天，火焰立刻就染紅了柳家莊整個天際。全村的老百姓亂成了一團。

韓小寶明晃晃地指揮著青壯年和廠子裏的工人們來救火。他把人們分成三夥，大家挑著水桶的，端著洗臉盆的，相互擁擠著、碰撞著、叫喊著，不到一小時，三堆大火撲滅了，大火把三家的柴禾垛也燒了個一乾二淨，留下了一窪窪明亮的污水。

這三戶打掉牙往肚子裏咽，他們明知道又是這個韓小寶搗的亂，可誰也沒有逮住他。他點了火，卻又理直氣壯地指揮著救火。兩戶柳姓服了，認輸，第二天一早就來找韓小寶。

「韓助理，殺人不過頭點地，咱們什麼也不說了，心裏明白，也得裝糊塗。俺們遷墳，趕快給俺們安排，這回他媽的賠大發了，補助那點錢剛夠俺們買煤的。」

「好哇，早知現在何必當初呢，下午俺就派人起墳，這補償費嘛？等俺請示一下柳書記，給你們兩戶提高點，補回損失是夠了。」

韓小寶說完就奔了這最後一戶，他韓二叔家。

「二叔！怎麼了這是，二嬸哭孩子鬧的，俺代表村委會來看看你，送點補助費，幫助二叔家度過這寒冬臘月的。」

「韓小寶！你這是黃鼠狼給雞拜年呀！你給俺滾出去，韓二爺伸著脖子等著你，就想試試你這刀快不快，這墳呢？就是不遷！」

遇上了個強種。那好，那就讓他挨挨這第三刀。

韓小寶狠了狠心，這樣不痛不癢的治不服這位本家二叔。柳白來回來的期限還有三天，牛是吹出去了，推土機也從縣水利局租來了，俺韓小寶嘴皮也磨薄了。俺就不信你韓二叔見了棺材不掉淚，這回俺幹點大的。

第二天早晨，韓二叔推開院門，他傻了。自家的菜窖塌了，棚菜窖的三根柳木被人抽了出來，席頭稻草和泥土全都掉進了菜窖裏，幾百顆大白菜全都被埋在了泥土裏面。這是他家一冬的菜呀！韓二叔一屁股坐在門檻上，他愣了一會，突然號啕大哭起來。

二嬸子和兩個女兒聽到哭聲連忙跑了出來，二嬸一瞧便瘋了一樣撲到丈夫的身上，她是連踢帶打。

「你這頭強驢，總想著佔便宜，這回好了，玻璃讓人砸了，柴禾讓人燒了，這一窖的白菜，那可都是錢呀！今兒個你要是再不遷墳，好！俺就帶著大妞二妞回娘家去，不能在這等著鬧出人命來！」

韓二叔的哭聲驚來了村裏的老少爺們，誰都知道這是怎麼一回事。可憐你韓二吧？你又有可恨之處，恨你呢？又恨不起來，這幫人太狠心，不能損害人家東西嘛，一位老者拉起了韓二。

「我說韓二，你呀就是太倔，也太認死理。這遷墳的事大家都遷了，就等著你一戶，那蓋廠房不也是讓咱們全村受益嗎？我看你見好就收吧，鬧大了，你這胳膊能擰過大腿？」

韓二叔止住了哭聲，他知道再鬧下去沒有自己好果子吃，可這麼多損失誰賠給俺呀，這真是偷雞不成反蝕把米。

躲在遠處看熱鬧的韓小寶知道二叔痛到了心處，現在出來正是時候。

「誰他媽的這麼缺德呀！幹這些生孩子沒有屁眼兒的事。這一個星期咱柳家莊連續出了幾趟子事了，俺得換一換這幫保安了，拿錢不幹事還行？」

韓二嬸看見韓小寶大搖大擺地走過來，後面跟了一群的保安，她連忙上前拉住了韓小寶的胳膊。

「大侄子，你可給俺二嬸做主呀！墳俺們遷，但這壞人你可要說明俺抓著，他得賠俺們！不然二嬸這冬天可就過不去了呀！」

「好，二嬸妳放心，人俺一定去給妳抓，讓他賠你們雙倍的錢，絕不能讓俺二叔吃虧呀，抓不著村委會賠，行了吧。這墳呢？下午就遷，到時候，二嬸二叔去看看，別弄錯了。」

韓小寶臉上那份得意就別提了，他讓保安們用手扒土，清理菜窖，一棵棵把弄髒爛了的菜葉菜幫摘乾淨，重新搭棚入窖。

推土機轟鳴起來，寒風中揚起一陣陣灰塵，柳家墳地變成了一塊平展展的施工現場。

二十三

李延安認真地批閱著群眾來信，署名的、匿名的都不敢馬虎。每封信件的處理單上，他都批滿了密密麻麻的意見，絕不敷衍了事。原本想把前任留下的檢舉信，上訪信處理乾淨。然後按著縷出來的線索，深入至基層抓上一兩個案子，一竿子追到底，幹上兩件漂亮的事，讓縣委看一看，他這個縣紀委副書記的前三腳。沒想到，三天不幹別的，這積壓的信件沒批完，新的就像雪片一樣鋪天蓋地。照這樣下去，這紀委副書記只有批閱的空，卻沒有了幹事的空。他開始懷疑，這些紅圓珠筆簽署的朱批檔，基層會有人重視？再看一封，如果這封信仍是處理過的老問題，陳年爛穀子的就不看了。

李延安喝了一口茶杯裏的涼茶，揉了揉發酸的眼眶，伸了一個舒展的懶腰，打了一個實足的哈欠，然後又重重地坐在了綳著皮面的椅子上。他又拿起了剪子，鉸開信封口，忽然，一張照片從信封裏滑落在桌面上。

李延安很好奇，三天也沒見過給信件裏夾帶照片的，這一定是證據了。他連忙拿到手裏一看，照片上一男一女躺在床上，女人緊緊地抱著一位閉著眼睛的男人。李延安心想，這個女人夠騷的，膽子也很大，有點強姦男人的味道。他把照片舉到了檯燈下仔細一看，李延安嚇了一跳，這個毫無反應的男人，他居然是柳白來。

李延安丟掉照片，立刻拿起信件看了起來。這還得了，柳白來好了傷疤忘了痛了，竟敢欺負老百姓了。李延安火冒三丈，他收好照片和這封舉報信騎車回家，等俺吃完晚飯再找你柳白來算帳。

李延安怒氣沖沖地回到了家裏，正巧媳婦杜鵑也從鄉裏回來，她燉了兩條柳河的大鯉魚，這是李延安最愛吃的，杜鵑等著丈夫回來。

小倆口兒多日不在一起吃頓飯，這筷子還沒動上一口，夫妻倆便吵了起來。李延安將舉報信和照片狠狠甩在了杜鵑的眼前。

「我說俺的杜大鄉長，妳看看這就是妳的副鄉長，柳家莊村的黨支部書記柳白來！他狂妄之極，有了幾個臭錢就不服天朝管了，這都是妳杜鵑慣出來的毛病，再給他點榮譽，尾巴就翹到天上去了！」

「李延安，說話留點分寸，這不應該是你這縣紀委副書記說的話。甭說這柳白來是咱們的至交，就是一個普通老百姓，你沒有調查就扣帽子打棍子？你看看這照片，柳白來分明是在無意識之中，照片一定是偷拍的！」

「讓我再仔細看看。」

李延安從杜鵑手裏接過照片仔細地看看，火氣也小了許多，可這信上舉報的燒村民的柴禾垛、砸玻璃、掘菜窖不假吧？

「那你敢肯定這事就是柳白來幹的？他們村遷墳我是同意的，出格的事也聽說了。結果處理得很好，三戶村民沒有意見，也沒到鄉裏告狀。柳白來談起過這事，他不知道是誰幹的，還是他出錢補償了三戶人家的損失。至於照片，我看你還是先別查了，鄉裏先和柳白來談一談怎樣？」

「好吧，鄉裏就先瞭解一下情況，我就是怕妳杜鵑在柳白來的問題上戴眼鏡。算了，延安衝動，看這魚都涼了，吃飯吧。」

李延安知道自己過於心急，正是因為柳白來是他們的朋友，換了別人哪能這樣上肝火呢？他連忙到廚房將魚重新熱好。兩口子吵架不記仇，杜鵑和李延安笑吟吟地重新坐回了餐桌上。

「叮呤。」門鈴響了，手法很熟悉，一定是柳白來，說曹操，曹操就到了。

李延安起身開門，果真是柳白來，他手裏拎著一瓶茅台酒興沖沖地邁進了門檻。

「唉呀！書記鄉長這是等我呢？俺真有口頭福呀，我還真沒吃飯，原想這麼晚了，俺在街上買了點熟食和下酒菜，和俺小叔叔喝上兩杯，慶賀慶賀他當書記了，沒承想你們還沒吃飯，正好，一勺燴了。」

李延安臉上很灰暗沒有反應，杜鵑在他身後捅了一把，連忙上前接過酒菜。

「白來快坐，俺就知道今晚你能來，我和延安正等著你呢！」

李延安醒了神覺得還是媳婦會說話，這面子上不能過不去呀，你看看這房子，這家具哪樣不是人家柳白來送的。就按著杜鵑的說法去辦。想到這裏，延安臉上才有了笑容。

一瓶茅台三人均分，魚吃得香，酒喝得也痛快，這臉蛋燒得也很熱。李延安此時又回到了自我。

「柳白來，今天我真就充一次大輩了，按照你爸爸柳英豪大哥的囑託，今天你必須把這件事給俺說清楚。」

杜鵑三攔二攔的也沒有攔住，這李延安的直脾氣來了勁，誰也攔不住他的嘴。也好！趁著大家臉都熱，這話就好說了，沒有了不好意思。

柳白來聽完也很激動，他拍著胸脯站了起來。沒錯！那三戶人家無事生非，無理取鬧。這毛病不能慣著，是俺默許的，這就是俺常說的那句話，「農民的利益不能侵犯；農民的行為必須規範。」不然的話，這村裏想辦點好事就沒門。

「至於保安大隊是幹損了點，這是俺柳白來沒想到的，我批評了那個韓小寶。透過這件事讓我也瞭解了這韓小寶的為人，手黑心毒。從這一點看，他還真像他爸韓永祿。話又說回來了，這農村沒有黑白兩道還真就不行，總算這三戶沒再鬧。俺可是花大錢買了平安，都是為了村上的發展。我敢肯定這狀絕不是他們三戶告的，他們不知道下黑手的經過。難道是韓小寶賊喊捉賊？另有圖謀？」

李延安沒有計較這三戶的問題，他把照片交給了柳白來。

柳白來一看照片有點傻眼，臉一下子就漲紅起來，好在臉上酒色墊底，杜鵑和李延安也沒有多少察覺。

「誰他媽的給我拍的照片，這是趁俺醉的不省人事之機，噢……這性質變了，是在編造證據害我的，是他媽的誰幹的？」

柳白來輕易嘴上不帶髒話，他真急了。難道是鄉編織廠的廠長李玲？不會。是韓永祿，這個當舅舅的？也不會。他開始回憶和照片上這個女孩子的相識。

女孩是雄縣葦澱鎮張家莊村張秀英大姐介紹過來的，並囑託特意關照。女孩叫張莉，是大姐的娘家侄女。張莉青春貌美，又是高中畢業有點文化。過去大姐在最困難的時期照顧過俺柳白來，現在俺家大業大，安排個人還不容易。柳白來直接把張莉安排在大柳河鄉的編織廠，就做了李玲廠長的助理。他想著讓廠長多帶帶這個女孩子，將來也好有個出息，補上大姐的人情。

張莉不是一般的女孩，曾在北京打過工，見過大世面。她早就聽姑姑張秀英說過這個柳白來。傳奇的經歷和萬貫家財，哪個女人能不動點心思？只是沒有機會貼上身去。張莉有這麼好的條件，她第一次見到柳白來就動了真心，中年男人的成熟，那臉膛上溢出的光彩，宛如秋天果實熟後透出的芳香。加上柳白來相貌堂堂，氣質非凡，開著漆黑發亮的奧迪轎車。這第一面，就讓張莉嫉妒柳白來的媳婦，胖墩墩的黃臉婆齊英，讓她獨佔了這麼有本事的男人。

柳白來呢，工作需要下廠檢查經常到鄉裏來，關照恩人之托的張莉也在情理之中。每逢見面，這女孩的美貌都是男人心動的萌芽，加上張莉眼神飄出的彩繪，總讓柳白來有一股說不出來的莫名。柳白來是叔叔，正人君子，他只有好感和喜歡，絕沒敢有別的什麼想法。

那是去年夏天的一個中午，從車間出來就奔了食堂的柳白來，最願意吃這裏的過水撈麵條，加上黃花木耳番茄打滷，吃上兩頭剛從地裏拔出來的青蒜。他可以連吃三大碗，一點不減當年的飯量。

今天撈麵條沒上桌，桌面上擺著一盤白洋澱的小白條魚，廚師把它炸得金黃；一盤白洋澱的野鴨蛋，切成了瓣，紅色的蛋黃透著油；還有一盤拍黃瓜拌粉皮；另一盤是透明無色的豬肉皮凍，還碼出了花兒。四個涼盤誘人，柳白來想喝上兩口。

李玲和韓永祿張羅著坐在柳白來的左右手，正面是廠長助理張莉。李玲說這幾個小菜是張莉讓人從白洋澱家裏捎來的，正巧董事長來了，她吩咐廚師做的，一會還有四個熱炒，喝完酒再下麵條。

柳白來很高興，他高興這張莉會解人心，這三人各揣心事，你一杯他一杯敬他們的頂頭上司董事長。柳白來很長時間沒在底下喝酒了，跟手下人喝酒，隨便沒有規矩，說話無需遮擋。尤其是今天，當著張莉這女孩，柳白來心裏有點逞能，想喝出點年輕時的英雄氣概來。每當張莉敬酒，這位叔叔杯杯全乾，喝後還高舉酒杯讓張莉看看，滴酒不剩。

李玲和韓永祿難得看見柳白來這麼高興，兩口子沒有阻攔，反而趁火澆油，他們願意讓董事長在他們這裏喝個一醉方休。等撈麵條端上桌子，柳白來已經毫無吃意了。

柳白來晃晃悠悠地站起身來，腿打顫，眼發花，說話也大舌頭了，他只想打個地方睡下。

「張莉，快扶妳叔到俺房子裏睡上一覺，妳多瞧著點，沏杯茶預備著。」

「唉，廠長，你放心吧，俺就守著俺叔。」

三人攙著柳白來到了李玲的房間，張莉拉上窗簾，她等廠長和韓永祿一走，便插上房門。然後給柳白來脫去鞋襪，柳白來的頭一挨枕頭就鼾聲如雷了。

張莉坐在床前，仔細端祥著柳白來。她朝思暮盼的柳叔叔就近在咫尺。粗壯的呼吸聲帶著酒氣和口水，吹到她細嫩的臉上，癢癢的，針刺一般。她又往前湊了湊，更覺得刺激。她忍耐不住，覺得自己肚子裏的酒也開始發作，渾身燥熱。她不知不覺伸出了自己滾燙的手，開始撫摸著柳白來。

心猿意馬，青春慾火讓張莉不能自拔，一股力量催使她跳上床去，撲到柳白來的懷裏，緊緊地抱著自己心想的男人……

柳白來漸漸有了知覺，渾身燥熱。胸口上覺得有什麼在劇烈的跳動，好像自己的心臟跑在了體外。嘴巴上吹過來一股熱氣、香氣。不停地滾動著、磨擦著自己的嘴唇。他使勁睜開自己的眼睛，朦朧中一位天上飛下來的仙女，潔白光滑的玉體，像蛇一樣在自己健壯的軀體上纏來繞去……

柳白來有了衝動，男人的本能讓他勃起、壯大。他不顧一切地和身上的女人廝殺起來。

一場暴風雨。柳白來澆了個通透之後，他才發現自己身下的女人是那個叫張莉的女孩。

木已成舟，張莉滿足了，她並沒有多大的要求，只是希望叔叔能經常來看看她。

投桃報李，柳白來第一次嚐到齊英之外的女人。現在還有幾個男人沒有外遇？何況俺？一個在柳河縣

地面上赫赫有名的男人！他並沒有覺得這有什麼，只是在內心深處閃過一絲對媳婦齊英的歉意。

柳白來和齊英一直想要個二胎，沒有辦法，在那個年代齊英早早做了絕育手術。齊英曾和丈夫開過玩笑，不成你娶個小，再給俺新苗添個弟弟妹妹。柳白來有了張莉，也許能還了媳婦的願。

隔窗有耳。那天柳家莊治安大隊大隊長韓小寶閒著沒事，他藉到鄉編織廠檢查門衛保安工作之口，到後媽李玲那混口酒喝，沒承想他在沒有拉嚴的窗簾縫隙處看到了自己不應看到的那一瞬間。他恐慌之中拿出自己的傻瓜相機，偷偷拍下了序幕的那一張，只那一張也嚇出韓小寶一身的汗。

柳白來給李延安和杜鵑講述了那段故事，理所當然地隱去了相片之後的繼續。

韓小寶驚恐之後便是一陣高興，自己抓住了柳白來的隱私，這是今後向柳白來討價還價的殺手鐧。另外，柳白來默許自己在遷墳工作中的出格行為，這說明俺韓小寶在柳家莊的地位有了新的提高，一定要鞏固自己的地位，為今後競選村委會主任做一些準備。

時過境遷，一年之後，韓小寶聽縣保安公司經理說出李延安升官的消息之後，覺得自己和柳白來的力量對比更下了一層。李延安是柳白來的小叔叔，父親韓永祿也是敗在了他的手裏，何況他又當的是紀委的副書記，這點小證據交到李延安手裏，那還不是竹籃打水一場空嗎？

韓小寶覺得有必要給柳白來造些影響，同時又不會給自己帶來麻煩。不如先給這新官寫封信，讓他知道知道柳白來那點髒事，下點毛毛雨。同時，李延安向著柳白來，一定不會把事情張揚出去。

弄巧成拙，韓小寶的智商哪能和柳白來相比，從信的內容上看，柳白來首先懷疑的就是韓小寶，是他一手操縱的遷墳事件，當然細節他最清楚。那張照片也一定是韓小寶拍的，不會有別人，他終於回憶起來，那天事後，柳白來也怕外人知道，他特意問過李玲，李玲吱吱唔唔地說，好像是韓小寶來過，說是看看他爸爸，吃了一碗撈麵條就急匆匆地走了。

一年多的時間裏，柳白來早就把李玲調到柳家莊新建的廠子任廠長了，韓永祿也隨妻子回到村裏。大柳河鄉的編織廠由張莉出任廠長，獨當一面。柳白來仍不放心，他在縣城給張莉買了一套兩居室，供兩人約會，一切都做得十分隱蔽，沒想到到現在又出現了檢舉信。

柳白來回憶了韓小寶幾年的表現，他終於悟出了一些道理，這小子是臥薪嚐膽，他是想在政治上和自己較量。柳白來覺得他太不自量力了，這不是拿著雞蛋往石頭上撞嗎？如果這樣發展下去，你就別怪俺這個當表哥的不講情義，對你爸俺舅舅可以手軟，對你韓小寶絕不會客氣。

第二天柳白來開車回到了柳家莊的四合院，他馬上召開黨支部和村委會的碰頭會。他說縣規劃委很快就會批覆柳家莊村民房屋自建規劃，縣建委的批件也很快就會落實。為了加強這項工作，黨支部決定，免去韓小寶治安大隊長職務，充實到基建領導小組，幫助俺柳白來抓新村建設。

韓小寶知道這是那封信的作用，他有點後悔，出手太早。

二十四

柳白來突然從夢中驚醒，深更半夜的拉起齊英，非要到柳河邊上的幸福公墓。

齊英覺得納悶？有些日子了，他倆一回老宅子四合院住，柳白來都說爸媽給他托夢了，問他都說了什麼？丈夫守口如瓶。今晚上這夢更是厲害了，不然柳白來不會拽著自己到墳地裏去，齊英有些害怕，第二天不行嗎？她看著丈夫態度堅決，也就依了他。

秋夜涼了，齊英給柳白來披上風衣，自己穿上個毛衣外套，尾隨著柳白來往河邊走去。

月牙有些西沉，柳白來走得很快，齊英小跑著緊跟在丈夫的屁股後邊。她不時回過頭張望，看那個被她叫醒的保安是否跟在後面，她告訴保安要和他們保持一定距離，不要讓柳白來發現。

兩口子走上大堤，頓覺有秋風掠過，寒意驟增。柳葉發出輕微的抖動聲，讓人不能察覺，倒是柳河水嘩嘩地流淌，打破了柳家莊村外的寧靜。柳白來扯住齊英的手走進了堤下的白柳林。白柳林茂密茁壯，一人多高的柳條黑壓壓的就像聳天的峽谷，一齊向他們壓來，齊英越發地覺得這小道是那樣的窄小。齊英心裏很害怕，她示意丈夫放慢一些腳步。

鑽過白柳林，幸福公墓就在眼前。齊英抬頭看去，那一塊塊整齊的墓碑，齊刷刷地站立在河邊，好像是一排排身穿盔甲的武士在守衛著柳家墳地。她有些自豪，公爹柳英豪的墳墓在第一排的正中央，面衝著滔滔東去的柳河，是自己手香抓的好號。她哪裏知道，那是韓小寶搞的鬼，最好的位置當然要留給柳白來。只要齊英一伸手，這個號位就變到了她的手中，這個戲法至今齊英和柳白來都不知道，他倆還以為，這肯定是老天有眼呢！

柳白來、齊英來到墓碑前，夫妻倆雙雙跪下。柳白來拿出供果擺上，點燃了香火，然後磕了三個響頭。

「爸、媽，孩兒不孝，這回又惹二老生氣了。咱村老少的住房早已破爛不堪，俺想著開發村裏的房地產業。咱們家不用拿錢，村裏也不用拿錢，全都是開發商投資和村上五五分房。俺想讓村裏的老百姓們全都搬上兩層的小樓，樓上樓下電燈電話，真正過上社會主義。我想這也是二老盼望的，剩下的樓房賣給城裏的有錢人，到那時咱村就火了，旅遊觀光，家家都是小業主了，俺這個當書記的也算對得起共產黨的培養；對得起老百姓的愛戴；更對得起二老的養育之恩。」

柳白來站起身來，回頭看了看光亮的河水，然後又重新跪下。

「爸，白來這回要動真的了，要扒爺爺留下的老宅子。剛才您在夢裏說，不讓兒子動四合院。那是咱柳家的祖業，四四方方不透氣、不流財呀！兒子也想把它留下來，它見證著這半個世紀柳家的風風雨雨。可是，老宅子影響著全村的規劃，劃一整齊的群樓之中，留下這麼一個不倫不類的四合院，影響村容村顏。哎，縣裏的規劃也不允許。再說了，村民們不知道俺柳白來的決心，咱們不拆房，大傢伙也不拆。您們看這該怎麼辦呢？還有，您孫子柳新苗大學畢業回來了，俺沒給您們商量把他扣在村裏了，讓他負責新村建設。新苗不肯，他想留在北京，這兩件大事，今夜裏俺和齊英在這裏就算請示過二老了，望爸媽在天之靈保佑我們。」

柳白來說完拉起齊英站了起來，他的心立刻豁達了，他衝著大河喊了起來。

「柳河為證，俺柳白來一心為民，把柳家莊建設得漂漂亮亮的，讓老百姓們過上好日子。」

洪亮的聲音在公墓裏迴盪，在白柳林裏迴盪。柳河水在震盪中捲起了浪花，帶著柳白來的赤誠，打著漩兒，流向東方已漸微紅的天際。

全村老百姓都來看熱鬧，把村西的四合院圍了個水泄不通。柳白來拉著兒子柳新苗，後面跟著媳婦齊英，三人手摸著青磚大牆依依不捨，他們圍著四合院走了一圈，最後回到正南的門樓，柳白來又摸了摸兩個石門礅後。眼淚刷地流了下來，他衝著韓小寶喊了一聲「扒」。只見保安隊和幾位木匠師傅，石匠師傅全都湧進了院裏。

柳白來親自指揮著，有搬梯子上房揭瓦的，有卸窗戶卸門的。房樑被整齊地碼放在後院，青磚也被村民們用瓦刀刮掉青灰碼放成垛。柳白來心裏盤算著，這些祖上留下的產業不能損壞，等有朝一日，在臨村下園村找塊地方，原樣重建。

村民們嘆惜，這麼好的宅子都拆了，他柳書記為了是啥呀！咱們還愣著做什麼，三間土房一推就倒

幸福花开

了。走吧，大家剛要散去，只見柳白來招呼大家停下，他有話要和大夥說。

「老少爺們，俺柳白來給大家帶個頭，為了是儘快倒出地方。趁沒有上凍挖好地基，正負零出土完成地下工程。明年一開春就開工蓋房，當年就能住上新樓。俺柳白來城裏有房住，早一天晚一天的沒啥，柳家莊新村建設還不都是為了大夥。請鄉親們有親投親，有友投友，各自想點辦法，克服當前的困難。三天之後，全村老宅子扒完，全部達到三通一平。另外，這三天村裏付給大夥工資，每月每戶還給一些補助，大夥說好不好哇！」

「行了柳書記！你為俺們大夥操碎了心了，這蓋房都是自家裏的事，還不讓俺們出錢，天下哪有這樣的好事情，忙你的去吧！三天保證拆完。」

大夥呼拉一下就散光了，都忙著自家的事去了。柳家莊有史以來第一次這樣大規模的大興土木，全村被籠罩在一片沸騰的煙塵之中。

縣公路局也來湊熱鬧，杜鵑鄉長領著施工技術人員找到柳白來，縣政府辦公會同意了柳家莊民建公助的修路方案。柳河修橋的計畫已列入到保定市計委項目中去，希望柳家莊專心致志完成好柳家莊至柳河縣城的二級公路建設。

柳白來這叫高興，新村建成，公路修通，何愁柳家莊不富呀！

縣公路局的領導同志講解了施工方案和工程包乾分配。柳家莊村民按照圖紙要求，保質保量完成路基土石方建設。工期為三個月，大型機械壓道機等公路局出，明年開春驗收，公路局負責路面鋪油，十公里雙車道，鋪油畫線路標指示牌一個月完成。路權歸縣公路養護，甲乙雙方簽定了合同。

柳白來一喜又是一愁。這村裏的老百姓都自找住處去了，成了羊拉屎一大片，集中起來就太不容易了，延誤了工期那可是違約的事呀。

「白來你別著急，這不光是柳家莊的事，這更是咱們大柳河鄉的事，有鄉政府支持你怕什麼呢！」

杜鵑眉梢一揚她有了主意，去年全縣水利工程鄉裏還剩下一些物資，米麵糧油全都堆在鄉政府的倉庫內，不少的鐵鍬小推車也存放著，今冬縣鄉都沒有水利工程。對，把青壯年集中起來，再到縣水利局借上點棉帳篷，像出水利工一樣，集體吃住。

柳白來一聽心裏踏實了許多。

「杜鵑，我看這樣，凡是公路沿村受益的村莊出一些青壯民工。咱們管吃管住，各村結算補助。從外村調入的，咱柳家莊給補助。現在不是計畫經濟時期了，光憑政治口號是不行的。」

「可以，你還是咱大柳河鄉的副鄉長嘛，工程就由你來全權指揮，費用的問題，鄉政府再擠出一點，不然你的壓力太大了。村裏扒房平地不能受影響，一定要安排得力的人。」

「好吧鄉長，你就放心吧，只要你把棉帳篷和施工工具運到，工人立刻集中，咱們來一個雙管齊下，修路建房齊頭並進。」

兩個工程同時開工，需要管事的，更需要行家裏手。兒子柳新苗大學畢業，這用武之地等著用有武之人。可他倒好，想留在北京當城市人，俺柳河縣這麼一大攤子企業和柳家莊的事業發展都需要人，需要接班人。不行，要做通兒子的工作，一定要把他留在柳河縣。

柳白來把新任的保安大隊長柳國良叫到車前，叮囑他看管好兩個工地，並注意韓小寶在工地的動向，有什麼情況隨時向俺報告。柳白來從奧迪車裏拿出兩部新手機，一部交給了柳國良，一部由柳國良交給韓小寶，兩人分管兩個專案不得有誤。

柳白來說完鑽進車裏奔向了柳河縣城。

柳白來家裏第一次召開家庭會議，一家三口靜靜地坐在飯桌子的三面，敞開的那一面對著沙發。沙發上坐著柳白來請來的列席成員，黎明木業有限公司的總經理，劉叔端坐在中央。單人沙發裏坐著李延安和杜鵑，會議由列席成員杜鵑主持。她態度溫和不偏不向，容易控制會議的溫度。

「首先感謝白來夫婦的信任，更感謝咱們這位京城裏的大學生，柳家的新苗的支持。我來主持這個特殊的家庭生活會，也可以說是個黨員擴大會。柳新苗在學院裏入了黨，在座的只有齊英不是黨員。因此，這會一定會開得民主，我看先讓新苗談一談自己畢業的想法吧。」

柳新苗從桌邊站起來，他沒有講話，先端起桌子上的茶缸給幾位長輩滿了一圈水後，又恭恭敬敬地給每個人鞠了個躬，然後輕輕地坐回了自己的椅子上。

柳白來心裏很高興，這大學沒白上，講禮貌懂規矩了。這孩子一走四五年，寒暑假回來探親，很少有時間坐在一起聊聊，爺倆在情感上溝通少了，多少有一點生分。我倒要看看，他能講出多少道理來。

「爸媽、劉爺爺、延安小爺還有杜阿姨，那我就先談談我的想法。」

李延安噗哧一聲笑了，我成了爺爺？杜鵑和我差著輩了，沒錯，各按各叫。柳新苗稱呼的沒錯。

「我在學院裏入了黨，應該服從黨的召喚。北京正在籌建奧運會，到處都是火熱的工地。北京城建集團，建工集團都到學校裏來招人。我的專業成績一直很好，還在城建一公司實習過，加上我是學院的學生會文體部部長。企業文化也需要我這樣的人才，我能到城建集團參加奧運會場館的建設，這是多少人想辦而辦不到的呀！」

柳新苗沉穩中露出了一絲激動，他連忙喝了一口水，控制一下自己的情緒。

「這是我想留在北京的第一點，第二點呢？是從個人方面考慮的。留在北京工作，能夠成為北京人，這是我過去想都不敢想的事。現在有了機會，城建集團每年有進京指標。可以在外地生源中，挑選十五位進京落戶，我是其中的一位，放棄了十分可惜。用咱家鄉話說，過了這個村就沒有這個店了。我就先談這兩點。」

柳白來接過話茬就想說，他被杜鵑攔住了。這發言不能在你們爺倆間進行，那會談出火藥味的。讓列席成員談談，評價一下新苗的想法，我看讓延安說吧，他可是真正的北京人呀。

「好，延安小爺我就和新苗說說。你那兩點很好，理由充分。建設奧運場館、當新北京人。好哇！有志氣也有抱負！」

柳白來聽著李延安的話茬不對呀？讓你來當說客的，你卻幫起了柳新苗，急得柳白來又是擠眉弄眼，又是咳嗽試聲。李延安銜著柳白來微微一笑，然後話題一轉。

「新苗呀，知道小爺我是北京人嗎？」

「知道，還知道小爺的爸爸是個老革命，部長級的大幹部。」

「知道我李延安和你杜鵑阿姨為什麼不調回北京嗎？」

「知道點，不是很清楚，好像和我爺爺有關。」

「對了，知恩圖報！這是我，也是咱共產黨的品德。共產黨想打天下，沒有人民的支持能坐天下？所以，坐了天下各級政府都要為人民服務，為老百姓辦事。乍一看來，這是句老掉牙的官話，卻也是實實在在的大實話呀！那我李延安既是個黨員，又是百姓，當然懂得受人滴水之恩，當湧泉相報。你爺爺柳英豪和延安是生死朋友，在他兒子柳白來最困難的時候，我能甩手不管？杜鵑阿姨能袖手旁觀？我們倆留下了，柳家的今天才能如此順風順水，這不是貪天之功，是把握了政策。留在柳河縣，也不光光是為了你們柳家，還有柳河縣的百姓，這裏缺少人才，這裏的生活水準比北京相差得遙遠。在柳河，我和杜鵑能比在北京幹出更多，更好的業績來。說句土話，這裏是和老百姓面對面呀，偷懶耍滑，老百姓是會罵娘的。」

劉長貴坐不住沙發了，他也想說幾句。

「新苗孫夥計，你爸爸闖關東到嫩江找你爺爺柳英豪，是俺幫了你爹，又幫你爹建立了這廠子。俺都這麼大年紀了還幫你爹照料這廠子，你說俺這個老頭子圖個啥？圖你爸那點錢？俺在嫩江也是個滿嘴流油的主啊，不缺錢呀！那是為什麼呢？落葉歸根。俺家在河北保定，這裏的人窮啊，幫你爹就是幫助咱家鄉。你看看你爹的工廠越做越大，吸收了多少農民子弟，掙錢富家嘛！你爹不是只顧自己的闊老板，他非要回村當那個不開工資的支部書記。你看看，這才幾年，柳家莊翻天覆地的變化，現在又建樓又修路的，超過城市嘍。這幾年，你爹把咱廠子裏的利潤，丟到村子裏有多少？誰知道？俺知道！」

劉永貴近七十歲的人了，還是愛激動，說話辦事有激情。老人喝了口茶繼續他的演講。

「新苗呀，什麼事都要有個繼續呀，你爸媽也都五十好幾的人了，還能撲騰幾年，這廠裏的事，村裏的事都需要接班人呀！」

齊英在一旁看出了點門道，兒子柳新苗低著頭在認真琢磨著大夥的話。今天的家庭會有戲。她起身張羅酒菜去了，自己那點文化水平早就落了伍，沒有了發言權，這叫做逆水行舟不進則退嘛！柳白來小聲告訴媳婦，弄點吃的，大夥好好吃點喝點。

杜鵑很滿意會場的氣氛，她也覺得應該說上兩句，最後發言留給柳白來總結了。

「劉叔和延安的話真讓人感動。造福一方不光光是當官的責任，也是社會的責任，更是像柳新苗這樣一代有文化、有抱負、有覺悟的年輕人的責任。我是大柳河鄉的鄉長，當然要考慮柳家莊村的班子建設，再過幾年，誰來當村支部書記！柳家莊已不是一個普通農村的概念了，是一個社區，一個小社會，沒有一個好帶頭人哪行！柳河縣黎明木業有限公司也是我和柳白來一塊謀劃發展起來的。劉叔老了，齊英落伍了，家族式的企業是短命的。我們需要建立一整套完整的現代企業制度，誰來當這個董事長？我記得毛主席曾說過一句話：『天下者我們的天下，我們不幹誰幹，我們不說誰說！』這兩大攤子需要人才，我看柳新苗就最合適！」

柳新苗站了起來，他顯得有些激動，有些語無倫次了。他知道他爹這份家業創下的艱辛，知道新農村建設的宏大，任重道遠。他也有自己的想法，只是想憑藉自己的力量去獨闖天下。柳新苗在責任和利益，社會與個人的選擇上動搖了。

「爸媽、劉爺、延安小爺和杜阿姨。我知道了這裏的利害關係，容俺考慮一下，明天答覆。」

「好哇，新苗是個有心機的人，那就請柳白來，你這個家長總結吧。」

「俺還總結什麼？話都讓你們說了，而且新苗的最後決定還沒公布呢。我看咱們先吃飯吧。等到明天繼續開會時，俺再發言。」

柳白來拉開桌面，大夥圍攏在一起，開始了下一個喝酒的節目。

二十五

杜柳棵村黨支部書記杜武騎著他那台老掉牙的飛鴿牌自行車，迎著柳河大堤上剛剛抽芽的柳條，看著堤外已泛青色的白柳條林，哼著那首長年不離嘴的革命歌曲，飛快地往上游蹬去。杜武受全村幾百口子之托，去柳家莊找柳白來有大事商量。

杜武每逢遇到大事情，就穿上他那套已褪色的舊軍裝，戴上那頂綠軍帽。軍人的稱號是他為之驕傲的本錢，雖然現在早已不吃香了。初春的太陽暖洋洋地照著他寬厚的脊背，讓他渾身也有了點微汗。杜武一手扶把，一手摘掉軍帽迎著南風急馳著。

大堤一拐彎，柳家莊便收眼底。呵，這才一個冬天的光景，土黃色的村莊不見了，平整的土地上，一排排出土的紅磚房已有了模樣，建得快的兩層小樓已開始封頂。慢的也都超過了人高，一層也快鋪樓板了。水泥攪拌機的轟鳴，柏油公路上一輛輛運磚的卡車，建築工人們忙碌的身影……這些好讓杜武羨慕，他索性跳下車來，將自行車靠在堤坡的柳樹幹上，欣賞著柳家莊這驚人的變遷。

柳條輕輕撫摸著杜武汗露露的臉。他伸手撅折一根柳條，他那雙粗大的手，握住柳條左右上下的揉搓著，不大一會，柳條的柳皮和白嫩的柳杆便離了骨。杜武從腰間取下鑰匙鏈，用小刀把離骨的柳皮從兩頭切割整齊，抽出脫了皮的柳杆，然後將柳皮管的一頭削成鴨嘴形，把他用手壓扁之後，放進了嘴裏。緊接著，柳笛便吹出春天鮮嫩的氣息，笛聲一陣粗一陣細，一陣高昂，一陣婉轉，伴著杜武來到了柳家莊新村工地。

杜武老遠就看到了柳白來的奧迪車。車上落滿了灰塵，柳白來和兒子柳新苗蹲在車尾燈下，爺倆對著圖紙比畫著，討論著。

「柳鄉長，大忙人呀！」

柳白來抬頭一看，這不是杜柳棵村的支書杜武嗎，這小子有點意思，他從不叫自己柳書記，柳董事長了。杜武聰明，董事長是柳白來自己的家業，書記呢是柳家莊村的，而叫鄉長呢，那是咱大柳河鄉的，他柳白來有責任管俺杜柳棵的事呀！

「噢，杜武兄弟，咋有空到柳家莊來？瞧瞧，過去的柳家莊一去不復返了，到了年底你再來看，清一色的紅磚小樓，還有統一格式的門樓小院，整齊劃一的村間水泥路面，臂式的奶油色路燈，銀杏樹綠化。大兄弟呀，咱這柳河縣，不，就是保定市的居民社區也不不行呀！這才是社會主義新農村嘛！」

杜武順著柳白來的手指，眼睛一會落在圖紙上，一會又抬頭四處張望著。

「柳鄉長啊，你不能老饞俺杜武兄弟呀，柳家莊新村建設都要轟動河北省了，俺杜柳棵近水樓台，得不到月，沾點月光也行啊，今兒俺是特意找鄉長彙報，俺也有想法呀！」

「什麼鄉長鄉長的呀，這名稱還不是聾子耳朵配頭嗎？你說說，有什麼想法，只要俺柳家莊能幫的上忙，俺柳白來一句話！」

「好！柳書記，有你這句話俺就代表杜柳棵的鄉里鄉親謝了！俺杜柳棵的經濟狀況要比柳家莊落後至少十年，等你們新村建成，那可就是天壤之別了。咱這社會主義的本質是什麼？是共同富裕，是吧，柳書記。」

「這俺知道，可小平同志說，先讓一部分人富裕起來嘛！俺柳家莊就屬於那先富裕起來的那一撥人！」

「這俺杜武就不服了，柳家莊的老百姓是三頭六臂？還是比俺杜柳棵人多一個心眼？不，和俺村的老少爺們一樣的笨，不是嗎？人民公社那時候，杜柳棵每十個工分俺還比你們村多二毛錢呢！你說說，你們村的姑娘有多少嫁到俺們村的。」

「杜武啊，你說這話不假，杜柳棵還是咱們的親家村呢！可是現在，顛倒過來了，杜柳棵的姑娘得讓俺柳家莊的小夥子可勁地挑。你說這是為什麼呢？」

「為什麼？這俺當然知道，給錢給物不如給個好支部。柳家莊因為有了你這個能人，能人當了支部書記，帶富了一個村，還應該帶富一個鄉嘛！」

「別兜圈子了，你杜武有什麼想法說出來讓俺聽聽。」

「好！杜柳棵五百口人，一千五百畝地，堤內堤外好地壞地各佔一半。這些家底是堆破爛，放在杜柳棵不值錢，黨支部和村委會商量過了，大夥願意歸順柳家莊，統統姓柳了，你看俺杜武這想法可行嗎？」

柳白來心裏一動，這可是件好事情。如今的市場經濟，誰佔有資源誰就佔有市場，資源在俺柳白來手裏就會變成資產，資產盤活了就是資金。一千五百畝地，好哇！不就五百口人嗎？還沒有俺現在的工人多呢，咱養得起。好！這事可辦。但不能讓杜武看出來俺願意接這個爛攤子，俗話說，好事多磨，心急吃不了熱豆腐，還得摸摸他們的底細。

「杜武兄弟，統統姓柳可不行，又不是認乾爹，拜把子兄弟也得有個排法，你到底想和柳家莊合作到什麼程度？」

「柳鄉長，統統姓柳是俺開的玩笑。和柳家莊合作俺們不夠條件，俺們的意思就是兩村合成一村，兩個支部成立一個總支部，統統歸你柳白來指揮。俺杜武跟你柳白來跑跑腿，只要能把杜柳棵的鄉親變富了，俺幹啥都行。」

「兄弟，這可是件難辦的事了，這涉及到村級行政區劃，省、市、縣民政部門能同意？」

「俺已和杜鵑書記打了招呼，她現在可是書記鄉長一肩挑，沒了王忠那個老滑頭，咱大柳河鄉的事要好辦多了，杜鵑書記痛快。今天上午她也過來。你看，說曹操，曹操就到了。」

杜武用手一指村西的柏油公路，柳白來看見那台白色的桑塔納已停到了村口。

鄉黨委書記杜鵑的態度十分明朗，她堅決支持杜武的這一提法，她並把富村帶窮村的一幫一或者一幫二的想法形成了建議，並交給了已當上縣委副書記的李延安，這一建議，得到了縣委主要領導的贊同。李延安說，企業可以兼併，組合成立集團，農村完全可以打破行政建制，優化資源，土地流轉，建立新型的農村社區。

柳白來聽了很高興，其實在他心裏，早就冒出過兼併窮村的想法，只不過想到的是鄰村的下園。現在突然冒出了杜柳棵，這杜柳棵隔著下園規劃起來有些困難，也不便於管理，不如連同下園村一起……對，一個羊也是趕，一群羊也是放。

「杜鵑書記，我看乾脆連同下園村一塊合併過來，建立一個臨河的經濟體，柳家莊新村繼續往西擴建，兩村的村民全部搬進樓裏，到時候推平下園和杜柳棵，堤內堤外的土地連成一片，統一規劃經營這塊農業資源，何愁百姓不富呢！」

「唉，還是柳白來會算經濟帳，這還是個政治帳喲，中央提出新農村建設，一定要因地制宜，不能一刀切，各村的情況不一樣，這個想法好，縣委也一定會同意的。」

杜武一聽臉色立刻有了一絲難看，這下園村一擠進來，俺杜柳棵就排在了後邊。不行，到時候俺的位置也不好擺。想到這，杜武連忙把話茬截了過來。

「俺說杜書記，柳鄉長，三村合併是件好事。但總要有個先來後到嘛，杜柳棵黨支部和村委會召開過村民大會，全村一致通過了的，這是水到渠成的事。你們先拿俺村當試點，成功了再讓下園村的村民們看看，這合併的事得由下園村自己提出來。」

「我看杜武兄弟的話有道理，下園村的支部書記到現在還沒選出來，他們村的情況太複雜，可以緩一緩，但兼併下園村俺可是勢在必得呀！」

「好哇，你們兩個書記的意見一致了就好辦，咱們先易後難，逐步完善，要儘快拿出方案來。」

「杜書記，你放心，我現在就和杜武書記回杜柳棵，俺先瞭解一下情況，搞個小調研，到時把方案報到鄉政府。」

杜武一聽喜笑顏開，他扶起倒在路邊的自行車要先行一步了。柳白來一看就來了火，他一把將那輛破自行車奪了過來，順手給了工地上的包工頭。

「這車歸你了，你在工地上轉來轉去的，兩個輪子總比你的腳快。新苗啊，給會計說一下，到縣裏給你杜叔叔買個電驢子騎，今後兩村的事來回跑不能耽誤時間呀。杜武上車，還愣著幹什麼？」

杜鵑書記見狀笑了，今後你們都是一家人了，什麼汽車、摩托車的，還不都是為工作效率。她向兩位村支部揮了揮手，開車回縣裏去了。

杜武在柳白來跟前沒有了脾氣，他只好眼巴巴地看著自己心愛的自行車被那個留著小鬍子的包工頭騎走了。柳新苗拉開奧迪車的後門，杜武連自己都不知道是怎樣鑽進了汽車裏，黑色的真皮座椅，燒得他不敢坐實，一會蹭前一會蹭後，還沒感覺到小轎車的舒適，頭不知咋地還一陣陣的發昏起來。

杜柳棵村像羊屁股抖落的糞蛋，哩哩拉拉地沿著河堤擺出了長蛇陣。河堤上的柳樹也沒有柳家莊的茂密，春天裏的那一縷嫩綠，遮擋不住黃土坯房的殘破。老人孩子們一堆堆地靠著南牆頭，懶洋洋地曬著太陽。個把婦女推著獨輪車在往地裏送肥。春耕大忙，村裏都沒有一點農人的氣息。

柳白來小時候來過杜柳棵，一晃就是幾十年，腦海中漂亮的村落怎麼會變成這個窮樣子？雖然他和柳家莊近在咫尺，改革開放的浪潮居然沒有打濕這塊原生態的土地，柳白來一陣寒心。

汽車進村還沒開到大隊部，車就不能動了。這哪是道呀？坑坑窪窪，柳新苗只好將奧迪車退回去，停在了村口。

杜武不好意思，杜柳棵沒有人出義務工，青壯年都跑城裏打工去了，這剩下的老弱病殘……嗨，人窮志短呀！柳鄉長別笑話，大隊部也是幾年沒人辦公了，這彙報村裏的工作，就到俺家裏來了。杜武的宅院就在前邊，是全村最好的房子，這是一套五間正房三間西廂房的院落，八間房都是四角硬，比起村民們的土坯房當然是強多了。

柳白來知道四角硬的房子是二十幾前農村最好的房子了。那是用青磚從地平壘到十三層之後，房屋的四個把角繼續用青磚壘砌，中間那部分是土坯充填，土坯外面再抹上一層麥芋泥，然後塗上白灰。小院是灰白相間，加上楊柳樹的點綴，典型的小康人家。

「柳鄉長，俺杜武這房子還得托政府的福呀，那年俺在部隊裏立了個二等功，部隊首長來家慰問，原來家裏的三間土房子塌了，沒辦法，公社怕丟軍屬的人，便連忙請示了縣裏，縣裏指示，縣、鄉加上武裝部三家抬，各出一部分資金，這才蓋上這棟宅子，退伍之後俺這手勤呀，年年修整，這小院才保持了下來。走，進屋沏杯茶，咱哥倆邊喝邊談。」

柳白來一陣心焦，他想挨戶走走，看一看柳河岸邊的大多數農民的生活水準。杜武拗不過他，就近來到了一家小院門前，小院殘破的院牆就像城牆垛子一樣，凸出一塊凹進一塊。上年秋天留下的狗尾巴草騎滿了牆頭，幾株野酸棗枝插在中間，是擋賊嗎？

柳白來推開虛掩著的院門，院子中央種著兩壟水蘿蔔，水靈靈的葉子和紅彤彤的身子，給小院增添了一點生命的氣息。

「五叔在家嗎？俺是杜武呀！」

「喊啥喊，早就看見你們進來了。」

沙啞乾燥的聲音從身後飄了過來。柳白來回頭一看，一位身材矮小的老者，光光的頭頂滲著汗珠，他手裏拎著正在編織的柳條土筐，右腳擦著地坡，有點跛腳地走了過來。

柳白來一眼就認出這柳條是他們公司種的，看來，偷伐柳條的大有人在。他苦笑了一聲，心想看護不住呀，周邊的村民們窮，他們割點柳條也賣不了錢，編個土籃子什麼的，也算是幫窮了。

「噢，五叔，過來過來，今天是貴客登門呀，俺給你老介紹一下。」

杜武接過二叔手中的土筐，隨手丟在了地上，然後拍打拍打五叔身上的泥土，把他拉到了柳白來的面前。

「五叔，這位是咱們大柳河鄉的副鄉長，柳家莊村的黨支部書記，咱們縣最大的民營企業家，大老闆，柳白來書記呀！」

「什麼？柳書記，聽說過，你是柳英豪的兒子吧？都當書記了，書記好哇，書記什麼好吃的都能吃著呀！」

柳白來一愣，怎麼書記會在五叔的心裏留下這麼個印象呢？

「五叔你瞎說個啥，什麼叫書記能吃好的，俺杜武不和你一樣啃窩窩頭嗎？」

「怎和五叔說話呢！」

柳白來狠狠瞪了杜武一眼，然後將五叔拉到院子那兩壟水蘿蔔旁邊，三人坐在三墩柳樹墩上。

「五叔，俺爸是柳英豪，當年挨批鬥咱大柳河鄉誰人不知啊。俺爸被發配到北大荒，為了救他人，老人家死的悲壯，可惜沒趕上今天的好政策，不然也跟俺柳白來享幾天福呀。」

柳白來恐怕這位老人以為自己還是地富子女呢！地富子弟都能當共產黨的小書記，這不是復辟嗎？他瞧了一眼坐在旁邊的五叔，骨瘦如柴，空心穿了個破棉襖，肯定是換不下季來，都什麼年代了，怎麼還有這麼窮的。他又瞧了一眼杜武，杜武低了頭。

「五叔，俺問你一句話，為什麼書記什麼好吃的都能吃著？」

「柳鄉長呀，這你可要問問杜武了，誰家辦個紅白事的不請書記張羅呀！有個災有個難的還得花錢送禮，可俺村窮呀，沒錢送禮，杜武侄子也落下了個虛名，頂多比俺多吃幾頓細糧。」

「好！五叔，就算書記能吃上好吃的，那什麼叫好吃的呢？」

「豬肉燉粉條！」五叔眼都沒眨一下，斬釘截鐵地說，他那青筋暴露的脖筋猛然抽動了一下。

柳白來站起身來，大踏步地走進了堂屋。他一手就揭開了鍋蓋，早上剩下的玉米碴子粥殘留在鍋底，四周掀起了殼殼，柳木三角叉上放著一碗清水燉蘿蔔纓子和兩個帶著手印子的玉米麵貼餅子。蘿蔔纓上沒有一滴油花，蘿蔔呢？肯定是拿到集上換錢了。柳白來的眼淚一下就湧出了眼眶，這和自己小時候的生活不差分毫，饞肉的滋味在他心裏是刻骨一般的沉重。

杜武跟進屋裏，低頭看看鍋裏，他並不覺得怎樣，自己家裏不也是如此嗎？他告訴柳白來，全村百分之八十以上的戶，過年能吃上頓紅燒肉就不錯了，這日子越走越艱難，不然，俺杜武不會撕下臉皮去求你柳白來的。

柳白來叫柳新苗開車到鄉裏的集貿市場，把那唯一的肉攤上的豬肉全都給我包圓了。再買兩捆紅薯寬粉條，把咱廠子的大師傅也拉過來，多帶些饅頭，越快越好。

「杜武，我柳白來可不是在這裏收買人心呀！俺最看不過去這窮日子。俺以副鄉長的名義給你說點話，你負責在五叔院裏支兩口大柴鍋，找兩個會做飯的來幫忙。另外，通知村裏的老的少的，在家的都來，自帶飯碗，到時候你杜武掌勺，快去辦吧！」

好飯不怕晚，時間已過了晌午。全村的老百姓們早早都集中在五叔的門前，圍著小院聞著已飄出的肉香。有心急的扒在牆頭的豁口處不時地喊上幾聲。

「杜書記，差不多了，肉不能燉得太爛，沒了嚼頭！」

「鄉親們，請大家排好隊，無論是拿盆的還是拿碗的，俺這勺子有準，這邊鍋裏盛肉，那邊鍋裏盛粉條。饅頭一人兩個，誰不排隊，別怪俺杜武不講情面。好了，開始吧！」

柳白來進了東屋，他把窗戶支了起來，看著杜柳棵的男女老少們，蹲在地上的，坐在向陽的坡頭的，靠著柳樹站著的，無論什麼姿勢，沒有人說話，只聽著碗筷嘴的碰擊聲。

柳白來從小到大就惦記著吃，他是餓怕了。年輕的時候，他覺得這輩子能夠想吃燉肉就能吃上一口，想花錢衣袋裏不會是空的，這就是奮鬥的目標。改革開放這麼多年了，還有少數的農民連這一標準還沒達到，這事不光是政府的責任，也是農村黨員們的責任呀，這兩村合併必須加快步伐。

風掃殘雲，轉眼間兩口大鐵鍋底朝天，連湯都沒剩一口。全村的老少爺們，大姑娘小媳婦個個都挺著肚皮，滿嘴的油星，滿臉的春光，離開了五叔的小院。

柳白來的心裏一下子就明白了，這村幹部是農民致富的第一責任人呀！為人民服務的宗旨那是什麼？書記是要為老百姓能吃上好吃的而工作呀。看來小平同志的話講得不錯，貧窮不是社會主義。

二十六

韓小寶知道自己人單勢薄，想和柳白來出招，除非太陽從西邊出來。原想著幹幾件漂亮事，藉著姑舅這層親戚關係，弄個村主任幹幹或許還有個希望，自從柳新苗從北京的大學畢業回了村後，他的黨員組織關係落在了柳家莊，並被他爸爸安上了一個支部委員的頭銜，這一下子就堵住了韓小寶進步的道。不光如此，柳新苗還被他爸委任了公司的副總經理，柳家莊新村建設的副總指揮。這才幾天呀，韓小寶剛剛把臉湊到了桌面上，還沒聞到酒香，一下子就出溜到了桌子底下。他心裏煩，挖盡心思想著對策。

韓小寶被嘩啦啦的大雨聲驚醒了。這天兒還沒大亮，雨就像從天上倒下來一般，房檐的水流成了瀑布。雨點打得工棚的窗戶啪啪作響。一個閃電，他看到水已進了工棚，其他幾張床上早已沒了人影，準是跑到了新村工地上了。

韓小寶翻了一個身，這麥收季節下這麼大的雨可是少見，上場的糧食可要倒了黴。管他呢，反正柳家莊早就不種麥子了，他接著睡上一個回籠覺，等天大亮了再說。

兩道汽車雪亮的燈光將工棚照亮，是柳白來的奧迪轎車停在了工棚前。

韓小寶一個翻身坐了起來，黑暗中他迅速穿上了褲褂，光腳下地站在了水裏。

「屋裏還有人嗎？都給我出去排水去！」

柳白來披著雨衣推開工棚，用手電筒照了照，韓小寶連忙躲在了門後。柳白來一看沒人，順手抄起門旁立著的鐵鍬，扭身回到了雨中。

韓小寶見柳白來走遠後，他也抄一把鐵鍬，順著第一排小樓的後房檐飛快地跑到了柳白來的前面。

天亮了，天空像鉛塊一樣沉重。柳家莊新村工地積水成片，雨點打在水面上濺起串串水泡，泛起陣陣白煙。柳白來淌著沒膝的水，指揮著人們疏挖道路兩旁的排水溝。樓房之間的排水井不進水了，井蓋也被泥沙堵塞，得趕快找開通往柳河泄水的管道口。

柳白來領著幾個工人跑上了大堤，堤下一個人影正在水溝裏晃動，是韓小寶！對，是他，柳白來三腳兩步竄到了管道口。

韓小寶知道這是工地排水的要塞，柳白來一定會到這裏。他從工棚出來後沒有見到柳白來，便轉身來到了大堤上。他蹲在粗壯的柳樹根下避著雨，觀察著工地裏的動向，當他看到柳白來帶人跑過的時候，表現的時候到了，他連忙脫掉衣褲把它掛在了柳條林的柳枝上，只穿了一個小褲頭，跳進了已經行流的排水溝裏。

大雨瓢潑，水天一色。韓小寶在柳白來的眼前，一個猛子接一個猛子紮入水中，他用雙手挖開堵在管頭的泥瓦石塊……

「挖通了！」韓小寶冒出頭高喊了一聲，工地裏憋足了的水沒有了阻擋，水流像箭一下子把韓小寶沖

出了老遠，就要沖進柳河上漲咆哮的水流中。

柳白來高喊起來。沿著排水溝追向韓小寶。

「抓住溝邊的柳條！抓住溝邊的柳條！」

在柳河邊上長大的韓小寶一身的好水性，就算是沖進了柳河裏的主流上，也奈何不了他。年輕時幾個小夥伴較勁，他們一直漂到了白洋澱。柳白來看見韓小寶順勢將身體和水流擺平，後背探出水面足有半個身子，韓小寶連續幾個摔水動作就游到溝邊，這時離柳河河床也就不到三公尺。韓小寶把握好了這最佳時機，他雙腳踩水用力一竄，右手便抓住了一把白柳條，然後一用力氣，身子便進了柳條林。

柳白來嚇出了一身冷汗，這時一聲咋雷響過，雲開雨停，一道彩虹掛在了柳河寬闊的河面上。

柳白來心裏一陣內疚，自己對這個表弟是否太過於苛求？那封舉報信韓小寶也只是沾上了個嫌疑。聯想到這些日子明顯地冷落他，關鍵時刻這小子仍然能衝在最前面，上次鄉編織廠的解圍他也立了頭功……

柳白來覺得有些對不住他，兩次考驗應該過關了，上陣還得父子兵呀！

柳白來看了一眼陽光下魁魁梧梧的韓小寶，拍了拍他寬厚的肩膀，一句話沒說扭頭走了。

韓小寶有點莫名其妙，這位在他心目中又威嚴、又崇敬，更讓他怨恨的書記、鄉長、大老闆卻不動情？難道俺這表現還不夠突出嗎？不夠英勇嗎？自己這次的行為又失敗了嗎？

不，自己應該相信自己的判斷，韓小寶看得出來，柳白來內心深處的細微變化。他從他的目光裏看到了，看到了眸子裏閃出的一絲光，是對俺韓小寶的讚揚，還有信任。

韓小寶知道自己遇到了一個天大的機遇，杜柳棵村劃歸柳家莊的檔已經下發了。成立柳家莊社區總支委員會，下設三個支部，柳家莊、杜柳棵還有黎明有限公司也成立了黨支部，總支書記理所當然的是他柳白來了。柳家莊支部書記交給了他的兒子柳新苗。杜柳棵村支書柳白來親自兼任。杜武當上了社區總支的副書記明升暗降。文件上規定，即使杜柳棵村址遷到柳家莊社區，但該村的行政建制暫時不變，仍保留杜柳棵村，村委會主任也需選舉產生。

韓小寶知道自己在柳家莊的地盤上，利益分配上肯定插不進腳去，連杜武這樣的老字型大小書記不也是有職無權，圖個清閒自在，誰還願意去當那個村委會主任？其實這個位置也是個虛職，在整個柳家莊社區的發展上毫無價值。但他總算是個班子成員，俺韓小寶要努力爭一爭。

杜武對自己的安排十分滿意。二十幾年的支部書記當夠了，村委會主任自己推了多少次，這個職務就像一張塑膠布，裹在身上甩都甩不出去。他也知道，富村的村委會主任競選打破了腦子，可這窮村的燒高香也讓不出去。這回好了，當個總支副書記，職務高了，臉面有了，柳家莊給發工資，整天騎個摩托車風光無限，滿足了，村支書和村主任他都推得了個一乾二淨。

柳白來回到家裏已經擦黑點燈了，媳婦齊英把酒和涼菜放在了桌子上，她叫兒子新苗先陪爸爸喝上兩口，解解乏，自己炒兩盤熱菜再一塊吃飯。

柳白來坐在黃花梨木的太師椅上，看著兒子給自己斟滿的酒杯發呆。他覺得沒有一點食慾，滿腦子裏裝的都是柳家莊一排排兩層的新樓房……這樓房如何分配，杜柳棵村的老百姓是一次上樓？還是分兩批？開發商同意不同意將自己出售的那部分先讓給杜柳棵？還有那個女人張莉，有些日子沒去了，不去時想得心裏空蕩蕩的，去了又提心吊膽，坐臥不安。更有那個讓自己牽心扯肺的女兒，張莉背著自己生下的女兒。她給她取個名字叫張柳花……柳白來此時不知是喜還是憂，事業、家庭的紅火和變遷，小柳花帶給自己的不光是喜悅、疼愛，還有痛苦和憂傷。

柳白來慢慢地合上了眼睛，他突然覺得，這些東西都是身外之物，這些身外之物份量太重，壓得他喘不上氣來。如果自己什麼都沒有了，淨身一人而無需牽掛，該多好呀！不知為什麼，回到過去的一無所有，倒讓他追憶。

「白來，瞧把你給累的，這是何苦啊，為大夥的事不要命了！來先吃飯，然後抓緊睡上一覺。」

齊英把炒菜和熱湯都端了上來。柳白來哪能睡得著，他睜開眼睛接過兒子遞過來的酒杯一飲而盡。酒解千愁，一杯落了肚，柳白來立馬精神起來。他看著兒子消瘦的臉，那臉上洋溢的青春和活力，活脫脫的一個當年的柳白來。

「來，新苗，和爸乾一杯。爸謝你了，留在咱農村，這幾天也累壞了你，但你不覺得充實嗎？這裏有的是施展才華和抱負的天地，你爸也老了，這麼大的家業和柳家莊的事業就靠你了，來，乾了！」

爺倆一飲而盡，杯底朝天。

「齊英，咱倆有些日子也沒碰杯喝酒了，窮日子的時候，咱們天天捆在一起。這日子富了，卻東西各半，見面都少了，唉，冷落了妳，別怪俺白來。妳知道，俺是個幹活不要命的主，等新村建完，再把下園村合併過來，我就全身心退下來，讓兒子柳新苗挑大樑，咱老倆遊山玩水去了。」

「嗯，俺就等著你交班的那一天呢！這麼多年了，咱倆風雨同舟。俺沒有別的指望，吃喝穿戴的是次要的，咱家這些資產兩輩子人也花不完，俺要的是你有一個好身板，別太累著自己，也別太苦了自己，一個大老爺們的別老牽掛著俺，只要你好俺就好，咱倆乾一杯。」

齊英和丈夫又是一個一飲而盡。齊英的話匣子也打開了。

「白來，俺齊英自從不當了公司的副總之後，就不再參政。不去左右你的思想，可今俺想替俺外甥韓小寶說個人情，不知你願意不願意聽，你不願意就當俺沒說。」

齊英邊說邊給柳白來的碗裏夾了一條白洋澱的酥悶小白魚。

柳白來心裏負著齊英的情，他和張莉的事早晚有一天得讓她知道，還有女兒柳花不能不要，雖然她姓張，那只是權宜之計。齊英不是因為做了絕育手術，他倆早就想要個二胎，要個女兒，可現在還不到攤牌的時候。柳白來一聽齊英要給韓小寶說情，心裏也是一動。這次大暴雨得給那小子一個答覆了。

「妳說吧，妳什麼時候還要徵求俺的同意呢？這讓新苗看看他爸是不是太霸道了！」

「上午韓小寶來看看姑姑，他說他也是個黨員，保安大隊長的職務免了，這新村樓房已經收尾，下步還不知幹些什麼。」

「他想幹什麼，他跟你說了嗎？」

柳白來放下酒杯連忙插了一句話。

「說了，他說他想競聘杜柳棵的村主任，讓俺和你這個當姐夫的說一聲，俺只替他傳個話，大主意當然是你定了。」

齊英說完，端著已經涼了的湯，到廚房重新再熱一熱。

柳白來眼睛一亮，這幾天他也正為這事思量著。按道理這村主任還得由杜武來兼任，可他死活就是不幹。讓韓小寶去當？也算上是一步好棋，一是可以迴避一下矛盾，不能都讓姓柳的去做，招人議論，這樣可以緩解一下杜柳棵老百姓寄人籬下的感覺。二是這韓小寶兩次關鍵時刻的突出表現，應委以重任，這也是今後用人的導向，也讓大夥知道，俺柳白來是個功過分明的人。三是他畢竟和俺媳婦齊英有這麼一層親戚關係，總算上是個自家人，肥水不流外人田，他總不會吃裏扒外吧。想到這裏，柳白來心裏有了譜，他只等齊英回到桌子上來。

「齊英，這件事俺答應了，但你告訴他，還要履行法律程序，在杜柳棵搬遷之前，要進行村民選舉，讓他做點準備。」

齊英很高興，連忙給舅舅韓永祿打個電話報了個喜信。

韓永祿很是感動，這個柳白來真稱的是個大丈夫，心寬能掌船。俺上輩子給柳家造的罪過，一般家庭要記恨幾輩子。可俺給柳韓兩家繫的結，柳白來用大度給化解開了。可恨兒子韓小寶知恩不報，耍著心眼還想和柳家較勁。現在不是以階級鬥爭為綱的年代了。靠吃運動飯不行了，靠的是真本事。那天聽縣委副書記李延安給全鄉的黨員講黨課，這黨員是什麼呢？新時期的黨員要有先進的文化知識，要掌握先進的科學技術，要懂得把知識和本事為老百姓服務，這就是「三個代表」的具體化。憑胳膊根粗，憑一手的老繭當黨員不行了。

韓永祿深受教育，他把韓小寶叫到跟前，告訴了他姑齊英捎來的話。

「小寶，不是爸說你，你爸欠人家柳家的，可你姑父不計前嫌，這次提名你當杜柳棵的村委會主任。你自己要惦量惦量，你有沒有那麼大的本事，杜柳棵的村民能否服你。說句白話，你爸對『三個代表』的理解是，十個人也好，一百個人也好，反正是人堆裏最有本事的那幾個人，人氣最旺的那幾個人，人們最服氣的那幾個人，應該是共產黨員，是共產黨的幹部！這才對了。你小子撒泡尿照照，一定要把心眼擺正了！」

韓小寶心裏明白這些道理，他更明白臥薪嚐膽，這次一定要贏得選舉。

杜柳棵村民回饋來的消息讓韓小寶當頭挨了一棒子，發昏的腦袋澆了一盆涼水。

杜武當著韓小寶的面，向柳白來彙報了杜柳棵摸底的情況。以「五叔」為代表的村民們強烈反對韓小寶出任村委會主任。為什麼呢？大家對韓小寶又不熟悉，怎麼會無緣無故地得出這樣的意見呢？

「柳書記，韓小寶在咱們大柳河鄉也是小有名氣的人，你不記得了？那年在鄉編織廠，他一鐵棍把下園村的二愣子制服了。杜柳棵好多老百姓都在現場，大夥說這小子一定是個混世魔王，村民們怕他手黑。還有，大夥都知道他爸爸是韓永祿，原公社革委會的副主任，什麼『三種人』？當年就是他爹指揮推土機硬要推平柳家莊的水稻田，結果把老書記柳英傑的命也搭進去了。還有人說，就是五叔，他說你柳書記忘了殺父之仇，你爹柳英豪要不是因為這個姓韓的，他老人家能發配到東北……反正大夥就是不同意。」

韓小寶低著頭聽紅了臉。

柳白來站起身子，在已蓋好的柳家莊社區總支辦公室裏來回地踱步。開弓沒有回頭箭，這黨總支已經決定了的事，收回成命有損形象，這可是總支成立以來第一次重大的人事任免。這次選舉的成敗，也關係到今後下園村合併的人事安排。他停止了踱步，重新坐回到黑皮沙發裏，柳白來靜了靜神，端起韓小寶剛給續上的熱茶喝了一口，輕輕咳嗽了一聲。

「杜武兄弟，你現在是總支副書記，屁股呢一定要坐正。韓小寶當候選人，這是咱總支集體決定的，你必須做通杜柳棵村民的工作，有困難嗎？當然有，沒有困難還要你這總支副書記做啥呢！」

「柳書記，你別著急，有困難俺去克服，盡全力做村民的思想工作。」

杜武很認真地回答著，很小心地坐在了沙發上。現在他的身分變了，柳白來是他的頂頭上司，一個能決定自己命運的當權派，端人家的飯碗，一定要看人家的臉色。

「韓小寶呢，你不要洩氣，這是組織上的事，不光是你個人的事，你要寫好競選的發言內容，表態要真誠，態度要謙和，目標要明確，辦法要可行。一個高中畢業生，寫個競選內容應該沒有問題吧！寫好之後交給我，俺親自給你把把關。另外，你也可以去五叔家等重點戶串個門，套套近乎，明白嗎？」

「表姐夫你放心，俺不會辜負你們對俺的希望的！」

韓小寶連忙答應著，第一次改嘴叫起了姐夫。

「什麼表姐夫，那是在家裏的稱呼，在外面你還是叫我書記的好。」

杜武見話都已說透了，便起身扯上韓小寶，和柳書記打了聲招呼離開了。

二十七

韓小寶選中了一個能幫助自己做五叔工作的人，杜柳棵村五叔的遠房親戚，下園村的二愣子。

二愣子大名叫孫志義，上次在鄉編織廠的械鬥中栽在了韓小寶的手裏，兩人不打不成交，他們都屬於一路的貨色，打個架鬥個毆，耍個胳膊根，為朋友兩肋插刀講究江湖義氣。因此，很快就成了朋友，並拜了把子，結了兄弟。

二愣子憑著這些本事，利用當時柳河中游治理的政策要求，他軟硬兼施，黑白兩道，把村裏的小造紙廠硬給攪黃了。把保定來的小老闆活生生地擠走了。簽了三十年的合同，連五年都沒幹滿，淨身出戶，廠房和設備全都留給了孫志義。孫志義賣掉了機器設備，利用當地的驢肉交易市場，仗著他服刑時的獄友，在市場收保護費，橫行霸道，低價買進鮮生驢肉，辦起了食品加工廠。鄉稅務所對他也是睜一隻眼閉一隻眼的，沒有兩年工夫，孫志義就發了橫財。

有了錢就是村裏的能人，能人要當村官。可二愣子有前科，入不了黨，當然也就當不上村支部書記了。二愣子說那好哇，俺就當村主任！全村沒人敢不選他。就這樣，孫志義通過選舉，全票當選了下園村委會主任。村裏的三個黨員誰也不敢當那個村支書了。從此，二愣子在下園村就一手遮天了。高度的集權統治，村裏少了挑刺鬧事的，這孫志義逢年過節時再分給每戶一些熟食製品，收買個人心。這幾年村裏安定，相安無事，村級經濟倒也有些發展。

孫志義聽說小寶老弟要當杜柳棵的村主任，他滿口答應。二叔是他的二表舅，沒有問題，至於其他村民，俺二愣子給你小寶出錢買票，這些村民見錢眼開。如果遇到個別人鑽牛角尖，俺二愣子給你擺平他。沒有人不怕白刀子進，紅刀子出的。你韓小寶當村主任，咱兄弟倆的勢力就大了，就可以制衡柳白來了。

他包上了五斤醬驢肉，領著韓小寶，開上他那台夏利車奔了杜柳棵的五表舅家。

五表舅無兒無女，右腳有點殘廢，下地種田不行，過去一直給生產隊餵牲口。五舅母死得早，全憑村裏的熱心人照顧點，和這個下園村的表外甥二愣子幾年前就沒有了走動。

「五表舅，二愣子看你來了。」

孫志義領著韓小寶仗義呼呼地就闖進了五表舅的小院。

五叔放下手中的編筐，從草棚子裏走了出來，他瞟了一眼二愣子沒有搭理他。他從頭到腳打量了一下韓小寶，老人說話了。

「你是那個韓小寶吧，和你爹韓永祿一個模子裏刻出來的，說，到俺這幹啥？」

「唉喲，五表舅，你老這眼力太好了，俺就是韓小寶，今後要給咱村辦事的，今兒個俺和你外甥志義來看看你認個門呀！」

「能辦什麼個屁事！二愣子，把你的東西拿走，給俺滾，你的五表舅早就到裏屋吃麵去了！」

五叔氣白了臉，從草棚子裏抄起一根柳木做的三股叉。二愣子見狀知道這老頭還記著幾年前的事情呢，這工作就沒法做了。走吧，咱另想主意，兩人連忙溜出了小院。

韓小寶坐在車裏問孫志義。

「愣哥，你表舅說裏屋吃麵去了，這是什麼意思，這溝坎不淺呀，看把老爺子氣的。」

二愣子哈哈大笑起來，裏屋吃麵的故事讓這爺倆從此斷了交情。

二愣子原來也是一個好莊稼把式。那年春起，到了種蒜的季節，五表舅在自家的自留地裏留下了幾根壟，兩個晚上老倆口扒了兩瓣子蒜瓣，請這位表外甥把這蒜給種上。

二愣子當時也還認親，村挨著村又不遠，幾根壟的蒜，一天就給種上了，還能吃上頓飽飯。他拿好蒜摟子和鋤頭高興地就去了杜柳棵。

二愣子迎著太陽，光著膀子把地深翻了一遍，然後用釘耙將地整平。他從書包掏出小鏈繩，量好尺寸，拉上繩子，然後用腳踩著繩子走過去，撤出繩子，平整細緻的土地上，就留下了一根根勻的繩線來。孫志義沿著繩線，將土培線上上，地裏就讓他給疊出了一條條的土壟來。土壟之間再用釘耙耙平，撤上農家肥，用蒜摟子摟出四條蒜溝，幹完這些工序，時間已到了中午，五表舅來到地頭招呼二愣子回家吃飯。

二愣子看看自己一上午的勞動成果很高興，下午一來就可以直接栽蒜了，栽上蒜，蓋好了土，澆上

水，三天就出芽了，到那時候，綠盈盈的蒜苗齊刷刷地高，很是招人喜愛。二愣子看看鄰裏那位男人和自己一塊下的地，他還正在疊壟呢。

二愣子跟著五表舅回家了。

五舅母早上就和二愣子說好了，這春天裏頭青黃不接，白麵早就沒有了，中午給貼的玉米麵餅子，綠豆湯。給二愣子攤了盤雞蛋，小蔥水蘿蔔沾大醬。二愣子很高興，能撇開肚皮吃頓飽飯就不錯了，何況還有一盤攤雞蛋，這村裏的雞蛋誰家也捨不得自己吃，都拿到供銷社去換鹹鹽。

二愣子進了堂屋，洗了把手臉，飯桌子放到了堂屋的地面，他坐在小板凳上剛拿起了筷子，只見東屋的藍布門簾一挑，走出了一位中年男人，舅母連忙給二愣子介紹。

「愣子，這是俺娘家弟弟，你就叫表叔吧，他多年也沒來看看他這個老姐姐，俺給他做了碗撈麵條，你可別在意呀！」

二愣子站起身來叫了聲表叔，然後，他從挑起的門簾子看到東屋的坑桌上，一大碗公的雞蛋炸醬撈白麵條……

二愣子一屁股就坐在小凳上，心裏暗暗地罵了起來。這算什麼玩意呀！俺幹了大半天的活，在外屋吃貼餅子。你他媽的弟弟來了，到裏屋吃麵去了。他越想越生氣，五六個金黃的大貼餅子全讓二愣子給吃了個一乾二淨。

吃完飯，二愣子拎起土籃子扒好的蒜瓣回到了地裏。他氣沖沖地到水井邊打了一桶涼水，爬在桶沿邊咕嘟地喝了一個痛快。然後，他雙眼一會盯著那壟蒜畦，一會又盯著那些蒜種，二愣子有了主意。

下午的活很快就幹完了，二愣子看了看澆完的蒜畦，狠狠地往地上吐了口吐沫，沒和二表舅打聲招呼，就回了下園村。

三天後，五表舅就去了下園，老人家磕磕絆絆地來到下園村東的坡頭上，那三間土坯房就是二愣子家。

二愣子媳婦光著個大膀子，挺著兩個黑油油的大奶子，坐在門口的石碾子上，咧著個大嘴和幾個老娘們扯閒天呢。

「愣子媳婦，俺是妳表舅呀，愣子在家嗎？」

「唉喲，是五表舅呀，怎地，找俺愣子有事？」愣子媳婦一扭她肥大的屁股，便從石碾上跳了下來，她一屁股又坐在了自家門樓的門檻上，回頭朝院子裏喊了一聲。

「愣子，你出來，你五表舅找你來了。」

二愣子也光著膀子，大搖大擺從院裏走了過來，他站在媳婦的身後，身子靠在門框上，看著五表舅發笑。

「愣子，表舅來問問你，你給表舅家種的蒜怎麼到現在還沒出芽呢？和咱一天種的老王家的蒜早就破土了，齊刷刷地都寸高了，這是怎麼回事呀？」

「怎麼回事，表舅你問俺呢？二愣子俺問誰去？噢，俺知道了，你的那些蒜呀，都到裏屋吃麵去了。」

二愣子彎腰摸了一把媳婦搭拉老長的鞋底子奶子。又說了一遍，「裏屋吃麵去嘍。」招惹的那些娘們哄堂大笑。

二愣子東院的二嫂子不知啥事，這五舅爺來了怎麼不讓進屋裏喝點水呀，大熱的天。

「喝水，俺家可沒有現成的水，俺看二嫂子的奶水挺足的，給俺表舅喝口奶吧！」

愣子媳婦和這幫老娘們笑了個前仰後合。

五叔氣白了臉，腿腳突然好使起來，他氣沖沖地三腳併二腳地回到了杜柳棵，他叫上自己的媳婦來到了自家的菜園子。

老倆口蹲在地頭上，輕輕扒開蒜壟裏的土。五叔一下子就明白了，二愣子把蒜頭全部頭朝下栽了進去。蒜根朝天，那些蒜苗鑽出來便彎了一個大彎後再往上長……這幾壟蒜可讓這二愣子給毀了，就因為一碗白麵條？

韓小寶聽完之後，也鬧了個仰天大笑。

「愣哥，你是不是太缺德了，不就是一碗麵嘛，你舅母是不是你給氣病的？」

二愣子沒有回答，無毒不丈夫，這是他做人的標準。今天在杜柳棵栽了面，給你這個表舅臉，你不要，就別怪俺心黑。他心裏又有主意，杜柳棵村的堡壘還得從這個官稱的五叔身上下黑手。

五叔攆走了這一對混混兒之後繼續編自己的柳條筐，等到天一擦黑的時候，他又到河邊的白柳條林裏，割上一捆條子，背回家。編夠十個筐後，就到大柳河鄉的集市上把它們賣掉，換些錢回來過日子。

逢七大集，五叔搭上村裏的馬車，裝上十個土籃土筐子來到了大柳河集市。

五叔不會討價還價，工商所的人也不收五叔的管理費，加上五叔的貨實價實，每次趕集，不到一個鐘頭，就都出手了。

五叔揣起錢，先到炸油條的攤前吃上兩根大果子，喝上一碗豆腐腦，多添點韭菜花。吃飽了喝足了，再買兩瓶北京的二鍋頭白酒。他等不了村裏的大車了，十來里的路，蹓達地就走回去了。

五叔沿著不寬的鄉級公路往回去，路兩旁是幾丈高的白楊樹，粗壯寬厚的樹冠遮住太陽的光線，路裏面蔭涼灰暗，路外面驕陽似火。這一裏一外的反差，刺得五叔的眼睛很不舒服。五叔緊靠路的右側，把眼瞇了起來，悠閒自在慢慢騰騰地往家挪步。

公路上的車不多，大晌午頭行人稀散。五叔走著走著，他突然感覺到眼前一亮，亮得刺眼。老人連忙睜開眼睛，迎面急駛來一輛摩托車，大白天的車燈卻亮著，晃著他的眼睛直奔五叔刺來。

五叔急忙收住了腳，直挺挺地站在那裏不敢動彈，他想讓這輛該死的摩托車開過去再走。

摩托車瘋了一樣地吼叫著，引擎巨大的轟鳴讓五叔感覺到了這車到了眼前。五叔沒了反應，摩托的前輪不歪不斜地撞上了他的右腿，老人慘叫一聲，被摩托車撞飛了起來。他的身子從兩棵高大的楊樹空檔間飛出，重重地落在了路旁的泄水溝裏。

摩托車沒有剎車，騎車人的頭盔往回晃動了一下，開足馬力跑了。

這一幕被柳白來看了個一清二楚。他從柳家莊新村社區去鄉編織廠，一上公路就看見了那台銀灰色的摩托車。這車型好熟悉，是給杜武兄弟買的那種，但那人的身形不是杜武，是個年輕人在飆車。柳白來一踩油門汽車便跟了上去，原本想超過這個愣小子截住他，教訓一下這個沒長眼睛的東西，沒想到這輛摩托車卻越開越快。

柳白來已是五十幾歲的人了，跟著小青年較什麼勁呢？奧迪車又慢了下來，這一快一慢一鬆一緊，讓柳白來靜下了神，他仔細辨認了那台摩托車的號牌，0456，沒錯，是杜武的那輛車，這時就發生了車禍。

柳白來一腳剎車將奧迪停在路中間，他截住了兩個騎自行車的年輕人。正巧，這一對男女就是杜柳棵的，他們認識柳白來，三人連忙把五叔從溝底抬進了奧迪車裏。

柳新苗沒有幫忙搶救，他一下車便掏出照相機把騎摩托車人的背影、肇事現場一一拍照下來。這些證據不能不留，柳新苗用手機報了警之後，替父親柳白來駕車，往縣醫院急馳。

二十八

秋風蕭瑟，柳河大堤上一片金黃。堤外的白柳條林割完二茬後，剩下白刷刷齊整整的柳條根，柳根的削面向著南河邊，它們期待著下一個春天的發芽。

杜柳棵村主任的選舉會場就選在了堤南向陽的一塊坡頭空地上。候選人要面對滔滔東去的柳河水發表誓言。村民們迷信河神，他們想著是在青天豔陽之下，讓大河為證。

選舉會場的主席台十分簡陋。一張小學校的課桌放在了會場的中央，課桌後面是兩把椅子和兩條長板凳。這堤南背風，雖說有些空曠，卻相對嚴緊，省了擴音器材。村民們自帶柳蹲和小板凳，圍坐在課桌的周圍。

大柳河鄉黨委書記杜鵑和柳白來坐在了椅子上，杜武和韓小寶坐在一條板凳上，兩個監票和唱票員坐在另一條板凳上。下園村也派了村民代表觀摩選舉。孫志義自帶了一把椅子，面帶微笑地坐在了會場的東側。

柳白來兼任杜柳棵村黨支部書記，會議當然由他來主持。

議程非常簡單。杜鵑書記並沒有做選前的動員講話，她知道這個選舉毫無意義，村主任只是一個擺設，應付上級用的。杜柳棵村的行政建制並沒有取消，支部和村委會還是應該存在的。

會議兩項內容，由候選人韓小寶宣讀競選報告，然後就發票選舉。村民們都知道，候選人只有韓小寶一人，根本不存在競選對手，純粹是走個過場。

韓小寶大踏步地走到課桌的前面，他直了直已經十分挺拔的腰板。競選稿捲成了一個筒，握在左手上，他根本沒有照本宣科，柳白來給他改好的稿子全都背了下來。這小子年輕氣盛嗓門又大，村民們坐得再遠都聽了個一清二楚。

韓小寶的講話內容十分空洞，這是必然的。講實了的那些都應該是柳白來要做的，但又不能光講一些口號，沒有實惠村民當然不會選你。柳白來在這篇稿子裏，透過韓小寶的嘴，介紹了一下杜柳棵村遷移到柳家莊的幾個步驟，住房的分配，原平房的作價，杜柳棵土地的入股方案等等。這些內容很新鮮也很帶刺激，當然更關係到村民們自家的切身利益，大家聽得很仔細。

韓小寶頭腦清楚，口齒伶俐。他講得滿嘴冒白沫子，就像說評書還增添了一些誇張。待村民們聽得會神的時候，他突然一收嘴就結束了這次選舉演講。並深深地給杜柳棵的鄉親們鞠了一個九十度的大躬。

掌聲響成了一片，孫志義還在旁邊起著哄，高聲叫好！

下園村的幾個代表情不自禁地跑到了柳白來的跟前。

「柳書記，俺們下園村也劃歸柳家莊你們要不要啊？」

柳白來很是得意，他看了看這幾個代表，又看了一眼下園村的村主任二愣子，把球踢給了鄉黨委書記杜鵑。

「這事呀，俺柳白來說了不算，俺得聽政府的，聽咱們鄉黨委書記杜鵑同志的呀！」

杜鵑也笑了，他很滿意今天選舉的氣氛和韓小寶發言的效果。

「好哇，鄉裏縣裏早就有規劃，只要你們下園村的老百姓都同意，鄉裏堅決支持！」

二愣子見狀立刻就把臉拉扯下來。他連忙走到杜鵑書記的面前，衝著她點了點頭，臉上又不自然地笑了笑。然後，他朝著那兩個下園村的代表低聲罵了幾句。

「混蛋的玩意，狗屎也想插一手指頭，讓你們來看熱鬧，還真想進去耍戲一把。都給俺滾回去！」

選票發給了大家，白紙半張，上面三個字「韓小寶」。同意就在名字下面打個V，不同意呢？就打個×。二百六十一名選民，一袋菸的工夫就都把票交了上來。統計票也很簡單，結果很快就出來了。柳白來讓大家安靜下來，開始公布選舉結果。

「咱們杜柳棵村有選民資格的是三百二十八人，實到二百六十一人。發出選票是二百六十一張，收回是二百五十一張，其中棄權票三十張，也就是什麼也沒畫，廢票三張，就是又打了×還畫了V。這樣，有效果還剩下二百一十八張。贊成票呢？一共是一百六十一張，超過二百六十一張的半數以上，選舉有效。下面請鄉黨委書記杜鵑同志發給韓小寶同志當選證書。」

杜鵑書記拿起了已經填好的紅彤彤的當選證書走到了韓小寶的跟前。莊重地要把證書遞給韓小寶的那一瞬間，她突然聽到身後大堤上傳來一聲炸雷般的叫聲。

「杜書記，這選舉不能算數呀！」

會場上所有人的目光一下子都聚集在大堤上。

「是五叔！唉呀，五叔回來了！」

只見縣公安局的兩位民警推著輪椅從大堤上下來了。五叔端坐在輪椅上，右腿粉碎性骨折被截了肢，只剩下一條空褲腿在微風中擺動。

二愣子孫志義一看有公安局的人跟著他的五表舅，心裏頓時明白了，十有八九那事暴露了。他悄悄溜出了人群，連椅子也不要了，拔腿就想跑。

「把二愣子給俺截住！他就是撞斷俺腿的幕後操縱者！」

五叔的叫喊和指認，讓兩位民警立刻就撲到了孫志義的跟前。孫志義一看大勢已去，沒有半點掙扎，束手就擒。

韓小寶一看事情不妙，但他要比孫志義沉著多了。兇犯是二愣子雇人撞的，俺沒和兇手見過面，也不認識，到時候俺就來個死豬不怕開水燙，咬住牙不承認。就憑二愣子一個人指證也定不了俺的罪。

韓小寶大大方方地站在五叔的輪椅前，假惺惺地跟五叔套著近乎。

「五叔，早就聽說你出了交通事故，一直沒有時間去縣醫院看你，現在好了，你出院了，今後俺多照

顧你就是了。」

「韓小寶，你他媽的是二愣子的同謀，跟你爹一樣的壞種！民警同志，他就是韓小寶！」

一個民警走了過來，他湊在杜鵑書記的耳朵邊說了幾句，然後又把柳白來拉到一旁咬了一陣耳朵，這才來到韓小寶的跟前。

「你是韓小寶？」

「是，俺就是韓小寶。」

「根據我們掌握的情況，你和這起故意行兇報復五叔的案子有些牽連，請你跟我們走一趟，接受縣公安局的詢問。」

「憑什麼說俺有牽連？請拿出證據來，沒有證據，憑什麼帶俺走！」

「韓小寶同志，你是公民嗎？是公民就有義務接受公安機關的詢問，配合公安機關調查，又不是拘留你，害什麼怕？」

「俺有什麼害怕的？不去就是不去。」

韓小寶的口氣軟了下來，他看看柳白來，眼睛裏流露出乞求的目光。

「小寶，你去吧，這是公民的責任，說清了問題就回來，如果證明了你的清白，這次選舉還是算數的，俺柳白來說話算話。」

「算個什麼數！韓小寶你慫了？好漢做事好漢當。定你個同謀罪不委屈你，這事就是咱哥倆一塊商量的。」

二愣子知道東窗事發，自己不能硬充光棍，關鍵時候還得個人顧個人。孫志義還沒等進了局子，就把韓小寶給供了出來。

「二愣子你這個王八蛋，你血口噴人，誰是你的同謀呀？你臨死了還要拉俺一個墊背的，你這是陷害俺候選人！」

柳白來聽出了點門道，他揮了揮手讓公安局的同志把這兩人帶走，並宣布散會。

杜武這會兒才從人群中走了過來。他向杜鵑和柳白來彙報了一個重要情況，韓小寶賄選村民，每張選票送了五十塊錢，說是給選民的回報。

「真有這事？你怎麼不早說呢！」

柳白來有些生氣，當著杜鵑書記的面沒好發脾氣。杜武原想著不就是選一個掛名的村主任嗎？何況這韓小寶又是柳白來的表弟。每家送五十塊錢好事呀，鄉親們也改善改善生活。誰知道韓小寶和二愣子串通一氣，竟敢在光天化日之下，謀害五叔，讓反對意見消聲。杜武更弄不明白了，自己的摩托車放在院裏，鑰匙一直在衣袋裏，怎麼會是這輛摩托車撞了五叔呢？

杜武回想起那天上午的情景來。

杜武那天上午閒著沒事，見柳白來開車出去了，自己一個人在副書記寬大的辦公室坐著，不習慣，便蹲在社區管委會院子裏擦洗自己心愛的摩托車。他從鍋爐房拎來半桶溫水，先給摩托車通身上下洗了個澡，然後從剛發給自己的勞保袋裏，掏出自己洗臉都捨不得用的新毛巾。他從車把開始一直擦到車輪上的每一根車條，摩托車被杜武擦得明光瓦亮，在陽光下閃閃發光。杜武直起腰，嗨！這時間消磨得還真快，不知不覺，這都快到了晌午頭了。

「嗨，杜武書記，親自擦車呢，說一聲呀，這活讓俺小寶替你幹不就得了。」

「噢，是小寶呀，俺愛擦車，自己的車自己擦心裏頭舒服呀！」

「杜書記，你現在可是社區黨總支的副書記了，一人之下萬人之上了，得抓大事，像這些小事情，今後就都交給俺韓小寶去幹。」

杜武讓韓小寶兩句好話給說得找不著北了，心裏痛快，這當富官和當窮官就是不一樣。

「小寶是來找柳書記的吧？他去縣裏或者鄉裏了，說今天也許、可能不回來了，有啥事俺給你轉達。」

杜武其實也不知道柳白來幹什麼去了，自己怎麼敢隨便打聽柳書記的去向？該知道的知道，不該知道的不能探聽過問，那是犯規矩的，杜武在部隊養成了這些習慣。可今天當著韓小寶的面，又要裝出自己什麼大事都知道，要讓外人知道他和柳白來的關係是好的、鐵的。

「杜書記俺沒啥事，你剛調到俺村，人生地不熟的，怕冷落了你。今兒個小寶是特意看你來了，你看俺從下園買了兩斤五香醬驢肉，還有五香花生米什麼的，特意準備了一瓶六十度的衡水老白乾，和你吃頓簡單的午飯，請書記批准！」

杜武一看心花怒放，這哪是簡單的午飯呀，夠排場。到嘴邊上的酒肉哪能不吃呢，何況這小子還是柳書記家的親戚，又是今後杜柳棵的村主任。俺杜武早就想和韓小寶套套近乎，只是自己囊中羞澀。今天機會來了，他連忙將韓小寶讓進了自己的辦公室。

兩人推杯換盞，杜武真心喝，韓小寶真心勸，一瓶高度老白乾二八開，杜武喝了八兩，韓小寶喝了二兩。這頓午餐進展神速，一個小時，杜武就栽倒在黑皮沙發裏不省人事了。

這一覺睡到日頭偏西，柳白來推門進來他才醒了酒。

「杜武呀，你這是怎麼了，大白天喝什麼酒呀？有錢了是吧，我問你，你今兒個出去了嗎？」

「柳書記，俺哪也沒去呀，從早晨到現在，沒出院。」

「那你的摩托車借給誰騎了？」

「誰也沒騎呀，這不一直在院子裏放著嗎？你看，這鑰匙還在褲兜裏呢！」

柳白來進院時看見了，他還圍著摩托車轉了一圈，看了看牌照，看了看車胎。

「你中午和誰喝酒了。」

「和你表弟韓小寶，是他請的客。」

柳白來早就看見寫字台上那堆殘渣剩飯，他忍了又忍沒發脾氣。五叔被撞的事扯著他的心，等案子破了再找你兩人算帳。

柳白來和杜鵑聽完杜武的彙報後，這才覺得這韓小寶不一般，他一定插手了這起案件。剛才，二愣子已在眾人面前公開指認了，確認應該沒有問題，可是現在需要的是直接的證據。

兇犯已抓捕歸案了，是下園村食品廠的保安。他供認是孫志義給了他五百元錢，並在案發頭一天領他去了杜柳棵，在背地裏認清了五叔的模樣，並告訴他第二天五叔回來的道路和時間。

兇犯供認，這一切都是孫志義指使的。作案工具摩托車，也是孫志義畫好了圖，讓他到柳家莊社區管委會的院子裏去取的。並囑咐他，摩托車的鑰匙就在車上插著，叫他不用吱聲，推車就走，絕不會有人攔你。等你把車推出了院後再發動騎走，辦完事之後，一定把車擦乾淨，再放回院子裏的原處。事成之後到孫志義那裏領錢。

案情很顯然，在作案工具這一環節上，一定是有內線幫助，不然，杜武的車鑰匙怎麼會不翼而飛？自己插到了摩托車的鑰匙門裏，這個內應一定是韓小寶。是他用了連環計，用酒把杜武灌醉，把鑰匙取走。下午又原樣放回杜武的褲兜裏，一切做得天衣無縫，人不知鬼不覺。

二愣子在公安局全盤托出這次謀害五叔的計畫，是韓小寶想當杜柳棵的村主任，五叔他帶頭反對，韓小寶想殺雞給猴看，這才找俺二愣子幫忙。主意都是韓小寶出的，雇凶的錢和賄選的票錢都算他借俺的，等他當了村主任，連本帶息一併還俺，還說俺倆連起手來和柳白來抗衡。

二愣子說，那輛摩托車也是韓小寶提供的，時間、地點都是他用手機指揮的。俺二愣子也有心眼，保留了那天的通話記錄。

韓小寶在公安局裏對二愣子的指認全盤否定，推得一乾二淨。韓小寶聰明，他耍戲了二愣子。二愣子手上沒有任何證據說明他指使謀害五叔，你留有通話記錄，韓小寶承認，但他不承認通話內容，沒有辦法定罪。

關於和杜武喝酒，韓小寶假稱自己也喝了個大醉，只是比杜武早醒了個把鐘頭。他走了的時候，已經下午四點半鐘了，出了院他看見蓋房子的小鬍子包工頭，他可做證。

只有一件事韓小寶承認，他想當杜柳棵村主任，這沒錯，每戶送五十塊錢這事也是有的，但不能算做賄選。他只是想表個態，韓小寶今後能讓大家過上好日子。錢是二愣子出的，不是俺借的，是他出的主意，他派人挨家挨戶送的，怎麼能算俺賄選。

案件十分清楚了，只是在韓小寶的定罪上證據不足，光憑推理和二愣子一人的嘴上會氣也毫無意義。檢察院不受理，主管該案子的副院長又是原大柳河鄉黨委書記王忠，因此，韓小寶被退了回來。公安局沒有辦法，只好放人，孫志義被轉到法院審判。

一場風波平息了，柳白來在這場鬥爭中又是勝利者。二愣子孫志義被判處五年有期徒刑，並將食品廠作價交還村資產，剩餘部分還清五叔住院費、醫療費和今後的生活保障金，免去其村委會主任職務。下園村召開了村民代表大會，一致同意將下園村劃歸柳家莊。三村土地合併連片，一個股分制、機械化生產的大農業社區逐漸形成。

韓小寶回到柳家莊後，黨總支召開了黨員大會。柳家莊村黨支部建議，黨總支同意，報請鄉黨委批准，給予韓小寶留黨察看二年處分。

韓小寶嘴上裝著不服，心裏卻痛恨自己太不懂政治，智商太低，幾年的努力又變成了竹籃打水一場空。他爹韓永祿罵兒子這回該死心了吧？可兒子是個強種，不到黃河不死心，不見棺材不落淚。扭曲的心靈讓韓小寶開始了他又一個新的行動。

二十九

韓小寶詛咒臘月的寒冷，年關的火熱。

他跟隨柳白來嶄新的轎車賓士S350幾天了。大地裏的莊稼沒了，北風失去了阻攔變得更加狂妄，刮得韓小寶的摩托車左右搖晃。羽絨衣裏的羽毛全都吹得膨脹起來，像個氣球，寒風沿著光滑的邊緣把身心打了個通透。

韓小寶今天晚上有了收穫。那輛豪華的車尾燈把他再次帶到縣城西北角柳河南岸不知名稱的社區。也許是要過年了，送禮的人多了起來，保安也似善解人意了，這次居然沒有攔擋，讓韓小寶順利地跟著賓士車停在了社區深處孤零零的一座小樓旁。

他把摩托車藏在柏木樹牆裏，然後迅速地躲在門庭右邊的電燈杆下。

柳白來下車打開後備廂，從車裏拿出一箱箱一包包花花綠綠的年貨。這時門庭挑簷下乳白色的圓燈亮了，防盜門開了，一位年輕貌美的女人領著一個三四歲的小女孩迎著轎車走了過來。

「爸爸！」小女孩高興地蹦跳著，柳白來和小女孩同時伸出了雙臂。

「柳花，別鬧了，進屋再和妳爸爸親熱，外面太冷！」

是張莉，沒錯！是那個騷女人。還給柳白來生下一個女兒。韓小寶一陣狂喜，這個天大的祕密終於讓他握到了手裏，這簡直就是一張王牌，一張能夠掀翻柳白來根基的利劍。平日裏你柳白來在柳河縣的地盤上吆五喝六的，不也是掛羊頭賣狗肉嗎！金屋藏嬌這一祕密對韓小寶來說太重要了。亮出這張王牌，在表姐齊英那裏可就是大功一件。在柳白來的面前，說這張王牌是政治，那他就得重新啟用俺韓小寶。說他是經濟，就能換取錢財，也許從此俺能發家致富。這把利劍不能輕易出鞘，亮劍要把握火候，這次再不能失算了。

韓小寶激動得一身的熱汗。他眼看著柳白來抱著叫柳花的女兒，拉著張莉的手走進了小樓之後，才從燈杆的黑暗中鑽了出來。他輕輕繞到門庭前，看清了樓號和單元的門牌，然後，推出摩托車依依不捨地走了。

韓小寶無心閒逛，沿著柳河縣直達柳家莊的雙柳公路，加足馬力一溜煙地回到了柳家莊。柳家莊華燈閃爍，燈光牽手著夜空裏的星星。一排排靜雅的獨棟兩層小樓的窗戶裏，散發出了農家特有的溫馨。柳河北岸這一片萬家燈火，洋溢著新農村建設農民小康的富庶，凝聚了以柳白來為代表的農村基層組織改天換地的心血。

韓小寶根本看不到這些翻天覆地的變化，扭曲的心靈只知道讓他端起飯碗吃肉，放下筷子罵娘。他推開自家小院的鑄鐵柵欄門，把摩托車立在光禿禿的玉蘭樹下，媳婦聽聲打開了門燈，把丈夫迎了進去。

一層客廳裏坐著爸爸韓永祿和後媽李玲，二老一言不發，盯著滿臉通紅的兒子發呆。飯菜擺在桌子上

早已涼透到底，沒有人動一筷子。媳婦見丈夫韓小寶進來了，她疲倦的臉上才有了一絲笑容。隨即將一桌的飯菜端回廚房重新回鍋熱了一遍。

「小寶，你這是幹啥去了？昨天你招呼俺老兩口來吃晚飯，卻給了俺倆一個涼屁股，不是你媳婦拉著，你媽攔著，俺今兒個非掀翻了你的飯桌子！」

韓永祿又激動了，他人老了，脾氣已經削減了許多。這些年的溝溝坎坎讓他明白了些道理。兒子長大了，別說動手了，就是動動嘴，人家也不愛聽了。可韓永祿骨子裏剩餘的那點爭強好勝，還是沒有管住這張老嘴，叨嘮起來仍是沒完沒了。

李玲拉了一把韓永祿，不讓他多說話，這又不是咱們的家，這是兒子的家，還有那個不叫爹的媳婦呢，尤其當著俺這個後進門的媽，裏外要有區別。

韓小寶瞟了老爹一眼，並沒有吭聲，滿臉的喜色不願言表。他從櫥櫃裏摸出一瓶衡水老白乾，擺上酒杯依次倒滿這才說了話。

「爸……你二老別生氣，俺確實有點急事分不開身，是兒子的錯，讓你們等久了，兒子以酒謝罪！」

韓小寶沒等二老從沙發裏回到飯桌上來，就一仰脖子，把足足有一兩的白酒倒進了肚子裏。韓永祿見狀哭笑不得，把兒子教育成這個德行，還不是當年他那個病媽和俺這個不著家的渾爹的過錯？攤上了就得認，他連忙起身拉著李玲坐在了飯桌邊。

韓永祿不願意搭理兒子，他和李玲對著臉喝起了悶酒，韓小寶和自己媳婦坐老兩口對面，兩人擠眉弄眼嘀嘀咕咕了一番，一會兒神神經經，一會兒又開懷大笑。

韓永祿這些日子心裏邊也不好受，兒子受了黨內處分，到手的杜柳棵村主任這一職務也掉了井。唉，雖然他明知這一切都是兒子給柳白來刨的坑，對兒子自己掉了進去的結果仍舊是心痛，兒子心裏的滋味當爹的哪能不知道。他勸兒子爬上來走明光大道，可兒子鬼迷心竅，非想和韓家的恩人較勁，恩將仇報，這韓小寶可比當年的韓永祿更壞，狗屎一堆。

李玲見狀知道這酒喝不出名堂來，不如回家下碗掛麵湯，吸吸溜溜，熱熱呼呼的舒服，她拉起韓永祿起了身。

韓小寶喝得正在興頭上，他把自己發現柳白來的祕密全都告訴了媳婦，他讓媳婦等著，自己還會有出頭露臉的機會，東山再起。媳婦捅了他一手指頭，示意兩位老人要走了，韓小寶見狀這才起身，倚在了正門的門框上。

「爸，怎麼這就要走？媳婦快給二老端米飯，把紅燒肉再熱一下，咋地也得吃飯呀。」

「算了，俺和你媽還是回去吧。你這眼裏還有俺這個老人嗎？瞧瞧，從你回來到現在，你正臉和你爸俺說過一句正經話嗎？」

「爸，是兒子不對，可兒子今天有天大的喜事，先告訴了你的兒媳婦，你別挑理，兒子現在就告訴你們二老。」

韓永祿心裏一顫，收住了腳步，兒子從來給自己帶來的都是愁人的事情，還會有喜事從天而降？他不相信韓小寶能有什麼喜事和好事，如果兒子認為的好事，說不定又會捅出什麼摟子來！韓永祿又不放心了，也好，吃完這碗大米飯再走，他倒要看看兒子這天大的喜事是什麼。

韓小寶藉著酒氣，口無攔掩地把今天發現柳白來的祕密添油加醋地給韓永祿說了一遍。

韓永祿聽完心裏絞成了一個團，這個該死的韓小寶又在找死呢！他相信兒子說的這些都是真的，他和李玲在鄉編織廠的時候早有察覺，只是睜一隻眼閉一隻眼。現在的老闆、領導誰還沒有一個相好的？逢場作戲，柳白來對自己的外甥女齊英可是一心撲十，沒有二心。男人有點花腸子，那也正常。只要還顧他的家，過了那段邪勁就好了。俺韓永祿年輕的時候，不也拈花惹草嘛，可對小寶死去的媽，那可是夠意思，盡了丈夫的責任。到現在，俺和李玲居家過日子，安度晚年不也很圓滿嘛！

韓永祿知道勸不了這個渾蛋的兒子，勸了也沒用，這都幾次了？他願意怎樣就怎樣，當爹媽的盡了責任，今後是好是壞，都由他一人兜著。但這一消息一定要告訴自己的外甥女齊英，要勸勸齊英想開點，萬一哪天這事讓韓小寶捅了出去，齊英的家不能垮了。

韓永祿心裏有了主意，他和李玲定下心來，每人各吃了一碗熱騰騰的大米飯，喝了一碗自製的開水沖肉湯，這才從容地離開了兒子家。

韓永祿和齊英都感激柳白來，這柳家莊的鄉親們也都感激柳白來。俺倆雖說管不了這個喪門星的兒子，俺還要為柳白來著想，為這新社區的發展著想，更要為柳新苗著想，兩位老人直奔了村子中心唯獨的一棟三層小樓。

這棟三層小樓是村民們集體決定的，院子也比別人家的大了一些。他們不是從柳白來的功勞說起，如果論起功勞，給他十棟小樓也不為過，何況人家有的是錢，想蓋什麼樣的樓房不行呀！鄉親們說，柳白來要接待縣、鄉領導，接待國內國外商戶，沒有一層辦公室不行。這件事還驚動了縣裏，聽說是已經當上了縣委書記的李延安親自批准的，經過了縣委常委會。

韓永祿和李玲來到柳白來家門口，從鐵柵欄圍牆的縫隙裏，那台賓士車沒在院裏，只有那輛奧迪車停在窗下。他們知道柳白來還沒有回來，兩人心想這正是時候。

韓永祿按了一下門鈴，這是柳新苗安裝的可視自動門鈴，齊英見是舅舅舅媽登門，連忙出樓到院子裏迎接。

「唉呀，舅舅舅媽，你倆可是稀客呀，外甥女早就有意見了，住得這麼近，怎麼就不願來呢？」

「唉呀，齊英可別這麼說，妳和孩子新苗老去看俺們，不是俺倆充大輩不到小的家來。俺真是怕給柳白來添麻煩嘛，他一天都在忙大事。你看，今兒個又這麼晚了，可舅舅是真有點急事，想和外甥女說說。」

齊英寒暄著把舅舅舅媽讓進了客廳，柳新苗給三位老人重新泡了壺新茶，洗了幾個蘋果、鴨梨放在了果盤裏。

「舅老爺、舅姥姥你們二老坐著吃著，俺媽陪著你們，俺到樓上寫點東西，下園村合併過來的實施細則，鄉裏等著要呢。」

「瞧，新苗這孩子真懂事，俺那小寶能有新苗一半俺就知足了，去吧去吧，別誤著年輕人的事，舅老爺和你媽說說家常。」

韓永祿靜了靜神，他一邊觀察著外甥女的面目表情，一邊將兒子韓小寶發現的事情對齊英說了個一清二楚，但他隱藏了兒子跟蹤柳白來的實情，只說是偶然看到的。這件事是真是假還沒有一定呢，他叫齊英別往心裏去，等柳白來回來好好談一談，別傷了兩口子這麼多年的和氣，要以這個家為重。

韓永祿原想著外甥女聽完之後，一定會是火冒三丈，像其他農家婦女一樣大嚷大叫、大哭大鬧的。讓他沒想到，這齊英只是一個勁地喝水，臉色的變換並不十分明顯。一開始還能看到齊英豐滿的胸膛上下起伏著，可是越到後來，韓永祿發現，外甥女越發的平靜下來，沒有一點常人所表露的那些激動。

「舅舅你說完了？」

「俺說完了，俺是好心，這事不一定是真，舅舅只想給外甥女提個醒。」

「謝謝舅舅舅媽關心俺齊英和白來，俺和白來早就把生命捆在了一條褲腰帶上了，這麼多年風風雨雨走到現在，那就是一個人。只要是白來在外邊做的，不論什麼事，都是俺齊英願做的。二老這就放心吧，俺這個家是鋼筋水泥鑄的，結實著呢！」

李玲對眼前這個齊英肅然起敬。這個外甥女絕不是一個普通的女性，在文革那個紅色恐怖的年代裏，她能拋棄優越的家庭條件和政治優勢，甘願下嫁他柳白來，目光遠大呀！依李玲看，柳白來今天的成功，對農民們的真情，和齊英的寬宏大度的靈魂是決然分不開的。韓小寶要想拿張莉這件事做為要脅，在齊英跟前太沒有份量了。

韓永祿和李玲確認齊英不是凡人，兩位老人徹底把心放回到肚子裏，可對韓小寶更多了一份憂傷。兩人說不出來是一種什麼樣的心情離開了柳白來的家。

齊英送走了舅媽，她站在當院沒有藤蔓的葡萄架下，眼淚便像斷了線一樣刷刷地流淌下來。幾年前那張照片給她帶來的打擊，讓她明白了一個道理。丈夫是一個出色的男人，這一點都不用懷疑。當初自己飛蛾撲火已經有了焚燒身體的堅定，以柔制剛，用溫存搬回偏離軌道的車輪，是齊英的策略。她當時並沒有把事情挑明，給了自己丈夫柳白來充足的自尊，可恨那個張莉，她設好了圈套，用繩索套住了柳白來。俗話說，不怕賊偷就怕賊惦記。做為柳白來的大本營，一定要剪斷張莉的那根繩索，要拉緊自己那頭，把柳白來重新拉回到自己的身邊。

齊英擦乾了眼淚，叫兒子柳新苗開上奧迪車，沿著雙柳公路奔了縣城。

柳新苗按著母親齊英的指揮，把車停在了那個社區的那棟獨樓門庭前。他按著母親的旨意用車燈連續閃動了幾下，輕輕按了按喇叭，齊英是為了給自己的丈夫一些時間。

片刻，樓房窗戶裏的燈亮了。這熟悉的奧迪的「嘀嘀」聲，柳白來知道是誰來了。其實他早就做好了準備，兩套方案，他會根據齊英的態度去選擇。柳白來明辨是非，更是一個有責任心的男人。既然請得了神，也一定會送得了神。

兒子柳新苗在路上聽完了媽媽的講述，一言不發。一個在北京讀完大學的知識青年，他知道如何用他自己的理解，去對待父親的事情。

門庭挑簷下乳白色的圓燈亮了，防盜門被打開了。

那個叫張莉的女人抱著柳花，柳花揉著眼睛，好像剛剛被從睡夢中叫醒，她們母女倆迎著齊英大大方方地走了過來。

柳白來用手拉著打開的鐵門，把齊英和柳新苗迎進溫暖的房間裏。

張柳花瞪大了眼睛，好奇地看著坐在沙發裏的齊英和柳新苗，孩子從來就沒有在自己的家裏看到過陌生人。

齊英首先打破了僵局，自己能夠率領兒子來到這裏，她就有信心掌握這裏的局面。她輕輕地從沙發裏站了起來，和善地坐在了張莉的身旁，然後用手撫摸著張柳花油黑發亮的頭頂。

「妳叫張柳花吧，幾歲了？」

「俺小名叫柳花，三歲半了，妳是誰呀，怎麼知道俺的名字？」

「俺叫齊英，是妳爸爸柳白來的媳婦，當然知道妳叫什麼了，妳看，這位是妳的大哥哥，叫柳新苗，是妳爸爸的兒子呀！」

齊英一進門就喜歡上了這個叫柳花的小姑娘。女兒像爹，一點不假，這柳花的鼻眼神態和柳白來一模一樣的，連舉手投足都像一個模子裏刻出來的，沒有一絲張莉身上的氣息。齊英做夢都想要個女兒，她曾和柳白來開過玩笑，你要真是在外邊包個小的，一定給俺生個女兒。

張柳花對眼前的這位奶奶也很有好感，更對坐在沙發裏的那個大哥哥柳新苗感興趣。她從媽媽張莉的腿上蹦了下來，撲到了柳新苗的懷裏，她拉著他的手，小臉湊到了新苗的臉前。

「你真是俺的大哥哥？長得很像俺，俺要你這位大哥哥。」

柳新苗和柳花有著血緣關係，骨血相通。柳花細嫩潔白溫暖的小手，像放電一樣讓柳新苗血管裏的鮮血沸騰起來。他立刻將柳花抱到了懷裏，用那寬厚的大臉貼住了柳花秀美的小臉，眼睛立刻就閃出了淚花。

「妳是柳花，俺的妹妹。」

這情景突如其來，就像飛來的一根橫掃棍，打昏了柳白來和張莉。兩人剛才商議好的，不論齊英和兒子新苗如何鬧事，就算砸碎了門窗，咱倆也不能發火，是咱們缺理呀，缺德了。

柳白來流淚了，他真心地感覺到自己對不起齊英，那個最艱難歲月裏給了自己希望的女人。他真心地感覺到也對不住張莉，這個在困惑、疲倦、勞累、煩躁中，帶給自己溫馨的女人。他真心地感覺到他最對不住的還是自己的女兒，那個圓了兒女雙全夢的如花似玉的小柳花。這些都晚了，不能再從頭來。

柳白來第一次不知所措。

張莉感動了，她被齊英的寬容大度感動了。她也站起身來，朝著坐在自己身邊的齊英深深鞠了一躬。

「齊英姐姐，俺對不住妳了，按年齡俺得叫妳一聲長輩，都怨俺糊塗，做出了傷天害理的事情來。今天任憑姐姐發落，什麼條件俺都得答應。」

「妹子，可別這麼說，現在是新社會了，不興娶小，如果放在過去，俺就認了這樁親事。現在木已成舟，不是追究誰的責任的時候，咱姐倆商量商量，這日子今後怎麼過。總不能躲過了三十，過不去十五呀！」

「那好！姐姐這麼通情達理，俺張莉絕不能再在柳河縣待下去，俺想好了，俺帶著張柳花回雄縣去，從此再不來打擾你們。」

「唉呀妹子，那可不行呀，妳一個大姑娘家的帶一個孩子怎麼回娘家？街坊鄰居的怎麼說？再說了妳才二十幾歲，還得找人家過日子，不行，不行。」

「姐姐說不行？那應該怎麼辦呢？」

張莉回頭看了一眼柳白來和柳新苗，這爺倆都變成了啞巴。

「張莉，姐姐說個法子，不知妹子能否接受。」

「齊英姐，俺還有啥說的，俺只惦記著閨女。」

「好，依著俺說，張莉還是個大姑娘，仍舊如花似玉。鄉編織廠的資產全部過戶到妹子頭上，把企業搬回雄縣去，這也叫衣錦還鄉是吧！」

齊英看了一眼愣在沙發裏的柳白來接著說。

「搬遷費和流動資金讓白來再給出一部分，一直看到企業有了回頭錢為止。孩子呢，是柳家的，這一點絕對不能含糊！當然了，柳花也是妳張莉的女兒。這件事只有咱們這些人知道。今兒個當著柳白來的面，咱姐們拜個乾親，妳想柳花了，願意什麼時候來就什麼時候來看她。張柳花從今天起，名正言順改姓柳，叫柳花！」

齊英一口氣把心裏的計畫說完，容不得張莉插嘴。

張莉低下了頭，她捨不得柳花。可齊英的話又讓她無話可說，人家全都是替咱著想，替俺今後的生活著想，把廠子都無償地給了俺，近千萬元的資產……張莉動心了，她在仔細品味著齊英的意見。

齊英說完這些不容更改的意見後，這才來到柳白來的身旁。

「白來呀，別掉眼淚，浪子回頭金不換，俺齊英不抱怨你，俺還要感激你們兩個，老了給俺添一個金蛋蛋的閨女。你說，俺剛才的主意怎樣？」

柳白來嘆了一口氣，看了一眼兒子柳新苗，拍了拍女兒柳花的腦袋瓜。再看了一眼對面站著的張莉，他能說什麼呢？還是沉默，讓這兩位女人定，定什麼俺柳白來都同意。

柳新苗突然站了起來，他來到屋子的中間。

「爸、媽、張莉姨，按說沒有我這小輩人說話的地方，可我也是這個家庭的一員呀，不知俺能不能發這個言？」

「唉，能發，能發呀！」

齊英和張莉異口同聲。

「好，那我就說，這件事是件好事情，雖然它有些傷社會風俗，但俺看這正是柳家和張家的緣分。給俺添了一個讓人心疼的小柳花。真的，我一進門就認下了，請張莉阿姨放心，一百個放心，妳沒看出來嗎？俺媽見了這柳花多高興，這是第一句話。第二句話，俺幫助張姨把廠子搬到雄縣去，俺相信，張姨今後一定會有個好歸宿。打今起，咱們就是親戚了，有俺小妹柳花在，這是一門拆不散的姊妹親。好了，沒了。」

張莉點了點頭表示同意。柳白來陰沉的臉上終於有了一些光亮。這外方內圓的辦法讓他佩服齊英的智慧，是齊英和張莉牽手解決了柳白來人生中的又一個大難題。

讓韓永祿和韓小寶想不到的是，這麼棘手的一件事情，居然能像當年共產黨圍困北平城那樣的和平解決了，保住了一座歷史名城。

三十

大年除夕夜，柳家莊社區鞭炮齊鳴，禮花彈把夜空炸開萬紫千紅。一團團一簇簇，燒亮了半個天際。震耳欲聾的鞭炮聲，撞擊著東逝的柳河水，水兒翻花，迴音盤旋在柳河大堤的柳梢上，發出嗚嗚的鳴叫。

社區東鄰的下園村黯淡無光，村民們都盼著春起等三批樓房的竣工，誰也捨不得把不多的錢燒了聽響，村裏的鄉親們都站在大堤上，欣賞柳家莊的排場，他們高興，不花錢還照樣享受著紅火嘛。

柳新苗心潮澎湃。他發現父親外遇和平解決之後，老爸一下子好像老了許多，沉悶得像變了一個人。媽媽齊英對父親也越發地客套起來。這麼大的企業和社區三期四期工程建設的份量開始傾斜，柳新苗已經明顯感覺到肩膀上沉重了許多。今晚他根本沒心思守在電視機旁，觀看每年不落的春節晚會，現在他知道了，那是閒人們的福氣。柳新苗想藉著下園村村民緊集在大堤上看煙花的機會，去和他們聊聊天，拉近一些情感。這對第三批人住樓房工作的開展是有幫助的。

柳新苗把車停在老遠，怕的是鄉親們疏遠他這個多面臉。鄉村少見的北京畢業的大學生、柳河黎明木業有限公司的執行董事、副總經理、柳家莊黨支部書記，還有柳家莊社區建設的副總指揮。這一大堆的頭銜肯定會嚇住老百姓的，如果他們把自己當成了救世主，敬而遠之，那今後社區的政權建設就會遇到麻煩。因此，他擱下年夜飯的筷子就奔了南大堤。

村民們看見了柳新苗，見這後生客客氣氣，沒有一點闊公子的派頭，還從背包裏掏出香菸發給眾人抽。大家就圍攏過來，聽柳新苗介紹下園村村民的房屋分配和今後的生產生活。

一位老大爺湊了過來，他藉花炮映出的光亮，上下打量著柳新苗。

「後生可畏呀！俺不知道叫你什麼好？是書記呢還是老總呢？俗話說龍生龍啊，你爺爺柳英豪就是個文化人，這柳家一代勝似一代啊！全憑柳家祖上積下的陰德呀。」

「噢，大爺，看您還是個有文化的人，那道理您就比俺更清楚了，俺爺爺柳英豪哪裡是個龍呀，當年就是想當條蟲都沒有爬行之地。這還不是憑著共產黨的政策好嘛，讓一部分人先富了，可先富的人，不能自顧自呀，還要帶領大家共同富裕，這才是社會主義，您老說對嗎？」

「對著哩，俺是上個世紀六十年代返鄉的，在城市裏也混過幾年，知道這世道一天比一天好，咱們大柳河鄉，有你爸爸柳白來這樣的好幹部，不嫌棄俺下園村的老鄰居，拉扯鄉親們一把，借了光嘍！」

柳新苗和大夥談得很起勁，香菸頭冒出的火苗排出了老遠，形成了一條線，一閃一閃地也很壯觀。

忽然，人群東頭開始騷亂起來，一個年輕人滿頭是汗，氣喘噓噓地跑到那位大爺身邊。

「田六爺，不好了，你家田二兒和田三兒和一夥人打起來了，不知從哪兒開來一台大卡車，下來了十幾條壯漢子，把你家承包的食品加工廠圍了起來，看樣子他們好像是城裏邊的人。」

田六爺一聽炸了肺，他老是下園村的長輩，又有些文化，全村一大半都是田姓，可稱得上是德高望

眾，一呼百應，只見老人高喊一聲。

「是爺們的回家抄傢伙，給俺圍住這幫強盜。」

田六爺的聲音落地，大堤上的男人呼的就散光了，剩下的婦女兒童也都叫嚷著，喊著自己的爺們和男人。剛才還熙熙攘攘，黑壓壓的人群，瞬間地就沒了人影。

柳新苗一看不妙，弄不好就會發生群體械鬥，那後果不堪設想，自己一定要制止這場鬥毆。他連忙跑回奧迪車裏，打著了火，兩盞車燈便射出兩道雪亮的光柱。他輕輕一踩油門，車就駛上了大堤，他邊開邊給父親柳白來通了個電話，讓爸爸集合社區的保安前去支援。

柳家莊和下園村挨著村，三分鐘不到就進了村。車沿著那條唯一的土路走到頭，就看見了村大隊部旁邊的食品加工廠。柳新苗把奧迪車停在了那輛卡車的屁股後邊，堵住了他們出村的道路，然後，熄滅車火，關好車門。他四周看了一眼，田六爺的鄉親們還沒有趕到。

柳新苗看見加工廠的大門敞開著，兩條拴著鐵鏈的德國黑背犬在瘋狂地吼哮著。廠子裏站著十幾個男人，他們手握棍棒，把田六爺的老二和老三哥倆圍在了人群中間，聽不清他們在說什麼。

這時村裏的男人們也都陸續趕來，這些村民們手持著鐵鍬、鋤頭和棍棒，圍住了加工廠，還有好事兒的人舉來了自製的火把，起著哄叫喊著。

「不能讓這幫雜種跑了，把卡車的輪胎氣給放了，砸折了他們的腿！」

院裏的城裏人聽到了牆外門外老百姓的叫喊，這才知道惹上了茬子。領頭的那兩個漢子急紅了眼，只見兩人從褲腰裏抽出兩把尺長的殺豬刀，同時架在了田二和田三的脖梗上。

田六爺見狀慌了手腳，他活了七十多歲也沒見過這麼大的陣勢。眼看著自己的兒子就要出了人命，剛才的虎氣虎威全都沒了影，兩條老腿還打起顫來。這村裏的百姓原想就是湊個熱鬧，起把哄，把強人嚇走就得了，誰也沒想到局面一下子失控了。人們忽地沒了動響，連那兩條狗也啞下聲來，大夥這才把目光投向了擠進人群裏的柳新苗。

「大夥都往後退一退，給俺柳新苗讓出一個地方來。」

柳新苗氣宇軒昂站在那夥城裏人的面前。持刀的兩個漢子見柳新苗一表人才，又是個幹部模樣，他們自然地往後退了退身，尖刀也從緊貼的脖子上讓出了一些距離。

「你是誰？我們要找下園村的管事的。」

那個高個壯漢子問道。

「我是柳家莊村的黨支部書記，柳河縣黎明木器有限公司的執行董事，有什麼話就衝我說。」

「混一邊去，下園村的事你能說得了，狗拿耗子多管閒事。」矮一點的漢子煩了。

「這位朋友嘴裏乾淨點。你恐怕還不知道吧，下園村已經經縣政府批准劃歸了柳家莊，看見西頭那一片燈火了嗎？開春就全都搬了過去，這裏就會夷為平地。我是這裏的父母官，怎麼能說了不算！」

「柳書記說了算，俺們下園村歸他管！」

村裏的漢子們有了動靜，他們在支持柳新苗。這時大門外又擠進來一支隊伍，統一的灰色棉大衣，是柳家莊的保安。走在前邊的是柳白來，他示意大家安靜，並遞給了兒子一個眼色，他想看看柳新苗如何駕馭這個局面。

兩個壯漢見狀又立刻把刀貼在了田二田三的脖子上，他們知道已經沒有退路了。

「好！柳書記，那我們就衝你說，但你必須讓你們的人往後退，否則別怪我們傷了你們這兩位弟兄。」

柳新苗見勢態有了轉機，人多勢眾有了威懾力量，但絕不能逼得人家狗急跳牆，要先弄清這幫人的身分和目的。

「好說，村裏的老少爺們全都退出廠門外，保安隊留守在廠門兩側，給田六爺和俺爸搬出兩把椅子坐這。請這位大哥報一下你們和來俺下園村的意圖是什麼。」

「李哥，你過來。」

高個子把一個叫李輝的中年男子叫了出來，人們一下子就明白了，這不是前幾年從保定來村承包廠子那個李廠長嗎？噢，他們一定是知道二愣子蹲了監獄，是來找後帳的。

沒錯，李輝不光知道了二愣子孫志義蹲了大獄，而且還去探望了這個混蛋。二愣子在獄中空手套了個人情，給李輝出具了證明，證明這廠子、設備都是李輝的，現在應該歸還他。

李輝拿著證明，還有當年和下園村簽訂的承包合同，花錢雇了柳河縣黑社會的大鷹二鷹。他們知道光憑這些證據是收不回廠子的，李輝他們想著趁著大年三十，人們都在家裏頭看春晚的空隙，把廠子裏的主要設備拉走。沒想到這廠子轉包給了田二田三，事情的原委就是這樣。

柳新苗的心一下子就放到了肚子裏，這不是一夥明搶暗盜的賊，是和村裏食品廠的經濟糾紛，而且當年村裏確實有不講理的地方。看見李輝掙著錢了，紅了眼睛，村裏的老少支持二愣子撕毀了合同，攆走了人家。柳新苗專門調研過這個小企業，情況還是清楚的，一個微利的手工作坊，但它能安排村裏的村民，是一件好事。他正在考慮合併之後，這個小食品加工廠的去向。今天晚上的突發事件，堅定了柳新苗的決心。

「李廠長呀，這就是你的不對了，村裏知道你在二愣子的問題上受了些委屈，村裏沒有按合同辦事，這我清楚。但是有理的事情為什麼不按道理去辦呢？放著村委會，黨支部不找，偏要找社會上的這些……這些力量生拉硬搶呢！」

「誰生拉硬搶了，是這哥倆不讓拉，還放狗咬俺們。」

大鷹瞪大了眼睛，眼神已經少了許多凶光。

「說你們生拉硬搶是便宜了你們！你們把刀子架在食品廠廠長副廠長的脖子上是什麼？明火執仗，田家兄弟憑什麼把廠子交給你們，他們哥倆是跟村裏簽的合同，和你李輝有關係嗎？要說這事之前你們還有點理可講，現在一點理都沒了，並且觸犯了法律。」

柳新苗的這一番話讓李輝低下了頭，可大鷹二鷹手裏的刀就這樣放下來太損面子。二鷹見李輝沒了脾氣，身後的十幾位兄弟也都悄悄往後挪步。雖然傭金已經到手，俺們完全可以撤離。但這陣勢讓俺們下不了台，今後沒法在柳河的地面上混。

「大鷹甭聽這小子的屁話，不讓拉機器，那就花了這哥倆。」

「李輝，這些人可都是你花錢雇的，如果出現任何一點閃失，俺都會找你算帳的。告訴你大鷹二鷹，今晚這事我本來就不想報警，憑俺柳家莊的力量完全可以解決。今兒個我是給你們一個台階下，你們羊上樹給臉不要臉，那好，保安大隊立刻打110。」

「柳書記，千萬不要報警，俺知道你們柳家在保定、柳河地面上的名聲和勢力。如果動了官，俺可真是偷雞不成反蝕把米了，俺可以不對田家兄弟，那誰來給解決俺的問題呢？那就得找你！」

「對了，這就找對正堂香主了。但是，你李輝也有字據在我手裏。你撤離下園村的時候，給村委會寫下了保證，心甘情願將你購置的設備無償交給下園村，而不是二愣子孫志義，這一點沒錯吧。」

「柳書記，有這麼回事，可那是被二愣子逼的，刀架在了脖子上，俺敢不寫嗎？」

「但今天，你卻把當年忍受的委屈轉嫁給了田家二兄弟，刀不也架在他們的脖子上嗎？」

「大鷹二鷹俺只是雇你們幫助來拉設備，從來沒讓你們使用兇器，既然柳書記答應這件事衝著他算帳，還不趕快收了刀子。」

大鷹二鷹一根筋，他倆聽雇主李輝這麼一說，立刻就放了田二和田三。但是，所有在場的人們都沒有想到這兩個混蛋一個箭步卻撲到了柳新苗的左右面，把刀逼住了柳新苗，只是沒敢架在脖子上。下園村的兄弟們一下子火了，群情激奮，田二和田三抄出食品廠的剔骨刀反架在大鷹二鷹的脖子上，兩個保安也借勢來一個餓虎撲食，把李輝的雙手反扣在後背上。

柳新苗臨危不懼，他向父親柳白來使了個眼色，然後力勸鄉親們冷靜。

「老少爺們不要衝動，本來真理就在咱們這邊。如果大家動了手，今天晚上的事件性質就變了，變成了一理各半。如果再傷了人，這天平就歪了。咱們絕不能幹糊塗事呀，大家還是得聽我的，人都往後退，把李輝放了。田家兄弟你倆把刀收起來，那是殺驢的，不能衝著人。」

田六爺坐在椅子上一直打著哆嗦，他心裏把這個柳新苗佩服得五體投地了。眼看著這場風波就要平靜下來，不承想又翻起了新一輪波浪。他明白，解決問題還得靠組織，想到這裏，老人的雙腿一下子有了力量，他忽地一聲站起身來，衝兩個兒子大聲嚷嚷起來。

「田二田三，快放下刀，聽柳書記的，沒錯！都給俺退到後邊去。」

田家兄弟見老父親急紅了眼，便乖乖地收起了刀，站在了一旁。李輝也被鬆了綁。

人群中間的空場裏只剩下柳新苗和大鷹二鷹。燈光和火光照得他們臉膛紅彤彤的。大鷹二鷹被這陣勢激出了一身的冷汗。他倆只不過是個外強中乾貨色，全憑前三腳唬人呢，今天在下園村栽了跟頭，手裏的刀也隨著軟下來的胳膊耷拉下來。

「閃開！閃開！警察來了！」

從廠子大門外傳來了嚴厲的叫聲，人們刷地讓出來了一條道，四名警察來到了人群中間。他們好像知道了事情的緣由和這場事件的經過，一聲吭，兩人一組來到大鷹和二鷹的跟前。

大鷹二鷹見狀早就慫了，兩把殺豬刀幾乎是同時落在了地上。

四個警察聽到其中一人發出的咳嗽聲，四雙手同時伸了出去，把大鷹和二鷹按倒在地。村民們還沒有看清楚是怎麼回事，亮閃閃的手扣子就扣在了他們的手腕上。

李輝雙腿一軟，一屁股坐在了地上。

村民們一陣歡呼叫好。四位民警便將二犯押到柳白來面前，柳白來朝著兒子會意的一笑，然後衝著警察們揮手示意將大鷹二鷹帶上警車。兇犯帶走了，可李輝和田家二兄弟的食品廠的糾紛並沒有從根本上解決。眾人又一次把目光投向了柳新苗。

柳新苗見危險已經排除，更顯得瀟灑自如，從容鎮定。他叫大門外的村民們都進到院子裏來，把田二、田三和李輝也請到了大夥的面前。他要當眾宣布他對廠子的歸屬決定。

柳新苗叫保安從奧迪車裏取來自己的公事包，他從包裏掏出那份李輝幾年前出據的承諾內容，又接過李輝送過來二愣子在獄中打的證明。他讓村民們驗明正身之後，當著眾人的面在身邊一個年輕人手持的火把上把文件燒成了灰片。李輝見狀急得跳了起來，啊啊了幾聲沒有說出話來，柳新苗拍了拍他的肩膀。

「李輝你別著急，這些文件在法律上一分不值。因為它出據的時間、地點和原因，都有著當時濃重的歷史背景，留下這文件只能起到混淆是非的作用。」

柳新苗又面向了院子裏的村民們。

「李輝原始的承包合同是合法的，應該說違約的一方是咱們下園村。雖然時間已經過了時效，但做為我們農民，引資方是有責任的。這件事如果處理不好，咱們農民就失去了信譽，今後誰還敢到咱們這裏投資開工廠？因此我決定，李輝所要拉走的機械設備就讓他拉走。這些設備是他花錢買的，理應是他的，而且李輝在承包期間如數上交了給下園村的承包費。李輝你說，我這樣判案，行嗎？你滿意嗎？」

「滿意！滿意！」

李輝沒想到那些證據焚燒之後，這位年輕得讓人咋舌的支部書記仍是這樣寬宏大量和秉公說理。

「柳書記，設備給了李輝，那俺們田家兄弟的承包合同又怎麼兌現呢？」

田二和田三著了急，他倆當著父親田六爺的面，又得著剛才這位柳書記給加工廠解難的壯舉沒好意思翻臉。

「小畜生，你倆好好聽著，柳書記還能讓咱自己家的人吃虧？」

田六爺喝斥著兩個兒子，其實他也有點坐不住椅子了，如果不是旁邊的柳白來拉著他。

「田家兄弟也不要著急，你們和下園村簽定的承包合同仍然生效。我柳新苗全都認帳，辦法只有一個，那就是把食品加工廠的空殼，說白了就是說一張紙，那張營業執照，搬到柳家莊社區工業區的標準廠房裏。黎明木業有限公司出資金購置現代化的食品加工機器，按照食品衛生條例的要求，成立新的柳河黎明食品有限公司。我柳新苗是法人董事長，田二田三任總經理和副總經理，實行承包經營。下園村食品廠現有的房產估價拆除，列入新企業的成本中，算做股分，能佔多少算多少，年終按股分分紅，分給下園村的村民們，不知你們哥倆意下如何？」

「唉呀，這不是天上掉餡餅了嗎？俺們同意！」

田六爺和柳白來站起身來，兩位老人將雙手舉過了頭，鼓起了掌。在場的村民和李輝帶來拉機器的那夥人才算緩了勁。霎時，掌聲就響成了一片，和柳家莊的鞭炮聲形成了共鳴。

這時，加工廠門衛的那座舊式掛鐘響了，噹噹地敲響了整整十二下。二〇〇六年新一年的第一天就這樣地來臨了。村民們也緩過了勁，家家的餃子都已下鍋了，大家把柳新苗和柳白來圍了起來，爭搶拉扯著他們爺倆到自己家裏吃餃子。

田六爺又恢復了元氣。柳白來和柳新苗爺倆是咱們下園村的救星，理所當然到俺田六爺家吃餃子。李輝呢？當然是被田二和田三哥倆請回家去，這叫做不打不成交嘛！

柳白來從腰間解下一串長長的帶著福字的紅彤彤的鞭炮，兒子柳新苗將它點燃。劈劈啪啪的聲響像農家柴鍋裏炒豆一般，他們激烈地蹦跳著、炸裂著，再一次成熟。

三十一

柳白來喜上眉梢，滿臉的春風，就像大堤北坡下的那一片桃園，盛開著豔紅的花朵，紅得爍人，讓人心動。

柳白來接到縣委書記李延安的電話，說縣委推薦他參加全國村官論壇大會。會址在北京市昌平區的鄭家莊村。全國幾十位村黨支部書記或村長屆時都會彙集在溫都水城，交流村級政權建設和經濟發展的經驗，提出中國農村經濟和行政村落建制的前景展望。他能不高興嗎？幾十年付出的心血，讓這塊充滿辛酸苦澀的土地，綻放出幸福，耕耘出柳家莊輝煌的碩果……

柳白來把賓士轎車停在了村口，從車後備箱裏取出那雙不離身的手納底的圓口布鞋，換上它踏在這塊土地上他覺得踏實，能讓他的腦海裏一幕幕展現從兒提到現在的歷史變遷。

柳白來按著記憶的順序，從柳家莊老村西頭柳家四合院的位置開始，虛擬著那條老路。他眯著眼睛，在漂亮的洋房社區的樓群中轉來轉去。他一會停下，一會又蹲在地上，用腳踩踩著黑色的柏油路面，用手扒開綠化帶華燈下那唯一裸露的黃土，抓上一把使勁地攥著，放在鼻子上聞著。

柳白來沿著心裏的那條老路走到了柳河大堤上，他來到了那棵歪脖子大柳樹殘留的樹墩邊，寬圓的墩面上清晰地印刻著那一圈圈永不消逝的年輪。柳白來突然後悔起來，他不應該伐掉這棵歪脖子大柳樹，如果當年讓路再往東錯過一公尺這棵有著與柳家千絲萬縷聯繫的老文物不就留下了嗎？嗨，還好，留下了這棵樹墩。柳白來抱怨自己的短見。

他給柳家莊社區的物業公司打了個電話，告訴他們用鐵柵欄把它圈住。記載下那棵歪脖子大柳樹鋸掉的時間，可惜它的生辰已無法考證了。

柳白來抬起了頭，往北眺望。規模宏大的柳家莊社區，盤結在眼前。西邊蔬菜大棚早已規劃種植成了千畝櫻桃園，綠葉紅花守衛著柳家莊的西大門。正前方，社區無數排整齊劃一的雙層樓房，被黑色的路面和粗壯的銀杏，割劃出棋盤一樣的方正。社區中央的文化中心、廣場、超市和零星散落在群樓之中的街心公園……挑撥著柳白來的心緒，讓他感慨萬行，他似乎早已忘掉了自己在柳河縣城工業區裏的那堆企業。

社區樓群的東邊，是柳家莊工業區。白色標準的廠房，和紅色的磚樓各自色彩鮮明。廠房裏高新技術產業，是咱柳家莊的心臟，輸送著生命的血液。

工業區再往東走，下園村和杜柳棵村早已沒了蹤影，連片無垠的土地上，依次排列著蔬菜區、糧食區和堤邊環繞的桃園。柳白來眼睛濕潤了，這麼多年來，他還是第一次一個人站在大堤上，靜著心欣賞自己的傑作。

柳白來轉過了身，堤南的柳條林像大海一樣碧波蕩漾，更覺得心胸開朗。他便停步走下大堤，沉著柳林中那條蜿蜒的石板路，徑直奔河邊走去。

柳河兩岸的柳家莊段已用碎石護坡，清澈的河水似乎已停止了流動。原杜柳棵村界的河灣處，修建了一座橡膠大壩，讓柳家莊河段的河水變得平穩而寬闊。水面的輕舟載著遊人，河岸的生態觀光餐廳，吸引著保定、石家莊的遊客。更讓柳白來高興的是，今年春上，北京的旅遊團隊也來到了風景如畫的柳河。柳白來聽兒子柳新苗說，他們還想實現柳家莊到白洋澱的通航呢！

柳白來坐在河坡上，脫掉鞋襪，把雙腳伸進河水裏……河水的輕柔讓他不知不覺地又想起了河的下游白洋澱入口，雄縣的那位女人張莉。三年了，她竟一次沒有前來探望她的女兒柳花。女人哪，有時這心綿如水，有時又心硬如鋼。

「爸，你老好有心氣呀，一個人在這裏享受風景呢，你讓俺找的好苦呀。縣委李書記和鄉黨委的杜鵑書記，領著省市領導都快進村了。」

「唉，給老爸打個電話不就得了嗎？」

「你看看你的電話，一直關著機呢。」

柳白來這才醒過悶兒來，他怕電話的鈴聲破壞了自己的心情。他關了，內心深處萌動了退讓的念頭，而這念頭越來越迫切。去年大年三十晚上的那場風波，他早就放心了，兒子成熟了，成熟得比自己更有文化和心機。

柳白來坐上兒子新苗的奧迪車奔了村口。

村口領導們的車輛不知被什麼人堵在了那裏，三村合併之後，從未發生過上訪事件和群眾鬧事。今兒這是怎麼了？柳白來讓兒子快開，他們不知那裏到底發生了什麼事情。

韓小寶鬼使神差，走火入魔。韓永祿罵兒子鬼迷心竅，這鬼就是權力，權力的魅力使韓小寶失去理智。當他親眼看到了柳家父子平息下園村的那一幕；看到了表姐齊英翻手之間就解決了自己誤認的利劍，輕而易舉打發了那個叫張莉的女人，又理直氣壯地將柳白來的骨血，女兒柳花認祖歸宗。韓小寶無縫下蛆，幾乎喪失了勇氣，可他少年時期父親韓永祿的大隊書記，公社副主任的職務，帶給韓家的富裕和威風又讓他刻骨銘心。

今天他從父親韓永祿和後媽李玲的對話中得知，柳白來做為河北省的村長代表，要到北京參加村官論壇。而今天上午，省、市、縣、鄉四級領導要來柳家莊社區視察。韓小寶覺得機會來了，最後的一次機會了。拼一次，把柳白來翻下馬。

韓小寶趁父親不注意，騎上摩托車，對後媽李玲謊稱他要領著來家玩耍的外甥女柳花出去蹓達蹓達，兜兜風，看看春景。李玲很高興，韓小寶這小子漸漸懂事了，如果讓柳白來看見，也一定認為他認親了。柳韓兩家今後就不會因為韓小寶以前的作為而變得生疏了。

韓小寶馱著六歲的小柳花來到了社區西大門的牌樓下。他把摩托車橫在了馬路的正中央，領導著柳花堵住了進村的道路。

李延安陪著省、市領導和新聞媒體的記者們，坐著縣裏的豐田中巴車在後。杜鵑親自駕著那台老掉牙的白色桑塔納前邊開道。誰也沒有想到，韓小寶領著一個小女孩攔住了他們進村的大門。

杜鵑年齡已過五十五歲，超期服役了。因為她是高級工程師，省人事廳有檔，享受男同志待遇，可以幹滿六十歲。她原想著等柳白來進京開完會後，勸他將企業交給兒子柳新苗，並建議縣委讓柳新苗擔任鄉黨委副書記、柳家莊社區黨總支書記、社區管委會主任。她和延安商量過了，父母都已八十幾歲的高齡了。她倆拖著柳白來和齊英一同回北京，過一過退休的生活。可沒承想，一進村就被攔在了村外，而攔堵者是那個寫信告狀的韓小寶，她感覺到今天的事態有點不妙，尤其是當著省市領導和那幫不怕事大的記者們。

杜鵑連忙跳下車來，快步走到了韓小寶的跟前。

「韓小寶，趕快把摩托車搬開，有什麼事找我杜鵑說。」

「俺才不和妳說呢，妳，還有李延安，都和柳白來一個鼻孔出氣，俺要和省裏市裏的領導說話。」

韓小寶見後車沒有人下來，他索性躺在了馬路中央，設置了人肉路障。

李延安再沒有辦法阻擋那幫記者們下車，只好任憑他們一窩蜂地圍住了韓小寶。自己只能陪著省農業廳和保定市農辦的同志下車步行。

韓小寶見這一辦法生效，便坐起來叫嚷著，說要控告柳白來！說柳白來犯有重婚罪、包養女人，損害黨的幹部形象等等。要求省、市撤了他的職。並指認這位小女孩就是柳白來的女兒，她叫柳花，這就是鐵打的罪證。如果你們今天不處理柳白來，俺就橫躺在這裏，任憑你們從俺的身上踏過去。

李延安和杜鵑心裏咯噔一下，柳白來養小的事不早就解決了嗎？怎麼還生下了一個女兒。沒錯，這個叫柳花的小姑娘和柳白來長得太像了。

這時，柳新苗的奧迪車也到了。柳白來從車裏鑽出來，他一下就明白了鬧事的根源。他強壓著心中的怒火，讓村裏湊熱鬧的百姓靠邊。而對兩位氣喘吁吁剛剛趕到的保安，命令他倆架起了鬧事的韓小寶。韓小寶死賴在地上不起。

鄉派出所的民警也走趕到了。李延安連忙制止了所有人的行為，他來到了韓小寶的面前。

「韓小寶請你起來說話，你有權力告狀，但沒有權力阻止省市幹部進村，如果你繼續這樣鬧下去的話，就是影響我們的公務，你懂嗎？」

韓小寶當然懂，他把握著火候呢，目的已經達到了，又看見柳花叫喊著「爸爸」撲到了柳白來的懷裏。柳白來也將女兒抱起來，親吻著，小柳花摟著他的脖子撒著嬌。村民們並不驚奇，這早已是公開的祕密了。村民們還為柳白來高興呢，老了老了又添了一個女兒，一兒一女全和人了。

韓小寶從地上爬起來，他衝著記者們叫嚷。

「你們都看到了吧，他和雄縣叫張莉的女人生下的這個小女孩，這是鐵打的證據，他柳白來道貌岸然，一個偽君子，地富子女假黨員，有什麼臉面參加全國村官論壇！」

「李書記，不能聽韓小寶的，他是個神經病，是個忘恩負義的畜牲。俺們的柳書記一定要參加什麼北京的會議。只有他才有資格！」

圍觀的村民們氣憤起來，大夥衝著韓小寶吐唾沫，高喊著擁護柳白來的口號。

韓小寶歇斯底里的叫嚷，這可氣壞了人群裏的齊英，她幾次想衝進人群裏，教訓這個不爭氣的表弟，敗類。李玲拽住齊英的手不放。韓永祿的老臉氣得一陣青，一陣白，最後憋成了豬肝色。他終於忍不住了，在杜武書記的攙扶下走到了記者的面前。

「省市領導和記者們，俺是韓小寶這個畜牲的爹，一個受不住小畜牲的老畜牲。今兒個請各級政府給俺做個證，當著鄉親們的面，俺和韓小寶正式斷絕父子關係，並有重要情況向縣委李書記彙報，請你們把韓小寶這個畜牲關進監獄去！」

大夥一下都靜了下來，開始用敬佩的眼光看這位大義滅親的韓永祿。韓小寶看著老父親的舉動，有點莫名其妙，他也不知老爸要說什麼？難道他知道撞傷杜柳棵五叔的真情？只有這一點，才可能讓俺韓小寶去蹲大獄。可虎毒不食子，難道這老糊塗還真要對兒子下手嗎？

韓永祿內心不好受，韓小寶畢竟是自己的親生兒子。可從打自己掉了架後，人家柳白來是怎樣對待韓家的，人家不計前仇，以恩報怨，俺韓永祿才能在晚年像個人似的，在鄉親們眼前挺胸抬頭的過日子。可這些事實，就是教育不好韓小寶。韓永祿不想在自己百年之後，讓韓家繼續對不住柳家。原想拖一拖，繼續教訓著自己的兒子，盼著有一天他能回心轉意。可今天，他竟敢當著省、市、縣、鄉四級領導的面，公開揭柳白來的短，拔刀相見了。如果俺韓永祿不能站出來，給這個小畜牲一點厲害，今後他要栽更大的跟頭。韓永祿的舉動，在內心深處仍舊是從疼愛自己的兒子出發的。

老人含著眼淚，向眾人檢舉了當年韓小寶和二愣子策劃撞傷五叔的經過。韓永祿把自己如何聽到他倆商議謀劃的內容告訴了鄉派出所的民警。自己蹓彎路過社區管委會，看見韓小寶如何把摩托車交給犯罪分子的經過也告訴了眾人。他又將事情敗露之後，韓小寶是如何求他去柳白來家說情的，俺韓永祿求了齊英俺的外甥女，別和那個小畜牲一般見識。韓、柳兩家都背著柳白來一個人，這韓小寶才免了牢獄之災。今兒個俺不把這些話說出來，老天就真會劈了俺，更會劈了韓小寶這個畜牲。

杜武這時也站了出來，他也說了當時的情況。俺是一個復員軍人，那點酒怎能灌得俺爛泥一灘呢？俺迷迷糊糊地，但心裏明鏡似的，韓小寶如何從俺褲兜裏掏走鑰匙……事發之後，俺有私心，知道韓小寶到杜柳棵當村主任，那是柳書記提議的，他們又是親戚關係，俺杜武就把到了嘴邊的話咽了回去。

韓小寶傻了，他萬萬沒有想到今天的出手又會敗得如此淒慘。連自己的父親都願意站在柳白來一邊。他環顧四周，村民們指著自己的誐罵，真成了過街的老鼠。俺韓小寶還有什麼說的，搬起石頭砸了自己的腳，這句至理名言在自己身上應驗了。

韓小寶被派出所的民警帶走了。

柳白完全沒有了早晨大堤上的心情了。剛才這一幕刀割一樣傷害了自己的自尊心。幹了這麼多的業績，竟被韓小寶抓住的那一點污點擊碎了，臉面丟盡。還能冠冕堂皇地去北京參加什麼全國論壇？他真的不想幹了。

「杜武呀，你和柳新苗領著領導們參觀吧，彙報一下社區的情況，俺實在是累了，心裏乏得慌。」

柳白來頭也沒回，連和李延安、杜鵑打個招呼都沒有，抱著自己的女兒柳花走了，車也不坐了，把那輛黑亮黑亮的賓士S350轎車靜靜地扔在了村口。

李延安瞭解柳白來，更能理解此時此刻他的心情。人的一生怎能不犯錯誤呢？連領袖偉人不也有失誤的時候嗎？何況一位小得不能再小的平民呢？柳白來已經不錯了，他能把腰纏萬貫的資產和自己的智慧精力，全都投入到老百姓的致富上，把三個窮村變成了今天。再和那些有錢有勢坑害百姓的商家比一比，柳白來真的不錯了，很優秀。可是，他畢竟是黨員呀，是中國共產黨的基層領導人，婚外生子違反了黨的紀律，還是要有說法的呀。

李延安衝著省、市領導和記者們笑了笑，並指了指遠去的柳白來，雙手做了一個無奈的姿勢。

「他就是把柳家莊建設的如此恢弘的柳白來，社區總支書記。全省有名的農民企業家，一個符號全美的共和國最基層的領導人。他是人，但不是神呀，他不是一個十全十美的基層領導的偶像，他是一個有血有肉，有著七情六慾的男人啊！我看，今天視察的第一站就很有意義，記者們對勞模的認識也可以從這一頁寫起了吧！」

柳新苗按著父親柳白來的旨意，謙恭禮貌地向省、市、縣領導們講述著柳家莊改革開放三十年的變遷；講述了柳家三代人戲劇性的歷史展現。最後，柳新苗話鋒一轉，把功勞歸根於黨的農村政策好；歸功於柳河縣委的正確領導。

視察組十分滿意，柳家莊村很具有代表性，和前瞻性，是「三農」問題的典型，具有鮮明的指導意義，是全省農村發展的榜樣。這樣的經驗，一定要在全國村官論壇上去介紹。

視察組決定，柳家莊村黨支部書記柳新苗，代替父親柳白來，參加全國村官論壇。

三十二

劉長貴病了，病得很重是肝硬化晚期。

柳白來把劉叔從柳河縣醫院轉到了保定市人民醫院，住進了ICU病房。醫生說劉長貴這病已無回天之術了，讓柳白來準備後事。

柳白來不甘心，仍舊安穩地坐在重病監護室裏，守護著肝昏迷的劉長貴。三個整天都沒有合眼了，他仍然沒有睡意，充滿血絲的眼睛緊緊盯著這位給予自己一生幫助的老人。柳白來明白，劉叔一輩子貪酒，喝壞了肝。他幾次把礦泉水倒進小勺裏，以水充酒，然後再輕輕地貼在劉叔紫黑色的嘴唇上，慢慢灌下去。可是，每當那微微甘甜的礦泉水流進老人的嘴裏的時候，不到一秒鐘，劉叔不知那裏來的一把子力氣，水卻被他噴了出來，像霧一樣。

柳白來索性用毛巾蘸點水，輕輕潤濕老人乾裂的嘴唇。他對劉叔的感情超過對父親的情感，這也難怪，劉長貴把柳白來當做了自己的親兒子，從黑龍江嫩江縣結識的第一眼，劉長貴就全部包攬了柳白來失去的父愛，替沒有見過面的柳英豪，承擔了父親的責任。他們倆是忘年交，劉長貴用精神支撐著柳白來越來越大的企業。正當柳白來想把擔子壓在兒子柳新苗的肩上的時候，劉叔卻病倒了，看不見柳家父子換血的那一刻。柳白來央求醫生，再讓老人睜開一次眼睛，他要把他辭職的消息告訴劉叔，完成新老交替，讓老人安心地走，他早和老人商量好了，把骨灰就葬在柳家莊幸福公墓裏，埋在柳英豪的墳旁，伴著東去的柳河水，在九泉之下和老哥們聊聊天，保佑著柳家的煙火旺盛。

醫生用了所有的好藥，都沒有讓劉長貴的眼睛睜開。

柳新苗也從柳家莊趕到了保定，他來看看劉爺爺，送送劉爺爺。他捧著一束潔白的百合花，走進了病房。第一件事便是把鮮花插放在病床頭小櫃上的花瓶裏，沁人心脾的花香溢滿了屋子。柳新苗這才和父親打了聲招呼，便接替爸爸坐在劉長貴的臉前，他把嘴貼著劉爺的耳朵邊輕輕地呼喚。

「劉爺，俺是你的大孫子柳新苗，俺來看你來了。爺爺伴著俺柳家從最艱難的時期走過來，走到了這最輝煌的時刻，你不能就這樣地走了！你得繼續支持我柳新苗，像支持俺爸一樣。你睜開眼睛看看，俺給你帶啥來了？你最愛喝的衡水老白乾，六十度的。」

柳新苗把兩瓶精裝的老白乾從提包裏掏出來，放在了花瓶的兩側。他這一舉動，讓柳白來一震，他看見劉長貴似乎有了一些反應，緊閉的眼皮突然抽動了一下，紫黑的嘴唇也有了一點蠕動。

柳白來甚是驚喜，是兒子柳新苗帶來的仙氣？有那麼一點；是那花香的清新，也有那麼一點；是酒，兩瓶衡水老白乾，伴著老人一生的伴侶。對！沒錯！是酒。

柳新苗聰明，他看透了父親的心思，也猜到了劉爺反應的原因。老人要走了，就等著這口酒呢！柳新苗把酒又重新拿回到手中，兩手一用力，瓶蓋被擰開了，酒香撲鼻。

柳白來接過兒子新苗遞過來的酒瓶，他小心地把酒倒進瓷勺裏，然後輕輕地貼在了劉長貴的嘴唇上，只見劉長貴的嘴慢慢地張開了一道細小的縫，「嗖」地就吸乾了勺裏的酒，一勺、兩勺……

奇跡發生了，老人的嘴唇突然吧達吧達地上下吸吮起來，他的眼皮也漸漸抬起，渾濁的眼睛露了出來，然後還閃動出一道微弱的光亮，眼角邊流出一顆老淚珠。

「劉叔，你醒了，俺是柳白來呀！」

「劉爺爺，俺是你孫子柳新苗呀！」

劉長貴抽動了一下嘴角，像是在笑，柳新苗緊緊握著爺爺的手，感覺出了溫度。

劉長貴對著柳家父子貼近的耳朵，從嘴裏迸出他臨終的囑託。

「白來……該撒手了，新苗比你強，俺放心了……俺把你們的情況……帶給俺老哥……柳……英……豪。」

劉長貴藉著酒力斷斷續續地講了兩句話後，眼簾垂下，雙唇緊閉，老人喘出最後一口濃烈的酒氣之後，心臟便停止了跳動。

柳白來和柳新苗兩條硬漢子誰也沒有哭出聲來，眼睛裏的眼淚在眼圈裏旋轉，它們並沒有流出眼眶，而是像泉湧一樣流進了父子兩人澎湃的心田。

柳白來痛苦之中忽然地鎮定下來，人生一世，草木一秋，道理其實就這麼簡單，無論轟轟烈烈也好，默默無聞也罷，誰也阻止不了新陳代謝的永恆規律。自己的父母走了，走得是那樣壯烈和淒慘；大伯柳英傑走了，走得是那樣英雄和悲憤；岳父岳母地都走了，走得是那樣安祥和幸福；劉叔也走了，走得是如此的豪氣和痛快。所有和自己有牽連的長輩們都走了，雖然他們的走法不盡相同，時空也不一樣，但都是要走的。俺柳白來和齊英一下子便成了長輩？太快了，駒光如駛，思之不禁令人駭然。

柳白來的眼神慢慢地從劉叔慘白無色的臉上移出，移到兒子天庭寬闊、英姿紅潤的臉上。他的心裏突然一顫，新苗該取媳婦了。柳白來心裏急盼著那隔輩人的出現。

「爸，別愣著了，你收拾一下爺爺的遺物，俺聯繫靈車，把爺爺連夜送回柳家莊。」

「新苗，劉叔雄縣的親戚都通知了嗎？」

「爸，您就放心吧，我從家來就都安排停當，老人所有的親戚都於明日趕到柳家莊。劉爺的兒子也從嫩江往回趕呢，估計後天就到。爸，俺想在柳家莊的文化廣場開個追悼會，為一個平凡而偉大的老人開個追悼會，屆時還想請延安小爺和杜鵑阿姨過來。爸您準備一個發言稿，藉此機會悼念一下所有的親人，悼念一下為柳家莊發展，為咱黎明企業做過貢獻的人們。」

柳白來心裏感覺到有些不是滋味，這權還沒都交呢，兒子已經開始發號施令，這麼大的事情也不和老爹商量一下？就這樣分配任務了。

杜鵑和李延安第一次面紅耳赤地爭吵起來，為了柳白來的處理，夫妻倆摔了茶杯子。

李延安申請退居二線，他要和杜鵑一起回北京去。雙方的四位老人都還健在，八九十歲的高齡盼著孩子們圍在自己的身邊。河北省委很人性化，同意了李延安的申請，並提拔李延安為保定市政協副主席，享受司局級待遇。杜鵑給了一個副縣級待遇，什麼副調研員。這對一對到柳河縣工作一輩子的知識份子來說，算上是一個很好的交代了。

杜鵑罵李延安六親不認，人已在柳河縣委書記的職務上卸職，市裏的電話已通知了李延安，讓他堅持最後一班崗，檔三五天就到，這個鑽牛角尖的李延安，非要召開最後一次縣委常委會，聽取縣紀委對柳家莊社區黨總支書記柳白來違犯黨紀的處理意見。這不是沒事找事嗎？非要把這得罪人的帽子最終扣到自己的頭上來。這要是換個別人也行，這是柳白來呀！咱們的至親好友，生死之交的朋友。一個對柳家莊貢獻巨大的優秀基層幹部，就因為那點小事？何況他也想辭職謝罪了，要和咱們一起回北京，帶著柳花到京城讀書，安度晚年。你李延安非要臨期末晚不做人，這今後還怎麼相處？都是無官之人了嘛。

杜鵑苦口婆心地勸說李延安，李延安軟硬不吃。這最後一班崗是什麼意思？就是要把自己在柳河縣沒擦完的屁股擦乾淨。換了別人也許就算了，正是因為他是柳白來，一個和李延安有著血骨之情的親人。他不能貓蓋屎的就掩飾過去了。他要給柳白來一個說法；一個共產黨的說法；功過分明的說法。只有這樣，才能對得起柳白來；對得起救俺性命的柳英豪；才能真正對得起柳新苗呀！

「李延安，你說個痛快話，你非要開這個常委會不行？」

「杜鵑同志，道理我已給妳講了一大堆了，妳難道不懂？別以為妳那是向著柳白來，我這樣做，才是真正的愛護柳白來！」

「李延安同志，別逞能了，道理難道我不懂嗎？柳白來是功臣，而不是罪臣，就是有那麼點錯誤也該將功折罪了嘛，讓柳白來背著一個包袱跟你回北京？你做得出來，我杜鵑絕做不出來！」

「好了，好了，憑妳怎麼說，常委會的通知已經下發，柳白來的處分已經決定，柳白來的工作我李延安去做，不用妳杜鵑在這裏充好人！」

「我杜鵑充好人？我本來就是好人。你李延安才是在充好人，打人一個嘴巴，再往嘴裏塞上一顆甜棗，你這是什麼邏輯呀？」

「妳還有完沒完，我要開會去了！」

杜鵑攔住了李延安的去路，她堵在門口，眼睛裏充滿著淚水。

「妳給我讓開！」

「就不給你讓開！」

「好哇杜鵑，現在我才發現妳原來是一個潑婦，不講道理。那好，我李延安也當一次潑男！」

李延安左手抄起桌子上的公事包，右手扯住杜鵑的脖領子用力一拉，杜鵑一個趔趄就被李延安扯到了沙發上。杜鵑也急了，她順手抄起了茶几上的茶杯向李延安砸去。

李延安身子一閃躲過飛來的茶杯，「砰」的一聲，杯子扔到了雪白的牆上，摔了個粉碎，黃色的茶水和茶葉屑染濕了一片牆面。

「妳混蛋，杜鵑！」

「李延安你才是個混蛋！你今天只要去開這個會，那你就自己回你的北京！我杜鵑和你離婚！」

李延安氣白了臉，他心裏明白媳婦杜鵑和柳家的感情，難道她的感情能比我李延安和柳家三代人的深？我李延安現在怎能把處理結果告訴妳杜鵑呢，萬一我的提議常委會過不了怎麼辦？算了，誰讓我是男子漢大丈夫呢，又是這柳河縣委的第一書記，不能和女人針尖對麥芒。李延安強壓住內心的火氣，拉開了房門，他回過頭來對杜鵑說了一句話。

「好吧，杜鵑，離婚可以，但妳要等我開完了這個會，聽完了對柳白來的處理決定之後，再做決定。如果那時妳杜鵑不是在說氣話，我李延安就同意和妳離婚！」

李延安說完扭頭走了。

杜鵑坐在沙發裏哭出了聲，這聲響越來越大，她不知道這是為什麼！

縣委常委會開得很順暢，李書記要走了，李書記提出的處理意見很正確，沒有人會反對，倒是縣委一班人對李延安的胸襟感到佩服。他能做到對柳白來事非分明，又敢做到對柳新苗舉賢不避親，這完全是對黨的事業的責任心。大家心悅誠服一致通過了李延安的提議。

柳河縣委決定。

一、免去柳白來同志柳河縣大柳河鄉副鄉長職務；免去柳白來同志中共柳河縣大柳河鄉柳家莊社區總支委員會書記職務。對柳白來同志違反黨紀婚外生子的錯誤，給予黨內警告處分。

二、任命柳新苗同志中共柳河縣大柳河鄉黨委書記職務，兼任中共柳河縣大柳河鄉柳家莊社區總部支委員會書記職務。

李延安簽發了縣委檔。

柳家莊一片歡騰，韓永祿和李玲招呼鄉親們圍住了柳白來家的三層小樓，社區文化站的鑼鼓喧天響個不停。就像電視劇裏中了狀元前來報喜的場面，熱鬧非凡。

杜鵑錯怪了李延安，兩人手拉手地走進了柳白來的家裏。

柳白來熱淚盈眶，這張處分通知書讓他那顆跳動不安的心歸了位，自己犯的錯誤怎能沒有個說法？那後半輩子過得就不會踏實，總有一種負心的感覺在糾纏著自己。這回好了，可以甩掉包袱安心地過日子了。

柳白來不會想到，這兒子柳新苗就這樣容易地接了杜鵑書記的班，讓他大喜過望。他高興，左手拉著李延安的手，右手拉住杜鵑的手，三人並肩坐在沙發裏，看著客廳裏川流不息前來道喜的鄉親們。他只會不停地點頭致謝，一句話也說不出來了。

李延安、杜鵑和柳白來都沒了職務，丟掉了那本不屬於自己的符號。他們一下子變得輕鬆多了，這會

兒才真正感覺到什麼是並肩的弟兄。李延安提議，咱們應該到柳河邊上走走，去看看他的老哥們柳英豪，想和他說說心裏話。

秋天的柳河水泛著金光，兩岸黃澄澄的柳林在豔陽天下隨風擺動，一群南飛的大雁排成人字在湛藍的天空中遊戲，偶爾還送來一聲聲撩人的叫聲。

六十歲的柳白來和這熟透的莊稼一樣，渾身上下是那樣飽滿。他步伐仍然矯健，領著李延安、杜鵑、柳新苗和那身後自發尾隨的鄉親們，來到了幸福公墓。柳英豪的墓碑仍然是那樣鮮亮。碑文像剛剛被紅漆重重寫過一般。他和劉長貴的墓碑一樣紅火。還有老支書柳英傑的墓碑，都在秋風中排列傲骨挺立，讓大家肅然起敬。

李延安站在人群的中間，雖然沒有了縣委書記的身分，他可是柳英豪的兄弟，柳白來的小叔叔，柳家當之無愧的長輩。他率領著人們，給這群墓碑下的人們，深深地鞠躬，三鞠躬。

李延安想起一位哲學家的話：「每一塊平凡的墓碑下，都埋藏著一部生動的故事。」是啊，這一排排整齊劃一的大理石墓碑林，書寫著柳家莊六十年的創業史，尤其是改革開放的三十年，柳河北岸的這片天地之間，發生的變革，足以撼天動地，柳氏家族三代人的命運，就是社會主義新農村建設的縮影啊！

李延安面對著柳白來感慨萬千，他情不自禁地說：「前輩們走了，留下了許多遺憾。我們這輩人一直在修補這些遺憾。今天我們能挺直腰板地站在這群墓碑前，我們敢說，理直氣壯地說他們的遺憾沒有了！我們幹得比他們漂亮，遠比那些遺憾美好得多。咱的大河為證啊。」

李延安又把柳新苗叫到跟前，語重心長。

「新苗啊，不是我們這輩人偷懶，退休了，就要讓位，長江後浪推前浪嘛。我和你杜鵑阿姨，還有你爸你媽，人生已到甲子，往後看，也有遺憾，這修補遺憾的工作就落在你們這一輩人的身上。『天降大任於斯人』，你們這輩人有知識、有文化、有抱負，更重要的是當今社會，給你們提供了實現的空間，努力吧，年輕人！」

李延安又面向柳家莊的鄉親們，向他們道別，向柳河道別。他和杜鵑就要離開這片拋灑青春的土地。柳白來和齊英也要走了，他倆領著女兒柳花，也要離開這塊養育自己的土地。他們圍著柳河大堤上那棵歪脖子大柳樹的樹蹲，數著它的年輪，計算著自己的生命。

入冬的第一場大雪，柳河流域變成了一片銀白。一輛解放牌大卡車載著一車黎明木器有限公司出產的嶄新家具，在兩輛黑色轎車的護衛下，駛出了柳家莊社區，潔白的公路上，立刻就印出兩條長長閃亮的轍印。

柳新苗頂著東方剛剛冒頭的太陽，站在雪地裏，目送走那逝去的車隊。

二〇〇九年三月八日完稿於京東大運河畔

國家圖書館出版品預行編目資料

那時．那地．那些人／黎晶著.
－－第一版－－臺北市：知青頻道出版；
紅螞蟻圖書發行，2014.7
面　；　公分－－
ISBN 978-986-5699-18-5（平裝）

857.7　　103010465

那時．那地．那些人

作　　者／黎晶
發 行 人／賴秀珍
總 編 輯／何南輝
校　　對／周英嬌、黎晶
美術構成／Chris' office
出　　版／知青頻道出版有限公司
發　　行／紅螞蟻圖書有限公司
地　　址／台北市內湖區舊宗路二段121巷19號（紅螞蟻資訊大樓）
網　　站／www.e-redant.com
郵撥帳號／1604621-1　紅螞蟻圖書有限公司
電　　話／(02)2795-3656（代表號）
傳　　真／(02)2795-4100
登 記 證／局版北市業字第796號
法律顧問／許晏賓律師
印 刷 廠／卡樂彩色製版印刷有限公司
出版日期／2014年 7月　第一版第一刷

定價 280 元　港幣 93 元

ISBN　978-986-5699-18-5　　Printed in Taiwan